小書痴的下剋上

為了成為圖書管理員不擇手段！

第四部 貴族院的自稱圖書委員IX

香月美夜——著
椎名優 繪 許金玉 譯

本好きの下剋上
司書になるためには
手段を選んでいられません
第四部 貴族院の自称図書委員IX

CONTENTS

第四部 貴族院的自稱圖書委員 IX

登場人物

第三部劇情摘要

成為貴族以後，羅潔梅茵因為領主養女與神殿長的身分忙得不可開交。好不容易印刷機完成了，還在城堡舉辦了販售會，歌牌、撲克牌與書正順利普及開來。然而，就在喬琪娜來訪以後，情勢變得非常緊張。不只韋菲利特遭到算計，羅潔梅茵為了拯救被擄走的夏綠蒂，被敵人灌下毒藥性命垂危。雖然浸入了尤列汾藥水，但再次睜眼醒來，時間竟然已是兩年後……

羅潔梅茵
本書主角。稍微長高後，外表看來約八歲左右，但內在還是沒什麼變。到了貴族院，依然是為了看書不擇手段。到了冬天便是貴族院三年級生。

韋菲利特
齊爾維斯特的長男，羅潔梅茵的哥哥。到了冬天便是貴族院三年級生。

夏綠蒂
齊爾維斯特的長女，羅潔梅茵的妹妹。到了冬天便是貴族院二年級生。

麥西歐爾
齊爾維斯特的次男，羅潔梅茵的弟弟。

斐迪南
齊爾維斯特的異母弟弟，羅潔梅茵的監護人。

齊爾維斯特
收養羅潔梅茵的艾倫菲斯特領主，羅潔梅茵的養父。

芙蘿洛翠亞
齊爾維斯特的妻子，三個孩子的母親。羅潔梅茵的養母。

卡斯泰德
艾倫菲斯特的騎士團長，羅潔梅茵的貴族父親。

艾薇拉
卡斯泰德的第一夫人，羅潔梅茵的貴族母親。

波尼法狄斯
齊爾維斯特的伯父，卡斯泰德的父親，羅潔梅茵的祖父。

黎希達

首席侍從。熟知三名監護人孩提時期的上級貴族。

莉瑟蕾塔

貴族院六年級生，中級見習侍從。安潔莉卡的妹妹。

布倫希爾德

貴族院五年級生，上級見習侍從。

哈特姆特

上級文官，也是新任神官長。奧黛麗的么子。

羅德里希

貴族院三年級生，中級見習文官。已獻名。

菲里妮

貴族院三年級生，下級見習文官。

柯尼留斯

上級護衛騎士。卡斯泰德的三男。

萊歐諾蕾

貴族院六年級生，上級見習護衛騎士。

羅潔梅茵的近侍

優蒂特

貴族院四年級生，中級見習護衛騎士。

達穆爾

下級護衛騎士。

安潔莉卡

中級護衛騎士。莉瑟蕾塔的姊姊。

奧黛麗

上級侍從。哈特姆特的母親。

羅潔梅茵的專屬

雨果 專屬廚師。
艾拉 專屬廚師。
羅吉娜 羅潔梅茵的專屬樂師。

艾倫菲斯特的貴族

艾克哈特 斐迪南的護衛騎士。卡斯泰德的長男。
尤修塔斯 斐迪南的文官兼侍從。黎希達的兒子。
奧斯華德 韋菲利特的首席侍從。
奧蕾麗亞 蘭普雷特的妻子。
尼可拉斯 卡斯泰德第二夫人的兒子。
耶雷米斯 基貝．達道夫的兒子。
馬提亞斯 貴族院五年級生，中級見習騎士。隸屬舊薇羅妮卡派。
勞倫斯 貴族院四年級生，中級見習騎士。隸屬舊薇羅妮卡派。
戈雷札姆 基貝．格拉罕。
薇羅妮卡 齊爾維斯特的母親。現正受到幽禁。
嘉柏耶麗 薇羅妮卡的母親。原為亞倫斯伯罕的領主一族。
海德瑪莉 艾克哈特已逝的妻子。

他領貴族

亞納索塔瓊斯 中央的第二王子。
錫爾布蘭德 中央的第三王子。
艾格蘭緹娜 庫拉森博克的領主一族。
藍斯特勞德 戴肯弗爾格的領主候補生，貴族院六年級生。
克拉麗莎 戴肯弗爾格的上級見習文官，貴族院六年級生。
海斯赫崔 斐迪南的迪塔同伴（自稱）。
阿道芬妮 多雷凡赫的領主一族。
喬琪娜 亞倫斯伯罕的第一夫人，齊爾維斯特的姊姊。
蒂緹琳朵 亞倫斯伯罕的領主候補生，貴族院六年級生。喬琪娜的女兒。
萊蒂希雅 亞倫斯伯罕的領主候補生。
賽吉烏斯 亞倫斯伯罕的上級侍從。斐迪南的近侍。
雷蒙特 亞倫斯伯罕的中級見習文官，貴族院四年級生。赫思爾的弟子。

平民區的商人

班諾 普朗坦商會的老闆。
馬克 普朗坦商會班諾的得力助手。
達米安 加入普朗坦商會的公會長孫子。
路茲 普朗坦商會的都帕里學徒。
歐托 奇爾博塔商會的老闆。
珂琳娜 奇爾博塔商會的裁縫師。
谷斯塔夫 商業公會長。
芙麗妲 谷斯塔夫的孫女。

其他

尹勒絲 渥多摩爾商會的專屬廚師。
薩克 鍛造工匠。想像力驚人。
海蒂 墨水工匠。
睿娜特 歐托與珂琳娜的女兒。
克努特 歐托與珂琳娜的兒子。

平民區的家人

昆特
梅茵的父親，大門士長。

伊娃
梅茵的母親，染色工匠。

多莉
梅茵的姊姊，髮飾工藝師。

加米爾
梅茵的弟弟。

神殿

法藍 負責管理神殿長室。
薩姆 負責管理神殿長室。
莫妮卡 神殿長室與廚房的助手。
吉魯 負責管理工坊。
弗利茲 負責管理工坊。
葳瑪 負責管理孤兒院。
妮可拉 神殿長室與廚房的助手。
羅塔爾 負責管理神官長室。
伊米爾 負責管理神官長室。
艾格蒙 青衣神官。
坎菲爾 青衣神官。
康拉德 孤兒。菲里妮的弟弟。
戴爾克 孤兒。戴莉雅的弟弟。
戴莉雅 青衣見習巫女時期的前見習侍從。
莉莉 生下了艾格蒙孩子的灰衣巫女。
貝特朗 舊薇羅妮卡派的孩子。

第四部

貴族院的自稱圖書委員IX

序章

「直至時之女神德蕾梵庫亞所交織的命運絲線再度交會，願諸神的庇佑與您同在，一切平安康泰。」

「是呀，我會祈禱時之女神德蕾梵庫亞的命運絲線圓滿交錯。」

勾起紅唇說完，喬琪娜便坐上馬車，幾輛馬車相連成行，朝著亞倫斯伯罕啟程出發。艾倫菲斯特的騎士團護在馬車隊伍兩側。他們將一路同行，直到馬車離開艾倫菲斯特的城市為止。

儘管馬車漸行漸遠，喬琪娜最後的笑容與她道別時代表「不久後再會吧」的問候語，依然在芙蘿洛翠亞的腦海裡揮之不去。她沒來由地感到一絲寒意，緊緊交握在身前併攏的雙手。

……那個笑容真是教人心生不祥的預感。

上次喬琪娜來艾倫菲斯特拜訪時，曾去探望過關在白塔裡的母親薇羅妮卡。當時她回頭看向自己的母親後，臉上正帶著與剛才十分相似的笑容。那之後的狩獵大賽上，兒子韋菲利特便在貴族們的慫恿下進入白塔。後來聽完兒子的主張，也得知貴族們為了解救薇羅妮卡所採取的行動後，芙蘿洛翠亞總覺得是喬琪娜在背後操控一切。當然她沒有任何證據，卻仍是抹不去心頭那股好像又有事情即將發生的不安。

……齊爾維斯特大人對她也非常警戒……

芙蘿洛翠亞看向喬琪娜停留期間，一直留意著她動靜的丈夫。他表面上對喬琪娜幾乎可說是畢恭畢敬，但與嫁往法雷培爾塔克的另一個姊姊康絲丹翠相處時，態度卻完全不是如此。上次喬琪娜來訪時，芙蘿洛翠亞便對此大感吃驚。

喬琪娜一行人所乘坐的馬車消失在視野裡後，緊張的氣氛總算稍微緩和，羅潔梅茵開口詢問齊爾維斯特。

「養父大人，亞倫斯伯罕捎來的緊急通知是什麼呢？」

在周遭眾人的注視下，齊爾維斯特輕輕擺手，說著「不知道」敷衍帶過。

「消息是從國境門送來的。雖然檢查過內容，但信上只寫著『即刻返回』。多半是發生了不想讓我們知道的事情吧。」

……從國境門送來？

芙蘿洛翠亞不自覺倒吸一口氣。在領主一族拜訪他領時，若有任何緊急通知，一般都會透過僅有領主可以使用的水鏡。換言之，奧伯．亞倫斯伯罕現在極有可能正處在連水鏡也無法使用的狀態嗎？

……想不到事情真如斐迪南大人所言……

聽說在齊爾維斯特仍想阻止王命訂下的婚約時，斐迪南告訴他，奧伯．亞倫斯伯罕很有可能在訂婚期間就病倒。儘管情報來源的可信度似乎不高，齊爾維斯特卻盲目地信了斐迪南這番話。

但在芙蘿洛翠亞聽來，她只覺得斐迪南當時這麼說，是為了讓無法接受王命的丈夫能夠接受這個結果。畢竟春季尾聲在領主會議上見到奧伯．亞倫斯伯罕時，他看起來十分硬朗，而且既然喬琪娜與蒂緹琳朵能安心前來拜訪艾倫菲斯特，代表至少出發前奧伯並無異樣。

「往會議室移動吧。」

齊爾維斯特下達指示後，前來為喬琪娜等人送行的高層們接著往會議室移動。接下來召開的會議，是要了解每個人在喬琪娜她們停留期間所蒐集到的情報。芙蘿洛翠亞在齊爾維斯特的護送下一邊移動，一邊抬眼看向身旁的丈夫。

……齊爾維斯特大人沒事嗎？

領主會議期間，得知斐迪南接下了王命時，不管是問也不問自己一聲便相信他人話語而下達命令的國王，還是未經領主同意就擅自答應的異母弟弟，抑或是受到亞倫斯伯罕操控而聯合起來的他領貴族，齊爾維斯特全都表現出了無法遏制的憤怒。

……希望斐迪南大人的入贅一事，能就此平安無事落幕……

艾倫菲斯特的排名不高，絕對違抗不了國王的命令。芙蘿洛翠亞邊在心裡祈求著一切能平穩畫下句點，卻也強烈升起難以抹除的不祥預感。

「各位得到了哪些新消息？」

齊爾維斯特如此起頭後，會議便開始了。眾人開始分享，自己在喬琪娜她們出席的茶會或餐會上蒐集到了哪些消息。一般在集結了領內高層的會議上，與會者多是男性，但今日卻是女性占了多數。這是因為喬琪娜與蒂緹琳朵皆是女性領主一族。兩人多參加僅有女性出席的茶會，而這種情況下是由芙蘿洛翠亞與艾薇拉帶頭蒐集情報。

……如果可以的話，其實我很想在開會之前，先向羅潔梅茵與夏綠蒂聽取她們蒐集來的消息，好好整理一番呢。

在來艾倫菲斯特拜訪的這段時間，喬琪娜全面交由斐迪南陪伴蒂緹琳朵，自己則是辛勤地參與各種社交活動。而芙蘿洛翠亞也為了蒐集情報，忙著向自己能夠信任的女性貴族下達指示，幾乎沒有時間與孩子們說上話。尤其是孩子們造訪斐迪南的宅邸那次，她還沒能聽取到詳細的報告。既然那場聚會的目的是訂購髮飾，那麼比起韋菲利特，最好是找羅潔梅茵或夏綠蒂了解詳情。芙蘿洛翠亞一邊在腦海中想著今後該做的事情，一邊聆聽艾薇拉的報告。

「雖然只是從喬琪娜大人離去前露出的微笑來推測，但她停留期間出席過的茶會與餐會，可能都有什麼重要線索。在出席者多是舊薇羅妮卡派貴族的茶會上，喬琪娜大人似乎曾多次提及齊爾維斯特大人在他領眼中並不是好領主，也常問起即將成為她女婿的斐迪南大人風評如何。」

艾薇拉受斐迪南所託，傾注了全力蒐集情報。

「喬琪娜大人似乎也曉得了書籍與印刷的存在。而且多數舊薇羅妮卡派的貴族都認為，真正推出這些新流行的人，其實是羅潔梅茵大人的監護人斐迪南大人，我在猜想或許喬琪娜大人也如此認為。」

重新蒐集情報以後，便能發現不少舊薇羅妮卡派的貴族們都認為，創造出這些新流行的是斐迪南，而不是羅潔梅茵。他們的想法不外乎為以下幾種：譬如斐迪南是在薇羅妮卡失勢後終於能施展才華，他是為了讓原為青衣見習巫女的養女能提升地位才提供知識給她、斐迪南是為了在艾倫菲斯特領內握有大權而利用羅潔梅茵……

……但只要近距離觀察，便可以看出其實是斐迪南大人在管束著羅潔梅茵，不讓她太過失控呢。

斐迪南似乎也曉得貴族們都是如何談論自己。聽了艾薇拉的報告，他點點頭予以肯定。

「嗯，他們確實那麼認為。連蒂緹琳朵也問了我，在我入贅至亞倫斯伯罕時要帶幾名專屬過去。」

「那斐迪南大人如何回答呢？」

這對艾倫菲斯特來說也是一件大事。芙蘿洛翠亞不認為斐迪南會做出對領地不利的事情，但結婚時帶走幾名自己的專屬工匠本就稀鬆平常。只不過帶走的人越多，越有可能影響到今後推廣新流行的腳步。

在眾人的注視下，斐迪南冷笑了聲。

「我告訴她，一切都會比照大領地亞倫斯伯罕。」

這句話解讀起來可以有兩種意思，一是「比照大領地該有的規模」，二是「參考當初奧蕾麗亞嫁來時只帶基本人手」。從斐迪南那充滿嘲諷的笑容來看，意思恐怕是後者吧。但亞倫斯伯罕本打著想要獲取新流行的如意算盤，倘若斐迪南真的只帶基本人手過去，只怕無法與那裡的人相處融洽，也會影響到他今後的待遇吧。

……雖然一般的出嫁，與看中男方能力而要招贅的情況可能不太一樣……

對斐迪南的未來感到不安的，肯定不只有芙蘿洛翠亞。特別偏袒他的艾薇拉以及在他監護之下的羅潔梅茵，應該更是心生強烈的不安。

「但手裡是不是多點籌碼比較好呢？我建議您還是該帶幾名工匠……」

艾薇拉提議後，卻遭到斐迪南斷然回絕。

「不了，沒有這個必要，況且王命並沒有要求我帶工匠同行。再者現在也無從判斷平民工匠到了亞倫斯伯罕後會受到怎樣的對待，得費心照顧的對象只會變成我的負擔。艾倫菲斯特的工匠還是留下來，為領地所用吧。」

斐迪南毅然堅決的模樣，令芙蘿洛翠亞暗暗嘆氣。基於好意所提出的建議卻被拒絕，早已不是一次兩次，但斐迪南的態度始終這般拒人於千里之外。

……可是，誰也無法預料以後會發生什麼事情喔。

芙蘿洛翠亞決定分享自己擁有的情報，希望能讓斐迪南改變想法，多去思考要如何保護自己。

「這是我從舊薇羅妮卡派的下級貴族那裡聽來的消息……聽說因為現在這樣，等於亞倫斯伯罕帶走了在魔力供給與公務處理上都備受重用的斐迪南大人，所以等到那邊的情勢穩定一些後，有計畫要把他送回艾倫菲斯特。」

「妳說什麼？」

「在集結了舊薇羅妮卡派核心人物的餐會上，喬琪娜大人似乎說過這樣的話，只不過提供消息的下級貴族並非親耳聽到。可信度雖低，卻是我最為在意的一項情報。」

聽了芙蘿洛翠亞提供的情報，在場眾人一致面色沉重。只要看過亞倫斯伯罕現在的

情況，任誰也知道要讓領內的情勢安定下來並非易事。
「等亞倫斯伯罕的情勢穩定下來？那是什麼時候？居然能說出這樣的話，難道姊姊大人有什麼對策嗎？」
齊爾維斯特盤起手臂，一臉感到莫名其妙。用指尖輕敲著太陽穴的斐迪南也臉色凝重。
「她所謂的穩定究竟與旁人的認知相同，還是有自己的定義，解讀後的結果也會大不相同。更何況……」
說到這裡，斐迪南不自然地打住。「更何況什麼？」羅潔梅茵開口催促後，他卻搪塞回道：「不，沒什麼。」芙蘿洛翠亞知道斐迪南個性謹慎，除非有確切的證據，否則任何消息都不會輕易透露；但如果是他非常在意的事情，報告前便會先向齊爾維斯特聲明「我還無法肯定」。因此，這次她也無意深入追問。
但是，羅潔梅茵顯然不這麼認為。她沒有接受搪塞，輕睨了斐迪南一眼。
「不可以有所隱瞞喔。因為我們必須預想各種情況，做好準備。」
如果斐迪南願意在這時候便說出來，那確實再好不過。會議室裡的眾人皆看向他，表示對羅潔梅茵的支持。斐迪南對著多嘴的羅潔梅茵板起臉孔後，說出自己的想法。
「……我只是在想，自己被送回來時是否還活著都很難說。」
聽了斐迪南可怕的預測，會議室內的氣氛瞬間凍結。
「請、請不要說這麼恐怖的話！」
「我本來已經打住，是妳硬要追問的吧？」

「雖然是我硬要追問的沒錯……」

羅潔梅茵嚇得小臉僵硬，但這次芙蘿洛翠亞完全能理解她的反應。竟能這般冷靜地預想到最糟糕的情況，斐迪南的理智固然令人佩服，但也太過客觀、淡然，教人不明白他是否理解到了那是有可能發生在自己身上的事情。

「對了，雖然這只是我個人的感覺……」

芙蘿洛翠亞開口，試圖稍微緩和現場的氣氛。

「這次來訪，喬琪娜大人與舊薇羅妮卡派貴族們的交流似乎不如以往熱絡。儘管在各種場合上都有接觸，但他們談論的都是一些無關緊要的事情，靠近亞倫斯伯罕的基貝們也在結束一定程度的交流後，便返回自己的土地。我總覺得有些奇怪。是不是因為在提防我們，所以刻意減少接觸呢？」

儘管眼線們帶回來的消息都沒什麼重要性，芙蘿洛翠亞卻覺得喬琪娜眼中帶有的狂熱比以往還要強烈，離去前的那抹笑容也令人毛骨悚然。

……過幾日也問問孩子們的想法吧。

這次喬琪娜在參加社交活動時，感覺就只是做做表面工夫。不過，四處傳來的消息皆說，蒂緹琳朵的表現倒是任性而為。說不定在拜訪斐迪南的宅邸時，她曾透露過有關喬琪娜的行動或想法。會議結束後，芙蘿洛翠亞決定向孩子們送去茶會邀請函。

「夏綠蒂，歡迎妳來。」

「我正想著這陣子應該有時間與母親大人說上話了，很高興能接到您的邀請呢。」

受邀前來交換情報的女兒在環顧了屋內後，微微側過臉龐。

「母親大人，您並未邀請哥哥大人與姊姊大人嗎？」

現在麥西歐爾仍顧著先說自己想說的話，導致報告的聽取有時無法順利進行，知道這一點的夏綠蒂也就沒有提及麥西歐爾。這是她們母女倆都懂得的默契。

「我也邀請了，但兩人都表示無法出席。因為斐迪南大人確定要入贅以後，韋菲利特已正式開始接受下任領主的教育；羅潔梅茵則是為了處理神殿的交接工作以及預習貴族院課程，必須馬上返回神殿。」

斐迪南不僅會幫忙齊爾維斯特處理公務，也會代替已經引退的波尼法狄斯做些領主一族該做的工作。包括魔力供給在內，在他離開以後究竟該如何填補這些空缺，將是一大難題。神殿那邊的工作，已決定交由羅潔梅茵與她的近侍接手處理；但城堡這邊的工作，除了齊爾維斯特必須更加不遺餘力外，也得把波尼法狄斯喚回來，或是讓下任領主韋菲利特幫忙分擔，才能勉強維持正常運作。

「哥哥大人正在接受下任領主的教育嗎……」

「是呀。韋菲利特向我報告過，之前去萊瑟岡古拜訪時一切都很順利，還取得了那邊派系的支持。艾薇拉也說那次拜訪並沒有什麼過失，羅潔梅茵同樣表示過，與前任基貝．萊瑟岡古會面時一切十分順利……妳不是也這麼說過嗎？」

「……但哥哥大人認為的順利，我想和其他人有很大的落差唷。除了哥哥大人，其他人應該都只是覺得這次的拜訪還算圓滿達成吧？至少我沒有感受到明顯的變化。」

夏綠蒂拿著杯子，蹙眉回道。與前任萊瑟岡古伯爵會面時夏綠蒂也在場，而在她看來，萊瑟岡古的貴族們並不是開始支持韋菲利特成為下任領主，單純只是接受了羅潔梅茵不願成為下任領主的事實而已。

「他們似乎已經接受了姊姊大人不想成為領主一事，所以不會再積極反對哥哥大人成為下任領主吧……」

「但是，這並不代表韋菲利特得到了他們的支持吧。」

聽懂了夏綠蒂的弦外之音，芙蘿洛翠亞不禁看向遠方。「不反對」與「支持」之間有著極大的差距，韋菲利特是否真的明白這一點呢？從母親的角度來看，她也覺得韋菲利特有時太過天真，未能清楚意識到周遭眾人對自己的看法。從第三者的角度來看，一定更是這麼覺得吧。明明上次喬琪娜來訪後，蠢蠢欲動的貴族們還誘使他犯錯，真不知道他是已經忘了，還是沒有學到教訓。芙蘿洛翠亞輕輕嘆氣。

「妳能告訴我拜訪斐迪南大人宅邸時的情況嗎？與韋菲利特近侍們的報告相比，想必又會有出入吧。蒂緹琳朵大人是位怎樣的人呢？」

「哥哥大人是怎麼形容的呢？」

夏綠蒂這麼反問後，芙蘿洛翠亞一時有些語塞。韋菲利特對蒂緹琳朵的評語，是「與祖母大人很像、個性溫柔的人」。好像是看到蒂緹琳朵會為擔心姊姊的近侍著想，還極力想讓姊妹倆見一面，所以有這樣的感想。

「關於這個……他說蒂緹琳朵大人與薇羅妮卡大人十分相像。」

芙蘿洛翠亞答得有些含糊。大概因此感受到了什麼，夏綠蒂微微一笑。

「哎呀，我的感想也與哥哥大人一樣呢。蒂緹琳朵大人真的與祖母大人十分相像。」

字面上的感想雖然一樣，字面下的意思卻與韋菲利特截然相反。與容貌神似父親、從小備受祖母寵愛的韋菲利特不同，容貌更像母親的夏綠蒂遭受到的冷落，難以想像她同樣是薇羅妮卡的孫子。而芙蘿洛翠亞也不曾對薇羅妮卡留下過好印象。

「妳說的相像是指這些方面嗎？比如面對不喜歡的人會分外冷漠，還傲慢地認為別人都該答應自己的要求……？」

芙蘿洛翠亞語帶確認地詢問後，夏綠蒂僅是加深臉上笑意，喝了口茶。她沒有明白說出自己的想法，僅以一個笑容就告訴對方答案。多半是因為在貴族院與上位領地的貴族有過交流，夏綠蒂成長了許多。芙蘿洛翠亞為此感到欣慰的同時，也拿起杯子喝茶。

「聽到叔父大人要搭配髮飾的時候，蒂緹琳朵大人明顯表現出了不滿。此外，她似乎也對即將嫁予第一王子的阿道芬妮大人有些怨言。」

聽了夏綠蒂的報告，芙蘿洛翠亞漸漸感到頭痛。即便她不是齊爾維斯特，也開始擔心斐迪南的入贅一事。凡事都想做到無可挑剔的他，這下還能順利辦到嗎？

……但也是斐迪南大人完全不找齊爾維斯特大人商量，擅自接下了王命呢。

「對了，韋菲利特還告訴我，後來羅潔梅茵跑去看書，並未與蒂緹琳朵大人進行交流……」

「是我建議姊姊大人這麼做的。總比讓她與蒂緹琳朵大人發生衝突要好吧？」

先前韋菲利特只說，羅潔梅茵一看到圖書室便興高采烈地衝過去，因此夏綠蒂的回答令芙蘿洛翠亞眨了眨眼睛。

「姊姊大人與叔父大人的關係非常親密……幾乎就像家人一樣，在神殿還會共用侍從。蒂緹琳朵大人的言行又經常流露出對叔父大人與艾倫菲斯特的輕蔑，所以我認為與其產生不必要的衝突，不如讓姊姊大人待在圖書室裡看書。」

「他們兩人會共用侍從嗎？」

芙蘿洛翠亞自己從未去過神殿，很意外兩人的關係親密到了這種地步。

「是呀。叔父大人因為管理宅邸的侍從人手不夠，便帶了神殿的侍從過去幫忙，其中還包括姊姊大人的侍從。我雖然嚇了一跳，但姊姊大人的近侍們都很鎮定呢。聽說這就和我們出外舉行儀式時，把侍從借給我們一樣。」

經夏綠蒂這樣一說，芙蘿洛翠亞才意識到自己的孩子們，其實也在與養女羅潔梅茵共用侍從。她真切地感受到了儘管言行舉止同是貴族，常識卻大不相同。

「我聽姊姊大人的近侍說，叔父大人會在神殿教育侍從，再把優秀的侍從派到姊姊大人身邊指導她。之前我一直十分納悶，為什麼明明有父親大人這個養父了，叔父大人卻依然當著姊姊大人的監護人，但得知姊姊大人受洗前都是在神殿接受叔父大人的教育後，我便稍微可以理解了。」

負責管束羅潔梅茵的一直是斐迪南。齊爾維斯特在教育自己的孩子時，一向更看重芙蘿洛翠亞的意見，但與羅潔梅茵有關的事情，卻是以斐迪南的意見為優先。芙蘿洛翠亞也早就注意到，即便艾薇拉在洗禮儀式後成了羅潔梅茵的親生母親，還是有無法過問的事情，但想不到兩人的關係比她預想的還要緊密。

「至今一直是叔父大人在當姊姊大人的精神支柱，所以我對往後非常擔心呢。」

「哎呀，羅潔梅茵剛好可以藉此機會獨立，不再需要斐迪南大人的庇護啊。畢竟今後能夠照顧羅潔梅茵的，只有她的未婚夫韋菲利特而已。」

「哥哥大人照顧得了姊姊大人嗎？」

夏綠蒂一臉不安地低喃。但他們已經是未婚夫妻了，今後只能兩人相互扶持。縱使斐迪南沒有前往亞倫斯伯罕，兩人也必須以未婚夫妻的身分互相照顧。差別只在於時間早晚罷了。

……不過，看來必須盡快增加韋菲利特與羅潔梅茵的相處時間呢。

就芙蘿洛翠亞的觀察，可能是因為羅潔梅茵在亮相前的教育與白塔一事皆伸出過援手，韋菲利特已經習慣性地認定凡事都該仰賴她的幫忙。然而對照之下，羅潔梅茵卻曾明白說過，如果是有廢嫡危機也就罷了，但她不想花更多心力去照顧韋菲利特。

再結合羅潔梅茵至今的言行，除了斐迪南再三提醒「要多輔佐韋菲利特」的時候，她其實什麼也不做。不過，芙蘿洛翠亞認為她不是故意的，而是從根本就沒有意識到韋菲利特的存在。對此芙蘿洛翠亞多少也能明白，因為她自己有時也會遺忘很少待在城堡的羅潔梅茵。偶爾晚餐時間看見羅潔梅茵出現，她還會嚇一跳。羅潔梅茵在城堡裡的存在感就是如此薄弱。所以有必要先讓雙方意識到彼此的存在，多做溝通交流。

「夏綠蒂，我明白妳的擔心，但妳也不該僅憑自己的判斷，便抹殺羅潔梅茵能夠累積社交經驗的機會喔。畢竟她將來會是第一夫人，必須累積經驗才行。加上她對此並不擅長，更是需要練習吧？」

韋菲利特若能娶到負責社交活動的第二夫人，那自然是最好，但事情沒有這麼簡單。雖說只有迎娶萊瑟岡古的女性貴族為第二夫人，才能避免令人頭痛的對立，但考慮到現正計畫著的冬季肅清，再考慮到派系的人數比例，應該避免繼續重用萊瑟岡古。

「可以的話我真希望羅潔梅茵能離開神殿，多累積社交經驗呢……」

芙蘿洛翠亞忍不住發了牢騷後，夏綠蒂的藍色眼眸亮起帶著譴責意味的光芒。

「母親大人，您對姊姊大人抱有太多的期待了。叔父大人離開以後，姊姊大人就得一個人維持神殿的運作，今後恐怕會往神殿那邊投注更多心力吧。因為姊姊大人不僅是神殿長，還是孤兒院長唷。光這樣就已經很忙碌了，大家還理所當然地認為她應該把印刷業推廣至他領，還得在貴族院取得最優秀的成績。如果連領內的社交活動也要求她兼顧，未免太強人所難了。請您至少等到她已經習慣了叔父大人不在的生活。」

發覺夏綠蒂與羅潔梅茵建立起了如此深厚的信任和情感，芙蘿洛翠亞感到安心的同時，也無法理解這般重視神殿的必要性。

齊爾維斯特曾說，神殿其實是羅潔梅茵能夠不必在意貴族眼光，與家人放心見面的地方。因為艾薇拉若頻繁出入城堡，或是羅潔梅茵返回老家的話，會引來各種無謂的揣測。但如果是一般貴族絕對不會前往的神殿，便能以開會為藉口，保有與家人共處的時光。不過，芙蘿洛翠亞無意向夏綠蒂說明這些隱情。

「可是，對羅潔梅茵來說，第一夫人的教育應該比神殿更重要吧。能讓領地保有富饒的儀式固然重要，但羅潔梅茵也可以和你們一樣只舉行儀式，把神殿長之位與日常公務託付給其他青衣神官呀。反正她神殿長的任期也只到成年為止。」

芙蘿洛翠亞知道近年青衣神官的人數減少了，但也聽說負責協助他們的灰衣神官變多了。得由羅潔梅茵完成不可的工作應該不多才對。若想減少她待在神殿的時間，應該不會有什麼大問題。

「第一夫人的教育更是等到成年後再說也無妨吧。父親大人還年輕，身體也很健康，哥哥大人應該還要許久以後才會繼任。我個人倒認為比起姊姊大人，哥哥大人更應該先接受教育，而且最好也要重新評估他身邊的近侍。」

夏綠蒂出乎意料的發言，讓芙蘿洛翠亞直眨眼睛。雖然她也注意到了先前因為只重視韋菲利特在貴族院的成績，導致其他方面的教育都有顯著落後，卻沒想到現在就連近侍也該重新評估。

「……重新評估韋菲利特的近侍嗎？」

「自從訂下婚約，哥哥大人的近侍們便越來越傲慢自大。給我的感覺，就彷彿祖母大人還在那時候。」

聽說奧斯華德為了讓自己的主人能以下任領主之姿立下功績，許多事情都要求夏綠蒂退讓。儘管如此，韋菲利特卻全然沒有留意到近侍們的這種行為，就算夏綠蒂為了不使氣氛鬧僵而委婉提醒，他也絲毫沒有意會過來。

「母親大人曾說，要我與同母手足建立起緊密的連結，將來在嫁往他領時才能擁有靠山，所以我也盡量包容。可是，倘若只有一次也就罷了，他們的要求卻越來越多。我不想再協助哥哥大人了。」

芙蘿洛翠亞感到太陽穴隱隱作痛。看見自己的主人度過了兩次廢嫡危機，重新成為下任領主，可想而知近侍們一定都欣喜若狂，更會急著想讓韋菲利特立下功績吧。也或許是他們只懂得薇羅妮卡那時的做法，認為為了下任領主，要求夏綠蒂退讓也是理所當然。然而，如今已與當時不同，韋菲利特擁有的後盾不多，實在不該採用這種會與夏綠蒂鬧僵、使她不願提供協助的做法。

「夏綠蒂，我會盡快了解情況，倘若真如妳所言，便將奧斯華德等人解任。」

其實，早在發現韋菲利特並未在亮相前獲得充分教育，後來又發生白塔一事時，奧斯華德就該引咎辭職。但當時因為採納了羅潔梅茵的建議，認為在首次亮相之前，最好別讓年幼的孩子感到不安；也因為韋菲利特在擅闖白塔、犯下過失以後，沒有人想接任成為他的近侍，才讓奧斯華德繼續留任。看起來他與韋菲利特相處愉快，但倘若並未跟著艾倫菲斯特的腳步一起成長，僅是變得目中無人的話，那就需要重新對其評估。現在既已內定韋菲利特為下任領主，應該會有人想成為他的近侍吧。

一思及此，芙蘿洛翠亞不由得重新意識到，艾倫菲斯特領內的情勢確實是一直在不停變化。

「韋菲利特現在這個年紀，應該接受得了近侍的撤換，也能明白若讓近侍擅作主張，情況一旦失去控制會有多麼危險吧。」

「……是呀。畢竟哥哥大人甚至還說，他得到了萊瑟岡古的支持嘛。重新評估近侍的時候，只要母親大人指示他也從那邊的派系挑出人選納為近侍，哥哥大人再怎麼無憂無慮，應該多少也能看清現狀吧。」

大概是對於奧斯華德的作風，以及對此毫無所覺的韋菲利特已經忍無可忍，夏綠蒂說起話來難得句句帶刺。看來她心裡真的累積了許多不滿。

「夏綠蒂，忍讓這麼久真是辛苦妳了。謝謝妳告訴我這些事情。」

由於孩子們現在都與近侍住在北邊別館生活，很多事情實在難以察覺。能與孩子建立起願意向自己詳細報告近況的信任關係，可謂至關重要。

因斐迪南入贅而帶來的領地關係變化、離去前露出可疑笑容的喬琪娜、至今仍對王命無法釋懷的齊爾維斯特、怎麼也學不會察言觀色的韋菲利特、躲在神殿逃避社交的羅潔梅茵，以及對同母兄長心懷不滿的夏綠蒂。問題實在太多太多了。芙蘿洛翠亞悄聲發出嘆息。

哈特姆特的努力與獎勵

來自亞倫斯伯罕的訪客回去後，我忙著在斐迪南的指導下預習領主候補生課程，時間飛快流逝，一下子就到了夏季的成年禮。而哈特姆特為了接任神官長一職，這次我是在他的協助下順利完成儀式。哈特姆特一臉心滿意足，讓我覺得有點恐怖。經過這次的成年禮，我也強烈下定決心，以後一定要可以自己舉行儀式，不再需要別人幫忙。

接著很快又到了秋天的洗禮儀式，然後要討論收穫祭時哪個青衣神官負責哪些地方。至今都由斐迪南預先做好分配，但他現在正忙著整理交接用的資料，所以改由我與哈特姆特一起在神殿長室裡做決定。

「收穫祭嗎？我想與羅潔梅茵大人一同前往。」

「哈特姆特，你在說什麼啊？這次你也要以青衣神官的身分參加收穫祭，怎麼能和我一起行動呢？」

「我明白，但還是想與您同行。當初我到底是為了什麼才放棄祈福儀式，跑去學習如何徵稅呢……唔唔！」

……這麼說來，春天那時候，他確實說過到了秋天要以徵稅官的身分與我同行，然後才乖乖留下來。

祈福儀式期間，他努力學會了徵稅工作後，結果領主會議上卻訂下了斐迪南入贅一事，哈特姆特也確定成為新任神官長。我能明白他那努力化為烏有的失望心情，但那種帶著狂熱的說話方式開始讓我覺得有些厭煩。

「我的心願只有一個，那便是在羅潔梅茵大人一口氣為農村平民舉行洗禮儀式、成年禮與星結儀式時，我能夠將那幅畫面烙印眼底。比如去年在葛雷修目睹的祝福、平民臉上那充滿驚嘆的神情、一同稱頌羅潔梅茵大人的時光，若能再次親身體會……」

……感覺還會講很久。

哈特姆特這時再怎麼發牢騷，我相信與青衣神官們開會時以及到了出發當天，他仍會表現出下任神官長該有的樣子。我對他確實有著這種程度的信任。但就算是這樣，還是不想聽他一直傾吐不滿與莫名其妙的讚揚。

「法藍、薩姆，我們別管哈特姆特，來整理要指派給青衣神官的地點吧。」

「遵命。」

決定把發表起奇怪演說的哈特姆特撇到一邊後，我參考法藍他們的意見，思考要指派青衣神官去哪些地方。收成多而捐獻也多的地方，我會指派平日很認真工作的青衣神官們前往。由於我賞罰分明，聽說最近舊薇羅妮卡派出身的青衣神官也慢慢開始做事。

「那麼等神官長看過後確定沒問題，之後只要在會議上公布就好了。哈特姆特，你等一下要一直待在神官長室交接工作吧？加油喔。」

把哈特姆特與薩姆趕去神官長室後，我輕輕吁了口氣。開始談正事後，哈特姆特立刻停止他的滔滔不絕，加入我們的討論。雖然個性有點奇怪又容易失控，但基本上哈特姆特是做事非常認真的人。

而且，這次是因為哈特姆特決定接任神官長一職，才無法陪同我前往收穫祭。既然他這麼盡心想協助我，看在他努力學習徵稅工作的分上，似乎應該給他一些獎勵。

……但我不清楚哈特姆特會想要什麼東西，這點有些恐怖呢。畢竟他不久前要求的，還是成年禮的祝福……

我試著回想哈特姆特曾對哪些事情表現出喜悅與激動，從中尋找他的喜好。

……嗯？咦？奇怪了，怎麼好像全部與我有關？

冷靜下來一想，我發覺自己全身寒毛都豎了起來。現在別說是給哈特姆特獎勵了，我甚至想跟他保持距離。

……不不不，只是我不知道而已，其他應該還有能讓哈特姆特產生情緒起伏的事情吧。只要問問和他比較親近的人，一定有吧……

關於哈特姆特，我只知道他當近侍時的那一面。但就好比實際上他正與克拉麗莎交往一樣，他也有自己的生活。在私人生活方面，肯定有著與我沒有關連的其他喜好。

我轉頭看向柯尼留斯。他和哈特姆特從小就認識，而且我聽說艾薇拉與奧黛麗不僅是親族，感情也很好，所以他們兩人在受洗前便有往來。

……如果是柯尼留斯哥哥大人，或許有辦法提供線索？

「柯尼留斯，除了與我有關的事情外，你知道哈特姆特還有其他的興趣嗎？因為他不僅是我的首席文官，確定要接任神官長一職後也變得非常忙碌，如今卻無法與我一同前往收穫祭，徵稅的工作等於白學了，所以我想至少給他一些獎勵……」

我抱著期待仰頭看向柯尼留斯。他一聲不吭想了老半天後，最終露出感到絕望的表情，走投無路似的注視我。

「……抱歉幫不上您的忙，因為我實在想不到。但想完以後我也重新下定決心，今後要更加小心哈特姆特，並比以往更嚴密地保護您。」

……就連柯尼留斯哥哥大人也想不到嗎？

「菲里妮、羅德里希，那你們知道嗎？」

我也試著問向經常以見習文官身分與哈特姆特一起行動的兩人。

「非常抱歉，雖然我與哈特姆特相處至今已經過了半年，但與羅潔梅茵大人無關的時候，我從未看過他有任何情緒波動……」

羅德里希一臉過意不去地說，但這種事我並不怎麼想知道。

「不過，既然哈特姆特是優秀的文官，我想他應該喜歡魔導具或魔法陣。」

記得領地對抗戰時，哈特姆特確實也加入了斐迪南與雷蒙特的討論；䩨拿斯巴法隆那時看見採集區域浮現出來的治癒魔法陣，也興奮地馬上畫下來。

菲里妮好像也想到了什麼，尋思片刻後說：

「哈特姆特似乎很想成為受到羅潔梅茵大人倚重的文官，或許製作魔導具與設計魔法陣的時候，可以找他一起商量喔？」

「……但這麼做好像只會增加他的工作量，可以算是獎勵嗎？」

「畢竟是哈特姆特嘛，他一定會很高興的。」

菲里妮竟然露出純真的笑容說得斬釘截鐵！

「……我會好好參考你們的意見。」

除此之外我實在無話可說，接著陷入沉思時，達穆爾面帶苦笑開口說了。

「羅潔梅茵大人，雖然是與您有關的事，但哈特姆特也十分熱中於研究神具、儀式、禱詞與祝福。不如給予他能夠閱覽貴重資料的權限，您看這樣如何？」

「這主意真是不錯呢，因為神殿這裡就有很多資料嘛。」

哈特姆特如果能像斐迪南那樣，恨不得窩進秘密房間裡專心研究神具與祝福的話，說不定能稍微轉移他放在我身上的注意力。

在神官長室處理完公務後，哈特姆特為了報告回到神殿長室來。我立刻開口問他：

「……哈特姆特，你想不想自己變出神具呢？」

「羅潔梅茵大人，您願意賜給我神具嗎?!倘若能夠辦到這種事情，您何止是聖女，簡直是女神了吧……？太偉大了！祈禱獻予諸神！」

哈特姆特誤會我的意思後，一雙橙眼熠熠生輝，開始向我獻上祈禱。給我等一下，我根本沒這麼說啊。我急忙制止哈特姆特。

「不是的，你快停下來！我只是要告訴你為什麼可以變出神具，或者該說是方法而已。至於能否獲得神具，還是得看你自己……那個，算是獎勵你一直以來這麼努力，也對於你不能一起去收穫祭聊表歉意……總之，你想知道嗎？」

這麼做真的算是獎勵嗎？我懷抱著不安詢問後，哈特姆特露出了燦爛無比的笑容在我跟前跪下。

「這是再完美不過的獎勵了，這樣一來，我的研究也能更進一步。」

……看來若要給予哈特姆特獎勵，符合他文官身分的東西還是最好的。幸好他沒有說「這樣不算是獎勵」，然後向我提出其他奇怪的要求。

我鬆了口氣後，開始說明如何能獲得神具。方法很簡單，只要持續向神殿裡的神具奉獻魔力就好了。奉獻到了一定程度的魔力後，腦海中就會浮現魔法陣。

「我還是青衣巫女的時候，大約花了半年才有辦法變出舒翠莉婭之盾。哈特姆特不僅已經成年，還是上級貴族，花的時間說不定會比我還要短。再加上還能使用回復藥水這類的魔導具。只不過，請不要為了研究就過度飲用藥水，影響到日常生活喔。」

「謹遵吩咐。」

哈特姆特一副躍躍欲試的模樣。其他近侍在他身後，也都聽得一臉興味盎然。看得出來他們對於也許能夠變出神具，都感到相當興奮。

「既然要試，我想試著變出命之劍。」

「柯尼留斯，這是羅潔梅茵大人給我的獎勵，為何是你要嘗試？你待在神殿的時候，不是應該專心做好護衛工作嗎？」

柯尼留斯與哈特姆特帶著笑容互瞪起來。菲里妮心驚膽顫地看著他們，開口詢問我的意見。

「……那個，羅潔梅茵大人。您若同意柯尼留斯也奉獻魔力，這就不算是給哈特姆特的獎勵了吧？」

菲里妮說完，哈特姆特重重點頭表示同意。我想了一會兒。奉獻給神具的魔力越多，對領地越有幫助，而且這樣一來魔力不多的青衣神官們也能夠不管奉獻，專心在交接

工作上。就結果來看，也能減輕斐迪南的負擔。

「只要不會對工作造成影響，我當然樂於看到神具獲得更多的魔力……只不過這樣一來，就需要給哈特姆特其他的獎勵了。」

「其他的獎勵嗎……」

「你自己有沒有什麼心願呢？但當然得在我能實現的範圍內。」

我試著詢問本人有什麼願望。哈特姆特思考了片刻後，露出分外認真的表情說：

「那我希望您能器重我。」我完全聽不懂他在說什麼。

「我覺得自己已經很器重哈特姆特了喔。」

哈特姆特不只擔任近侍，還攬下了神殿這邊的工作，還有什麼事情需要仰賴他嗎？

哈特姆特望著偏頭不解的我，不甘心地握起拳頭。

「我這首席文官不過虛有其名，並沒有做到我該做的工作。」

哈特姆特表示，原本身為我的文官，他應該要準備調合器具、管理原料、協助我進行專業的調合等等，然而這些事情都是斐迪南與他的近侍在做。

……經他這麼一說，預習課程所需的物品，全是神官長幫忙準備的呢。

「在貴族院與在神殿這裡，我確實是能發揮用處，但也希望您能將我視為首席文官加以差遣。」

之前因為我身邊沒有已經成年的文官近侍，哈特姆特則是見習生。因此就算要聽從監護人斐迪南的指示與指導，他也沒有任何不滿。但是，如今他已經無法在貴族院以近侍的身分行動，所以希望在艾倫菲斯特領內也能做些文官的工作。

「而且這麼做，應該也有助於減輕斐迪南大人的負擔。」

「哈特姆特，你說的我都知道了，可是這樣只會增加你的工作量吧？真的能夠當成是獎勵嗎？」

「毫無問題。」

被那雙炯炯發亮的眼睛盯著，我不由得往後瑟縮。哈特姆特果然讓人難以理解。

「可是，我還是不覺得這樣算是給了獎勵……」

因為反而塞了更多工作給他，總讓我覺得怪怪的。

「不如您給我一個貴重的原料吧。那要用原料來做什麼呢？調合？魔法陣？還是為您持有的原料做份清單？」

哈特姆特用咄咄逼人的語氣催促我，我急忙思考有什麼工作可以拜託他。

「呃、呃……那麼關於我要送給斐迪南大人的護身符，你能給我一些意見嗎？領地對抗戰上我遭到英蒙丹克的學生攻擊時，不是因此觸發了斐迪南大人給的護身符嗎？我想和那個一樣，做一個在遇到危險時能保護斐迪南大人的護身符。」

我稍微捲起袖子，展示斐迪南讓我戴在身上的其中一個護身符。由於斐迪南等同要深入敵營，我想送給他具有護身作用的餞別禮物。

「我想把各種魔法陣都塞進一個護身符裡，不管遇到什麼攻擊都有辦法應付，而且我想盡快開始。因為要是做失敗了，才有時間修改重做。」

我拿出自己根據斐迪南給的護身符，所想出來的好幾個魔法陣，想把這些全部塞在一起。看著我只是把想到的和想要的全畫下來的魔法陣，哈特姆特的橙色雙眼亮起興奮光彩，接著露出愉快笑容。

「原來如此，真教人摩拳擦掌呢。我會竭盡所能提供協助。」

就這樣，哈特姆特開始教我怎麼製作護身符，另外只要不影響到工作，每個人都可以為神具奉獻魔力。不知不覺間柯尼留斯與哈特姆特還比起了「看誰能先變出神具」的比賽，我的近侍們也一個接一個參加，神具因此獲得了豐富的魔力。

收穫祭與報告會

一眨眼就到了收穫祭。我和往年一樣，為了在收穫祭時帶古騰堡夥伴們回來，去完直轄地後就前往萊瑟岡古。收取小聖杯的時候，基貝・萊瑟岡古邀我與他一起喝茶，並把曾祖父說過的話告訴我。

「這些話都是祖父大人告訴我的……聽說喬琪娜大人從艾倫菲斯特返回亞倫斯伯罕的半路上，曾在格拉罕落腳。」

「畢竟她們就算騎著騎獸回去，另外還有裝載了許多行李的馬車。馬車中途在格拉罕停靠，不是很正常的事情嗎？」

喬琪娜一行人在接到緊急通知後，便要火速趕回亞倫斯伯罕，因此利用騎獸是最快的。我記得她們也得到了許可，可以騎乘騎獸穿越艾倫菲斯特。只不過，她們因為是他領貴族，無法騎著騎獸穿越城裡的結界，所以要先乘坐馬車離開城市，之後才能使用。而騎著騎獸能載運的行李不多，剩下的馬車隊伍只能慢慢返回領地。

「為了找地方投宿，馬車就算中途停在格拉罕也不足為奇。」

萊瑟岡古與薇羅妮卡派素來交惡，所以也與喬琪娜沒有深交。相較之下，喬琪娜與基貝・格拉罕的交情倒是相當不錯，那在選擇投宿地點的時候，會想繞點遠路去格拉罕也不奇怪。

「但祖父大人說，喬琪娜大人不僅親自去了格拉罕，當時還曾有可疑的聚會。」

「如果不只是裝載行李的馬車，連本人也去過的話，這是非常重要的消息吧？為什麼沒有向奧伯・亞倫斯伯罕稟報呢？」

「由於喬琪娜大人與蒂緹琳朵大人來訪的緣故，當時我人正在貴族區，並未親眼看見喬琪娜大人在中途前往格拉罕。況且，祖父大人說的這些話並沒有根據，萬一格拉罕咬定我們是存心構陷，屆時也無法反駁。」

聽說曾祖父主張，明明喬琪娜來到了艾倫菲斯特，卻有好幾名貴族在亞倫斯伯罕捎來緊急通知前就回到自己的管轄地；再加上一般而言，如果要趕回亞倫斯伯罕，勢必會經過萊瑟岡古，但正忙著採收的平民卻從未見到過喬琪娜一行人騎乘的騎獸，所以他斷定私下一定有過可疑的集會。聽起來確實很像存心誣陷，似乎不適合向領主稟報。

「這件事我還是會向養父大人報告一聲，但也會聲明並沒有根據……」

雖然不知道是妄想還是事實，但這樣看來曾祖父精神不錯，真是太好了。

「麻煩羅潔梅茵大人了。」

除了無法確定真偽的情報，他也報告了印刷業的進展。聽說在福陸斯，一切已經準備妥當，之後可以順利進行印刷。

「聽說居民已經會做紙了，紙的數量若是不夠，也會向伊庫那購買。根據報告，居民似乎全都幹勁十足，說等到了今年冬天就要大家一起印刷。」

由於冬天會被風雪困在屋內，所以這裡的平民似乎把印刷作業當成了一種娛樂。

「不知道萊瑟岡古會印出怎樣的書籍，我非常期待喔。」

隨後，我前往福陸斯舉行了收穫祭的儀式，再帶著古騰堡夥伴們返回艾倫菲斯特。回來後我立刻向斐迪南報告基貝．萊瑟岡古提供的消息，也用書信魔導具寫了信給齊爾維斯特。「那試著為他們製造點波瀾吧。」斐迪南這樣喃喃說著，喚來尤修塔斯。

收穫祭結束後，我馬上向奇爾博塔商會、普朗坦商會與渥多摩爾商會送去傳喚信函。除了要了解古騰堡夥伴們在萊瑟岡古的工作情形、他領商人來訪時的情況，還要收取之前訂做的髮飾。奇爾博塔商會派來的人有歐托、提歐與多莉，他們手上捧著好幾個盒子；普朗坦商會派來的人有班諾、馬克、路茲；渥多摩爾商會來的人則有谷斯塔夫、芙麗妲與侍從。都是各三個人。

「那麼開始報告吧。這段時間在萊瑟岡古過得如何呢？身為古騰堡的你們實際在那裡待過，有什麼感想嗎？」

「萊瑟岡古因為是艾倫菲斯特的糧倉地帶，所有人都把心力投注在農業上，所以沒有什麼商賈氣息，整體氣氛相當悠閒。對於印刷業，聽說也只當作是冬季期間能夠多賺點錢的娛樂活動。」

跟其他地方相比，似乎並沒有無論如何也要讓印刷業發展起來的衝勁。但由於是糧倉地帶，聽說物產豐富，也發現了許多新材料，讓墨水工匠海蒂樂得手舞足蹈。鍛造工匠則是老早就死了心，不認為有辦法處理這麼細膩的作業，決定活字都向外購買。

「製紙業這邊也發現了或許可以做成新紙張的樹木，但由於當地居民沒有時間研究，曾說會把樹木賣給伊庫那，請他們進行研究。」

聽說路茲與達米安經常為他們這麼不想牟利賺錢而抱頭苦惱，甚至有好幾次都忍不住大喊：「只要你們願意明明可以賺更多錢，為什麼不做?!」聽路茲說完這些，谷斯塔夫臉上的皺紋加深，露出了和藹笑容。

「萊瑟岡古就是這樣，他們並不執著於財富，而是傾盡全力做好自己的工作。正因如此，萊瑟岡古才能長久以來始終是艾倫菲斯特的糧倉……從前我曾聽他們這麼說過。」

渥多摩爾商會一直是經營食品買賣，因此似乎從很久以前開始就與萊瑟岡古有密切往來。大店若想永遠維持大店的規模，便不該只顧眼前的利益——谷斯塔夫邊說邊瞥向班諾。

「谷斯塔夫，今年他領商人的來訪情況如何？你們還應付得來嗎？」

「由於各方面都做了改善，和去年相比，一切相當順利。但當然，還是有不少地方需要繼續改進。」

此外，聽說今年因為貿易對象多了戴肯弗爾格，整體交易量有大幅成長；而領主會議上販售了絲髮精的配方後，絲髮精的銷量則較以往減少，終於使得植物油的價格稍有下跌。

「班諾，去年被留下來的庫拉森博克商人的女兒，後來怎麼樣了？」

「當然是推給來自庫拉森博克的商人，請對方把她送回去了。今年因為能來的商會數量被縮減，聽說卡琳的父親備受抨擊。」

庫拉森博克的商人似乎怎麼也沒想到，艾倫菲斯特的貴族會插手介入商人之間的糾紛，還說我們面對上位領地還真是有膽量。

「結果如您所見，只是可惜了這麼一樁良緣。」

明明本有大好機會，能與庫拉森博克的商人建立起緊密連結——谷斯塔夫搖頭嘆氣說道。班諾先瞪了他一眼，再看向我咧嘴一笑。

「畢竟剛起步這個階段是最重要的。我們普朗坦商會身為羅潔梅茵大人的專屬，經手所有的流行，絕不能被他領商人看輕。這也關係到羅潔梅茵大人的威望。」

「預計要在貴族院交給蒂緹琳朵大人的髮飾已經完成了嗎？」

眼角餘光中只見哈特姆特連連點頭表示同意，同時我再看向奇爾博塔商會。

「是的，請過目。請問成品還滿意嗎？」

歐托看著我這麼說完，再看向布倫希爾德。因為那天我都待在圖書室裡看書，所以訂做髮飾時是由她負責應對。布倫希爾德打開木盒後，靜靜檢查髮飾。

「沒問題，你們做得很好。」

「感激不盡。」

歐托與多莉都安心地鬆開緊繃的肩膀。聽布倫希爾德說，蒂緹琳朵當時竟然指定要做比去年的阿道芬妮大人更豪華的髮飾。

「儘管我委婉提醒，阿道芬妮大人畢竟是要嫁予王族，訂做與她同樣豪華的髮飾恐怕不妥……蒂緹琳朵大人的侍從也表示，為了對王族表示敬重，最好別太過豪華……」

然而，聽說蒂緹琳朵只是一笑置之，毫不理會所有人的勸告，只是回以一句：「因為我是下任奧伯嘛。」

但是這樣一來，不僅是佩戴髮飾的亞倫斯伯罕，就連製作髮飾的艾倫菲斯特也可能會被誤以為對王族心有不滿。就連韋菲利特也開口勸阻，說既然是要成為下任領主的人，應該懂得拿捏分寸，但聽說蒂緹琳朵一樣充耳不聞。

「於是後來我提議，可以藉由使用好幾個髮飾，呈現出豪華的感覺。」

為免對王族不敬，只要每個髮飾都做得稍微不那麼豪華，再同時佩戴好幾個髮飾就好了。由於先前艾格蘭緹娜與阿道芬妮都只戴一個髮飾，若能佩戴數個髮飾，便能呈現出非常華麗的感覺——布倫希爾德說她如此提議。

「蒂緹琳朵大人似乎相當滿意我的建議，因此訂做了多達五個的髮飾。這樣一來不僅能同時保有對王族的敬重，也能滿足蒂緹琳朵大人的期望。」

雖然得負責付錢的斐迪南會荷包大失血，但聽說蒂緹琳朵央求後，他只是笑著回答：「如妳所願。」

……這麼說來，父親大人以前也曾說過：「若能用錢買到心靈與家庭的安穩，這種情況還算好的了。」

不知道是去年阿道芬妮在茶會上說過的話讓她很不甘心，還是心裡有著強烈的競爭意識，蒂緹琳朵就連款式也選擇了和阿道芬妮一樣的花。盒裡的髮飾擺放在一起後，呈現出由紅轉白的美麗漸層，我不禁嘆了口氣。

「不過，要是真的把這些髮飾全部戴在頭上，感覺頭會重得不得了呢。」

老實說，我甚至很想在盒子外面貼上「請勿過度佩戴」的警語。布倫希爾德露出苦笑點了點頭。

「我想戴上髮飾時，以及要從宿舍出發的時候，亞倫斯伯罕的領主夫婦都會幫忙查看，所以應該能控制在合乎常理的範圍內吧。」
意思似乎是既然也能減少佩戴的數量，那麼對方究竟會戴多少就與我們無關。
「此外，這是第二王子訂做的髮飾，這個則是戴肯弗爾格訂做的髮飾。」
聽說這兩筆委託都是由來訪的商人下訂單，做好以後則由我們在貴族院呈交。兩個髮飾一個是要送給艾格蘭緹娜，一個是藍斯特勞德為女伴訂做的。
艾格蘭緹娜的新髮飾是白色伏蘭翠，意思是會保護妳遠離所有危險，是種徹底體現出了埃維里貝獨占欲的花。很符合亞納索塔瓊斯本人的個性。
至於藍斯特勞德指定的髮飾款式，是有著秋季貴色的花。聽說委託書上畫有圖畫，要求工藝師得按著圖畫製作。多莉拿出委託書來，上面的花我從來沒見過。肯定是由只生長在戴肯弗爾格的花所組成的。
「這些花我都是生平頭一次看到，要成功編織出來想必不容易吧？」
我擔心地看向多莉後，她卻笑著搖搖頭。
「哪裡，我做得非常開心喔。我們工藝師還聚在一起絞盡腦汁，想著要怎麼編織。最終的成品也比想像中還要出色，我們都鬆了口氣呢。在艾倫菲斯特，我從沒見過花朵與顏色可以這樣搭配，所以這次也讓我學到了很多。」
……不曉得是誰設計的，但品味很好呢。嗯。
收下他領委託的髮飾後，奇爾博塔商會接著拿出哈特姆特為克拉麗莎訂做的髮飾。
看到盒裡躺著顏色接近橙色的黃色花朵，總覺得十分奇妙。我還以為克拉麗拉鐵定是在夏季出生，擁有萊登薛夫特的庇佑。

「很意外吧？一開始聽到克拉麗莎的誕生季節時，我也嚇了一跳。」

大概是內心的想法表現在了臉上，哈特姆特看著我輕笑說道。

最後，多莉拿出了為我製作的髮飾。配合冬季的貴色，略大的紅色花朵與小巧的白花相互簇擁綻放。

「好有冬天的氣息，而且非常可愛呢。我很喜歡喔。」

「很高興能讓您滿意。」

接著，普朗坦商會也呈交新的印刷品。是戴肯弗爾格史書的第一集。由於字數多到不可能收錄成一冊，必須分成好幾集印製。

「光靠戴肯弗爾格的史書，羅潔梅茵工坊可以忙上好一陣子呢。」

「因為戴肯弗爾格的歷史非常悠久嘛。」

給自己的與要給戴肯弗爾格的書都收下後，我交給羅德里希，再看向芙麗妲。

「芙麗妲，之後的領地對抗戰我想再麻煩你們製作磅蛋糕，請問方便嗎？」

「當然，廚師與材料都已經準備就緒。此外，這是羅潔梅茵大人以個人名義訂購的璐萊。康吉莫。」

芙麗妲呼喚後，渥多摩爾商會的侍從輕輕地將袋子置於桌面。布倫希爾德打開袋子檢查，確認過沒有問題後交給我。看見袋子裡裝滿了形似葡萄乾的璐萊，我綻開笑容。

……這下子又能製作更多新餐點了。

「義大利餐廳在他領的商人間似乎深受好評，夏季期間，餐廳每天都忙得不可開交。現在我們也慢慢在雇用更多廚師，還接到了許多想招攬廚師的請求。而且不愧是大領地的商人，不少人的作風都十分強勢……」

但因為我也是共同出資者，聽說目前都是告訴對方「關於廚師的轉籍，請先徵得羅潔梅茵大人的同意」，然後悉數加以回絕。

「由於先前庫拉森博克的商人曾擅作主張，在採取了減少來訪商會數量的措施後，目前為止，並未發生有人擄走髮飾工藝師或再次留下商人這類的情況。」

如果搬出我的名號就能降低平民遇到危險的可能性，那當然再好不過。

「芙麗妲，現在餐廳的客人應該變少了吧？」

「是的，因為他領的商人都已經趕在入冬前返回各自的領地。」

她說這陣子頂多只有大店的店主上門，店裡的人總算能歇一口氣；而且現在也開始忙著準備過冬，比如為領地對抗戰的磅蛋糕準備食材，或是蒐購足夠的木柴。

「如果現在客人不多，不會造成困擾的話，最近我想找時間上門光顧。因為斐迪南大人會在春天來臨前就啟程前往亞倫斯伯罕，我想招待他去義大利餐廳用餐。」

聞言，芙麗妲的小臉迸放光彩。

「這是我們的榮幸，請問您對菜單有什麼要求嗎？」

「除了一定要有法式香濃清湯，其他就由你們決定。我很期待尹勒絲的新餐點喔。」

「請儘管交給我們吧。」

會面結束後，我邀請斐迪南說：「我們一起去義大利餐廳用餐吧。」卻換來他冷冰冰的瞪視：「最近正忙，妳腦袋糊塗了嗎？」但正因為忙碌，更需要美味的料理來撫慰心靈。

「我不只請餐廳準備了美味的法式香濃清湯，還有尹勒絲構思的新餐點唷。在去亞倫斯伯罕之前，神官長要不要先享用一頓美味的佳餚呢？」

畢竟斐迪南說過他不會帶廚師同行，就算我預計用暫停時間的魔導具送餐點過去，到時也得看亞倫斯伯罕那邊的情況，不曉得能持續到什麼時候。再者即便我想送，萬一亞倫斯伯罕比照奧蕾麗亞那樣不允許我們接觸，也有可能送不過去。

「這也是我送給神官長的餞別禮物之一喔。」

「……餞別嗎？原來如此，換個角度來看也算剛好。知道了，那就十天後吧。」

斐迪南深深長嘆口氣後，指定了日期。

餞別會

隨後我寫信給芙麗妲，告知我們要前往義大利餐廳的日期。而在我身後，近侍們爭奪同行名額的戰爭已然悄悄開打。

「各位，你們似乎正在爭論誰要與我同行，但義大利餐廳位在平民區，當初只准進入神殿的未成年近侍是不能去的喔。」

「啊?!」

我就這麼為近侍們的名額爭奪戰劃下休止符。由於他們現在都很隨意地出入神殿，多半已經忘了，但領主下達許可的範圍，只到位在貴族區與平民區交界處的神殿而已。未成年的近侍不能進入平民區執行任務，之前柯尼留斯能去義大利餐廳，只是善加利用了他是卡斯泰德與艾克哈特的家人這個身分，完全不是去工作。

聽完我點出的事實，未成年的近侍們全雙眼圓睜，萊歐諾蕾則是優雅地偏過頭。

「所以您會帶已經成年的柯尼留斯、哈特姆特、安潔莉卡與達穆爾共四人前往嗎？那屆時服侍您用餐的侍從，要找來奧黛麗或黎希達嗎？」

「不，因為義大利餐廳是為平民富豪開的店，並不適合一大群貴族同時前往。而且到時候得輪流用餐，護衛騎士有兩個人就夠了，至於服侍用餐的侍從我會帶法藍。」

「羅潔梅茵大人，請別說這麼冷酷無情的話。」

雖然對大受打擊的哈特姆特他們很過意不去，但坦白說，若要以近侍的身分帶這麼多貴族同行，只會給店家造成困擾。因為近侍並不是客人，只能在侍從用的房間裡輪流吃飯。但是，餐廳裡侍從用的房間並不是專為貴族而設，也沒有人會在旁邊服侍，更何況從一開始就沒有預設侍從還會自己帶侍者過去，所以房間也不大。如果以近侍的身分帶這麼多貴族過去，只會讓現場一片混亂。

「大家如果想前往用餐，我可以幫忙介紹，請以客人的身分自己上門光顧吧。因為在場諸位都是用餐時習慣有人服侍的貴族，我不認為你們有辦法待在侍從用的房間裡進食喔。」

「我就算沒有人服侍也沒關係。」

「我也沒問題，羅潔梅茵大人。」

達穆爾與安潔莉卡一臉凜然地立即回答，所以我決定護衛騎士就帶他們兩人。加上我知道祈福儀式與收穫祭時法藍他們若來不及服侍，達穆爾與安潔莉卡也能自行用餐，不會有怨言；而且若要求達穆爾自掏腰包上門光顧，總覺得太殘忍了。

「柯尼留斯哥哥大人，既然你慢了一步，可以邀請萊歐諾蕾，兩個人一起去呀。唔呵呵～」

其實我是故意調侃，才賊笑著這麼提議，豈知柯尼留斯竟然笑著回道：「這真是好主意。」接著露出不懷好意的表情看向哈特姆特。

「哈特姆特，你對於不以近侍身分，而是以客人的身分前往這件事有何看法？」

「我認為這真是再完美不過的提議。因為如果可以，我並不想待在侍從房間，更想與羅潔梅茵大人一起用餐。」

糟糕，哈特姆特與柯尼留斯都打定主意要去了。這下子搞不好該寫信給芙麗妲，告訴她人數會有變動──我正這麼心想時，柯尼留斯開口詢問萊歐諾蕾。

「如果不是為了執行護衛任務，單純以客人身分前往的話，未成年的貴族應該也能出入平民區吧？萊歐諾蕾，妳願意與我一同前往義大利餐廳嗎？」

「樂意之至，柯尼留斯。」

明明是我故意調侃，建議柯尼留斯可以邀請萊歐諾蕾，想不到他也毫不抗拒地開口邀約，真是沒意思。而且看他們這樣大秀恩愛，達穆爾也太可憐了，快點打住吧。

「但就算要以客人的身分前往，也需要有監護人陪同或是徵得許可吧？」

「若有未婚夫柯尼留斯陪同，我想應該能徵得許可。」

萊歐諾蕾想了一下後，露出了沉浸在幸福中的笑容說道。一聽到能徵得父母同意，布倫希爾德的蜜糖色雙眼亮起光輝。

「倘若想讓葛雷修成為貿易城市，多多了解平民區是很重要的事情呢。畢竟我對平民區幾乎一無所知嘛。我也會試著向父親大人徵得許可。」

「身為侍從，了解羅潔梅茵大人的活動範圍是很重要的工作，順便也能監督姊姊大人。只要這麼向父母稟報，我想他們會同意吧。」

看樣子布倫希爾德與莉瑟蕾塔也都打定了主意要去。看著拚命思考有什麼藉口可以說服父母的兩人，菲里妮像是想到了什麼舉起手來。

「我的監護人正是羅潔梅茵大人，請您允許我同行。」

「我的監護人也是羅潔梅茵大人。」

菲里妮與羅德里希的雙眼也在閃閃發亮。兩人因為已經離開父母的庇護，所以如今我是他們的監護人。

……都到了這個地步，乾脆帶所有人一起去吧？

既然大家都想同行，偶爾請平常這麼努力工作的近侍們吃頓大餐也是應該的吧。雖然得與斐迪南的餞別會一起舉辦，這樣好像不太好就是了。

我正這麼心想時，發現只有優蒂特一個人淚眼汪汪地看著我。

「羅潔梅茵大人，該不會就只有我一個人不能去吧?!」

優蒂特似乎想不到能夠說服父母的理由，但如果只有她一個人不能去，確實太可憐了。

「……不如由我聯絡妳的父母，試著向他們徵求許可吧。」

「羅潔梅茵大人，我由衷感謝您！」

光顧義大利餐廳時，客人得自己帶侍從在旁邊服侍用餐。這也就是說，菲里妮與羅德里希也需要有人服侍他們。由於兩人的監護人是我，平常他們都住在城堡，並沒有這種時候可以帶在身邊的侍從。我看向神殿長室的侍從，說：

「那麼就由法藍服侍我，薩姆服侍羅德里希，莫妮卡則服侍菲里妮，能麻煩你們三人一同前往嗎？另外我還想拜託羅吉娜演奏音樂。」

「遵命。」

羅吉娜與神殿的侍從們也欣然答應同行。

「所以就是這樣，結果今天變成了一大群人一起用餐。」

負責服侍的法藍他們必須提早出發去做準備，所以我在他們離開後，便鎖上神殿長室的大門，然後與護衛騎士一起前往神官長室，邊等邊幫忙處理公務。

「近侍以客人前往的理由是什麼？讓他們同行有意義嗎？」

「跟有沒有意義沒關係，算是犒賞他們平常那麼努力工作喔。而且多介紹點貴族客人也對餐廳有好處，以後就能對營業額有貢獻。不過，今天是由我請所有人。」

今天是餞別會，所以請客的對象也包括斐迪南。聽我這麼說，斐迪南露出了萬般複雜的表情。

「妳要請所有人？……但我可沒有打算讓妳這樣年幼的女性付錢。」

「因為是我要為神官長餞別，當然由我付錢啊。至於近侍們是因為平常那麼認真工作，也順便請他們當獎勵。不過，今天的主角還是神官長喔。」

聊著聊著，迎接的馬車到了。達穆爾、安潔莉卡會和我以及斐迪南同坐一輛馬車，其他近侍則是各自乘坐馬車，從城堡或貴族區前往義大利餐廳。我也預先拜託過其他人，記得從城堡載菲里妮與羅德里希一起過來。

「歡迎幾位大駕光臨，真是榮幸之至。」

芙麗妲與幾名侍者跪在地上迎接。道完寒暄進入餐廳後，店內已經瀰漫著讓人口水直流的法式清湯香氣。濃郁到一聞就能知道肯定經過精心熬煮。從用餐區的方向，也傳來了悠揚樂聲。看來羅吉娜已經開始演奏了。芙麗妲領著我們走進大廳，微笑說道：

「其他幾位也已經到了。這還是我們餐廳第一次接待這麼多貴族客人，店裡的人都非常緊張呢。」

「不好意思向妳提出這麼無理的要求。但如果不是現在，恐怕更不方便吧？」

現在因為秋天的採收期剛結束，一年之中就屬這個時期市場裡會有最多食材。為了盡可能節省冬天要消耗的飼料，這時期也會大量宰殺為過冬而儲存了不少脂肪的家畜，因此市場裡會有很多的肉。跟冬季剛過、沒有什麼食材的春天，以及因有他領商人而忙得暈頭轉向的夏天相比，我認為現在是最適合帶貴族上門光顧的季節。

「而且……他們如果個別前來光顧，也會給其他客人帶來困擾吧？」

普通的平民應該一點也不想跟貴族一起吃飯。要是能同桌吃飯、建立交情的話也就算了，但如果只是待在同個空間裡卻不能搭話，吃飯時還得擔心自己是否會對貴族失禮，肯定只會食不知味。我認為還是包下餐廳，一口氣全帶來比較好。

「感謝羅潔梅茵大人這般費心。先前您說過想品嘗尹勒絲的手藝吧？由您指名的尹勒絲可是幹勁十足呢。」

進入用餐區後，我發現每個人看起來都很開心，顯得非常期待。美味的料理確實有著能讓人感到幸福的力量。希望在出發去亞倫斯伯罕之前，也能讓斐迪南稍微品嘗到幸福的滋味。

「羅潔梅茵大人，這邊請。」

法藍也穿上了為今天準備的服裝，笑容滿面地為我拉開椅子。我在協助下坐上椅子後，芙麗妲開始說明今天的菜單。這時，以護衛騎士身分站在斐迪南身後的是艾克哈特，我身後則是達穆爾。安潔莉卡與尤修塔斯會先用餐，之後再與兩人交接。

「那麼請各位慢慢享用。」

芙麗妲說明完離開用餐區後，店內的侍者隨即推著擺有大盤子的推車走進來。首先由法藍為我盛取，然後是今天的主角斐迪南，由他的侍從幫忙盛裝。再之後是照著身分，由各自的侍從依序盛取。

第一道菜，是類似蕪菁的根類蔬菜扎勒勃搭配生火腿的薄切冷盤。切成美麗薄片的扎勒勃與生火腿在盤子上相互交疊，排成一個圓圈，看起來就像盛放的花朵。中心堆放著切過後加以汆燙的扎勒勃葉子，帶來使人眼前為之一亮的鮮豔綠意。至於炒到酥脆後再撒於整個盤子上的，是與大蒜十分相似的藜葛吧。

而淋在冷盤上劃出和緩曲線的醬汁，並不只是依照我教過的、把鹽與植物油以及柑橘類果汁攪拌在一起而已，還另外添加了切碎的勒尼耶與香草，就連整體外觀也引人食指大動。

我先吃了一口，也藉此表示這道菜可以安心食用。生火腿的鹹香和扎勒勃的清爽口感，正好與微酸的醬汁形成絕妙搭調，讓人想要趕快吃第二口。而在咬著柔軟的生火腿與扎勒勃時，炒得焦香酥脆的藜葛又接著帶來另一種截然不同的滋味。

「……這名廚師真是費了不少心思，醬汁與我廚師做的並不相同。」

斐迪南用叉子沾起醬汁，語帶佩服地說。

「尹勒絲非常熱中於鑽研廚藝喔，就和追求把魔導具做到更好的神官長一樣。」

其他人看來也很開心。雖然與我的座位有點距離，聽不清楚他們在聊什麼，但下級貴族那邊傳來了歡笑聲。

緊接著上桌的，是斐迪南最喜愛的法式香濃清湯。由於這道湯品非常費工，平常很少有機會喝到。

斐迪南先花了點時間欣賞湯頭的色澤，然後舀湯送到嘴邊。

「斐迪南大人，今天的法式香濃清湯也很美麗嗎？」

「嗯，特別美麗。讓我想起了首次品嘗時感受到的衝擊。」

斐迪南半瞇起眼睛，細細品嘗法式清湯的美麗，所以我不再打擾他，轉向附近的上級貴族詢問感想。

「大家覺得法式香濃清湯好喝嗎？」

「羅潔梅茵大人所構思的湯品，本就已經好喝得令我感到吃驚，今天這道湯更是美味得出乎預料呢。居然有人能煮出這種湯。」

布倫希爾德說完，萊歐諾蕾不住點頭。

「明明湯裡沒有任何配料，顏色卻非常濃郁，味道也比以前喝過的還要豐富而有層次，真是神奇。非常好喝呢。」

「濃縮了無數食材精華的這道湯，就好比是羅潔梅茵大人。」

從哈特姆特那爽朗的笑臉，就能知道他也品嘗得非常開心，但講的話實在讓人無法理解。我也不想理解。

下一道菜是剛剛出爐的焗烤千層麵。盛在大盤子裡的千層麵仍不停發出咕嘟咕嘟的聲響，烤得微焦的起司也在噗嚕冒泡。似乎是已經預先幫忙切好，法藍幫我把切成了方塊狀的小份千層麵盛入盤中。

盛到盤子上後，宛如法式千層酥般夾在千層麵之間的白醬與肉醬便從切面流淌而下。盛取時沾到了起司的刀叉還拉出一條細絲，法藍費了點工夫才把起司切斷。

「這道菜很燙，吃的時候要小心喔。」

但儘管我提醒過了，羅德里希似乎還是燙到了舌頭，只見他急急忙忙喝水。優蒂特看著他哈哈大笑，吃第一口時還小心吹涼，第二口卻太快就放進嘴裡，燙得她慌忙伸手拿水。這次換菲里妮與羅德里希在旁邊取笑她。

「真熱鬧。」

「用餐時越熱鬧，越覺得食物很美味吧？」

「……因為對以前的我來說，進食不過是為了活下去又令人心煩的必要行為。」

聽說每當父親因為聚餐等公事而不在，斐迪南還是得與薇羅妮卡一起用晚餐時，她常常不著痕跡地在他的餐點裡下些慢性的毒，抑或餐點乍看下是一樣的，但實際上就只有他盤子裡的食物使用了不同的食材。因此，他在城堡用餐時始終得繃緊神經。

「光是不用與她一起用餐，早餐與午餐的時光便令我感到特別開心，但印象中從未覺得美味過。」

「斐迪南大人的孩提時代真是悲慘呢。要是我也在場，恐怕薇羅妮卡大人得小心才行了。」

「笨蛋。若對當時的薇羅妮卡出手，妳才應該擔心自己的下場。敢對領主的第一夫人動手，怎麼可能全身而退。」

斐迪南用「妳是笨蛋嗎？」的眼神看我。

「或許無法全身而退吧。但只要抱著同歸於盡的覺悟，我想應該可以成功喔。」

「羅潔梅茵，妳也這麼認為嗎？」

「你們竟同樣擁有如此危險的想法……幸好你們是在她失勢以後才認識。」

發覺我與艾克哈特有著奇怪的相似之處，斐迪南深深嘆了口氣。柯尼留斯於是開口安慰道：「斐迪南大人還真辛苦。」

「柯尼留斯，別說得事不關己。我不在以後，要如何管束羅潔梅茵、哈特姆特以及來自戴肯弗爾格的克拉麗莎，可就成了你的工作。」

「請不要強人所難！」

柯尼留斯抱頭哀嚎。這時，侍者從他身後經過，送來主菜。今天的主菜是炸小牛排。用添加了起司的細粒麵包粉做成麵衣後，再以奶油煎至噴香酥脆，使得整體呈現出金黃色澤。

我因為已經吃得很飽了，便請法藍切一小塊就好。盤子裡還盛有尹勒絲的特製醬汁。聽說最一開始，要先品嘗只以柑橘類果實孜涅淋上酸澀果汁的炸小牛排，之後再沾取特製的醬汁享用。

「幸虧淋了孜涅果汁，吃起來本該十分油膩，想不到意外清爽。」

斐迪南似乎相當喜歡淋了孜涅果汁的吃法，不過食量大而且正值發育期的近侍們，似乎都比較喜歡重口味的濃郁醬汁。

「這種醬汁究竟是怎麼調製出來的呢？我還是第一次吃到。」

莉瑟蕾塔一臉認真地緊盯醬汁不放，優蒂特也點頭說：「雖然我也很想讓家人品嘗看看，但家裡的廚師大概做不出來吧。」順便說，我個人也比較喜歡加了孜涅後清爽不油膩的吃法。要是能有添加蘿蔔泥的柚子醋就更完美了。

主菜吃完後，正好護衛也在這時交接。安潔莉卡與尤修塔斯走了進來，換艾克哈特與達穆爾出去用餐。

「安潔莉卡，妳看起來一臉心滿意足呢。餐點很美味嗎？」

「是的，甜點非常好吃。」

安潔莉卡這麼一說，大家立刻對甜點產生了極高的期待。而這天的甜點，是使用了類似栗子的陀拿耶果實製作的蒙布朗。愛吃陀拿耶的柯尼留斯雙眼一亮。

「這道甜點我好久沒吃到了。因為我一在家裡點這道甜點，母親大人就會不高興。」

好幾年前成立「安潔莉卡成績提升小隊」時，我曾把如何用陀拿耶製作餡料的食譜送給柯尼留斯當獎勵。聽說他一到陀拿耶的季節便天天點這道甜點，結果挨了艾薇拉一頓罵。

「我連著三天都點了這道甜點後，母親大人便訓了我一頓，說這種餡料製作起來很費工夫，會讓廚師太過勞累，而且她也不想每天都吃一樣的點心。」

看來柯尼留斯屬於那種喜歡的東西就想每天一直吃的類型。明明相處了這麼長時間，我還是第一次知道。

「而且陀拿耶的果泥不會太甜，我想男士們的接受度也會比較高吧……」

「嗯，是啊。不過，對女性來說可能不夠甜吧？」

斐迪南的目光落在菲里妮與優蒂特身上。就連磅蛋糕也喜歡蜂蜜口味的兩人，顯然都想再吃甜一點，露出了有些期待落空的表情。

「這點不用擔心，尹勒絲一定會做好萬全的準備喔。」

這時另一道甜點也端上桌了。是洛芬露派。洛芬露是這個季節的水果，吃起來介於蘋果與洋梨之間。這裡原本就有把洛芬露切成薄片後置於派皮上的點心，只不過加了奶油和砂糖一起翻炒的做法，是我教給尹勒絲的。

「這道甜點相當甜，建議神官長可以先取一小塊嘗嘗味道。」

要是喜歡，請侍從再去盛裝就好了。斐迪南吃了一口後，便說：「雖然美味，但太甜了。確實嘗一口就足夠。」

至於在場最中意這道洛芬露派的人，似乎是莉瑟蕾塔。由於她一直低調地靜靜品嘗，所以很難看出來，但其實她加點了兩次。

餞別禮物

「神官長，今天的餐點您還滿意嗎？」

「嗯，很不錯。」

「法藍，能幫我拿餞別禮物過來嗎？然後你就去用餐吧。」

法藍立即拿來木盒，把裡頭的東西交給我。那是個大小我能單手拿取、布料花紋還十分可愛的袋子，還綁了蝴蝶結呈現出禮物的感覺。

「羅潔梅茵，這場餐會不就是餞別禮物了嗎？」

「除了招待神官長用餐，這個也是我準備的餞別禮物喔。沒人說只能有一個吧？」

「話是如此沒錯……」

斐迪南露出了像在看著奇妙事物的眼神看我，接下我遞給他的布袋。這裡一般都是把東西放在木盒裡搬運，並沒有包裝的文化。所以我送的綁有蝴蝶結的布袋，似乎只讓人一頭霧水。斐迪南拿著布袋，一副不曉得該怎麼辦的模樣偏過頭。

「請解開這個蝴蝶結吧，禮物放在裡面喔。」

「那這個布袋作何用處？」

「也沒有什麼用處……就是一種包裝。很可愛吧？」

「莫名其妙。妳到底是為什麼要做這麼麻煩的事情，真是……」

斐迪南緊皺著眉嘮叨不停，解開蝴蝶結後看向袋子內部。下一秒，他一臉不可置信地定住不動。

「羅潔梅茵，這是什麼？」

「是用雷根辛鱗片製作的護身符喔，是哈特姆特教我做的。」

我請哈特姆特詳細說明了休華茲與懷斯衣服上的守護用魔法陣，再用虹色魔石做成護身符。由於過程相當不易，我也給了哈特姆特一個虹色的雷根辛魔石當作獎勵。

「只要神官長隨身攜帶，這個護身符一定會好好保護你喔。怎麼樣？我也進步了很多吧？」

我「呵呵」地挺起胸膛說。斐迪南將布袋倒過來，感覺長度超過五公分的水滴狀魔石便落在他的掌心上。他往魔石灌注了一些魔力，仔仔細細端詳。

「……看來沒有問題。」

「因為有哈特姆特在旁邊指導啊，其實我若能自己完成是最好的呢……」

「若交給妳一個人做，還真不知道護身符能否發揮作用，所以妳找哈特姆特幫忙是對的。」

斐迪南輕笑一聲後，抬頭看向尤修塔斯。他立即捧來一個細長型木盒。

「我也有餞別禮物要給妳。」

「謝謝神官長，我可以打開嗎？」

我內心滿是期待地輕輕打開細長木盒，往盒裡一看後，驚訝得張大雙眼。

木盒裡躺著一根簪子，但並不是我平常在戴的、多莉以絲線編織而成的那種花朵髮飾。簪子前端連著五條長短不一的細鍊，尾端都有一顆以精緻金屬外框鑲起的小巧虹色魔石。為了可以把各種魔法陣都塞進去，我自己是從手邊選了一顆最大的虹色魔石，但斐迪南顯然是從小顆的開始挑起。每顆魔石大約都只有兩公分長。戴上以後，水滴狀的虹色魔石就會隨著我的步伐左右搖動，一定非常可愛吧。

……但這可是虹色魔石，那就表示……

我輕輕拿起簪子，試著稍微注入魔力，果不其然五顆虹色魔石上都畫有守護魔法陣。這不只是單純的髮飾。

「神官長，這些虹色魔石也是護身符吧？」

「妳不是說過，想把鱗片做成飾品嗎？但這種魔石做成單純的飾品太浪費了，所以我做成了護身符。」

我的確是說過想把虹色魔石做成飾品，但我也記得當時他曾反駁：「別把這麼貴重的原料用來當裝飾。」明明斐迪南那時候這麼反駁過，沒想到他竟然製作了可以當飾品的護身符。比起開心，我更感到驚訝。

「虧我還信心十足想讓神官長大吃一驚，結果反而是我大吃一驚呢。」

才剛得意挺胸，說自己用虹色魔石做了護身符給他，結果斐迪南乘以五倍回送了同樣的東西給我。這怎麼可能不吃驚嘛。而且雖說都是護身符，但我是以裸石狀態送了魔石給斐迪南，他卻特別統一了大小做成飾品給我。

……我覺得自己完全慘敗。

「我當然也吃了一驚，因為我沒想到妳現在竟能做出這樣的護身符。」

斐迪南看著我送給他的虹色魔石，露出淡淡微笑。但他臉上一點驚訝的神色也沒有，反倒顯得有些高興。雖然我深感挫敗，但只要能讓斐迪南稍微感到驚訝，甚至讓他感到開心的話，這樣就足夠了。

「呵呵，我也成長了吧？」

「……但大半似乎是哈特姆特的功勞。」

「這時候請坦率地稱讚我！」

我揚聲抗議後，近侍們都笑了起來，斐迪南則是哼笑一聲。不過，他講話這麼破壞氣氛也不是現在才開始的事了。我只是噘起嘴巴略表不滿，接著目不轉睛地打量簪子。

虹色魔石看起來與蛋白石十分相似。我輕輕搖晃後，魔石便隨著角度變換而呈現不同的色彩。帶有保護作用的精緻金屬將虹色魔石鑲框起來，反而為這麼簡單的飾品增添了一絲華麗的感覺。

「樣式雖然簡單卻很可愛呢，神官長果然很有搭配飾品的眼光嘛。」

「總不能讓所有人都以為，蒂緹琳朵的那個髮飾是我搭配的。在危機意識的驅使下，我必須準備可以反駁的證據。」

一旦蒂緹琳朵宣稱未婚夫送了髮飾給自己，大多數人都會以為髮飾也是由未婚夫親自挑選。斐迪南似乎極力想避免眾人對他產生這樣的誤解，還說這會讓人懷疑他的品味，不能等閒視之。

「此外，妳不可能每天都佩戴同樣的髮飾，但若把護身符做成點綴用的飾品，我想就不會太過醒目。記得妳說過，自己曾同時佩戴兩個髮飾吧？就當作是戴第二個髮飾，妳要盡可能每天佩戴。」

似乎是為了讓我能每天佩戴，才做成了可以點綴在花飾旁的簡單款式。斐迪南竟然想得這麼周到。布倫希爾德與莉瑟蕾塔也一臉佩服地點頭。

「羅潔梅茵大人，我幫您戴上斐迪南大人送的髮飾吧？」

布倫希爾德起身走來。我把簪子遞給她後，她先是仔細端詳簪子與我的髮型，然後動作輕柔地為我插在原本的髮飾旁邊。

只要輕輕搖頭，就能聽見沙沙的微弱碰撞聲響，還感覺得到虹色魔石在髮絲上彈跳。得到了新髮飾的我非常開心，忍不住「呵呵」地笑起來，仰頭看向斐迪南。

「好看嗎？」

「尚可。」

「神官長，尚可是什麼意思？聽起來像是你根本不覺得好看，但又不得不勉強自己稱讚我喔？」

每當這種時候，我總是強烈覺得，斐迪南真的很不擅長讚美女性……不對，不管是不是女性都一樣。一定是因為這樣，大家才說他與女性都交往不了多久。

「這種時候就算覺得不適合，也應該要稱讚對方很可愛喔。」

「虹色魔石不僅在光線的照射下頻頻變換色彩，還在您夜空般的秀髮上輕柔晃動，彷彿閃耀的星星那般，能夠從中窺見諸神對您的寵愛，我認為真的非常適合聖女羅潔梅茵大人。」

結果開口稱讚的不是斐迪南，而是哈特姆特。而且他讚美的言詞用得太多，還劈哩啪啦講了一大堆，害我都聽不懂他在說什麼。

「神官長，只要哈特姆特的十分之一就好，請稱讚我吧。」

「愚蠢至極，我不覺得需要刻意稱讚。況且這是我為妳做的，怎麼可能不適合。」

……這是在自誇吧？並不是在稱讚我吧？

看斐迪南一派神氣又得意洋洋的樣子，還是放棄讓他開口稱讚我吧。我回頭看向布倫希爾德。

「布倫希爾德，這個飾品可以每天使用嗎？」

「是的。正如斐迪南大人所說，這個飾品即便要與花飾一同使用也沒問題。不僅如此，跟羅潔梅茵大人持有的任何一個髮飾都能搭配。但真要我說的話，那便是既已使用了多達五個的虹色魔石，這個飾品實在不可能不醒目呢。」

……啊，嗯。神官長的行為有時候也不太符合常理呢。

布倫希爾德面帶苦笑，以指尖輕碰做成了飾品的虹色魔石。聽見她這麼說，斐迪南聳了聳肩。

「沒辦法，這是因為我以後無法再保護羅潔梅茵。」

「斐迪南大人對於羅潔梅茵還真是過度保護。不僅給她的護身符多到令人吃驚的地步，也時時為她備好使用了大量珍貴原料的藥水……」

柯尼留斯看著我的簪子微微眯起眼睛。斐迪南還沒說話，哈特姆特先輕笑出聲。

「為了保護羅潔梅茵大人，斐迪南大人盡其所能也是當然的吧。畢竟羅潔梅茵大人可是還沒受洗就被亞倫斯伯罕的貴族盯上，還在領主的城堡裡中了毒沉睡兩年，甚至一前

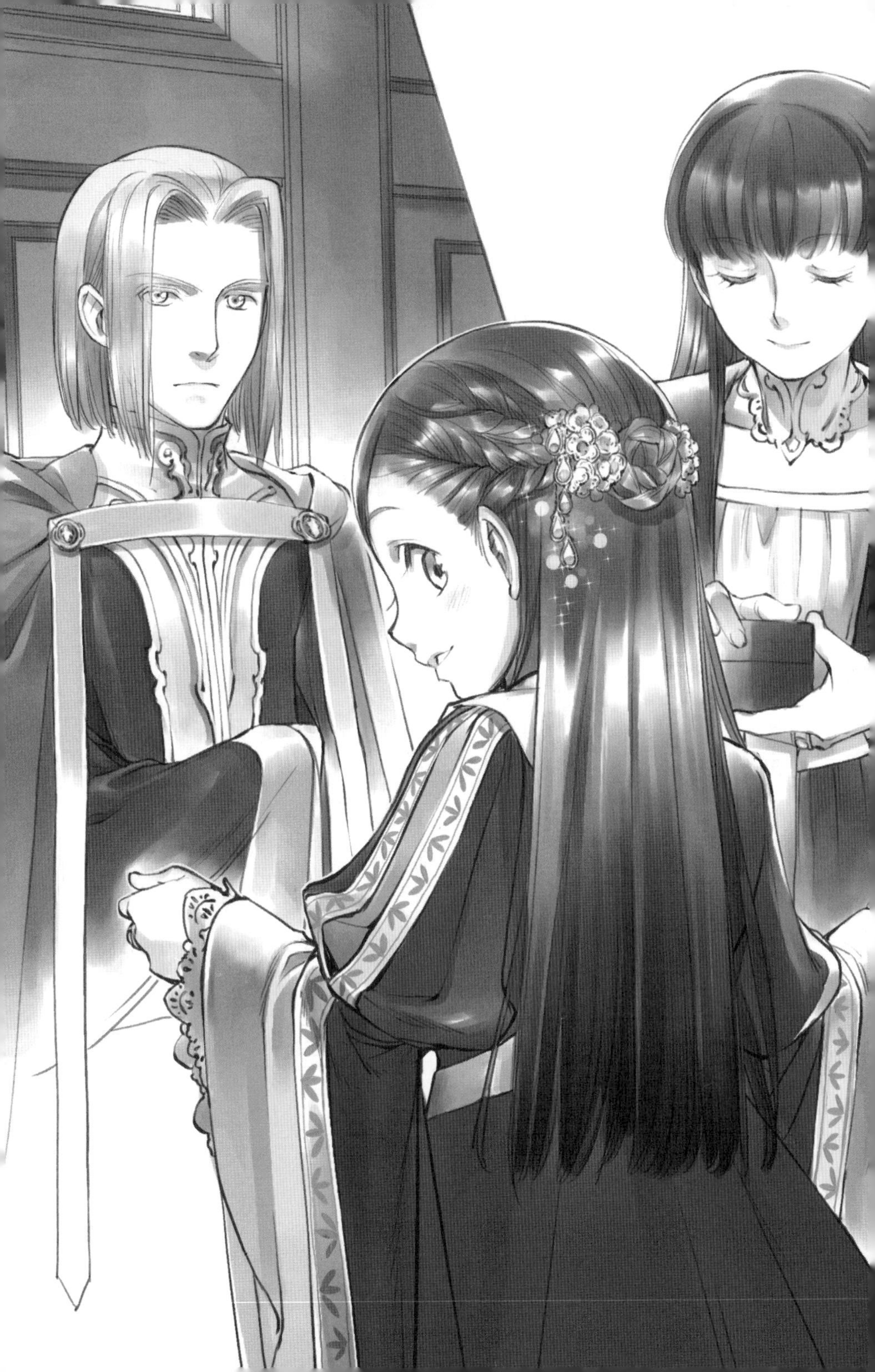

往目光無法觸及的貴族院後，便接連與王族以及上位貴族接觸。即便護身符與藥水都做好了萬全準備，還是會感到不安吧。而且，如今就連我們也不能去貴族院了。」

經哈特姆特這麼一說，斐迪南會開始讓我隨身攜帶大量護身符，確實是在我醒來以後。以前頂多是出外採集的時候會借我而已。自從我進入貴族院就讀，護身符的數量便逐年增加，原來也是和我惹出的麻煩成正比。

「我若能為羅潔梅茵大人製作護身符，當然也想要能做多少就做多少。但我身為文官，既不是監護人也不是家人，能送的東西實在有限……」

哈特姆特說完，非常遺憾地長嘆口氣，接著狠狠瞪向柯尼留斯。

「柯尼留斯，反倒你明明是羅潔梅茵大人的親兄長，為什麼不送護身符給她？你不擔心羅潔梅茵大人嗎？」

「我當然擔心。但比起我能送的，她身上早就戴著許多更好也更有用的護身符。我要是真的送了，一眼就能看出根本比不上，而且多半也派不上用場。」

並非文官的柯尼留斯，聳聳肩說自己無法像斐迪南那樣做出性能優異的護身符，所以沒辦法送。他還說我們雖是兄妹，但我因為已是領主的養女，並不是可以隨便送禮的對象。聽他說得這麼白，彷彿也拉開了我們之間的距離，讓我覺得有些寂寞。

「本來我們在貴族院還能像兄妹一樣相處，但柯尼留斯哥哥大人一畢業，現在根本沒有機會以兄妹的身分交流呢。讓人覺得有點寂寞。」

「我也覺得很寂寞喔。」

柯尼留斯聞言露出苦笑。正沉浸在感傷裡時，哈特姆特刻意地嘆了口氣，破壞這種氣氛。

「唉，我懂。我也是如今才明白畢業竟是如此痛苦的事情，對於未能與您一同前往貴族院，也從來沒有這般絕望過。為何我已經畢業了呢？如果我仍在就讀，就能為羅潔梅茵大人提供更多協助了。」

「雖然你的確能提供協助，但其實只是想觀察羅潔梅茵大人在貴族院裡做了哪些事情吧？就連討伐䩄拿斯巴法隆與治癒採集場所那時候，我看你都非常興奮。」

萊歐諾蕾用不以為然的口吻說完，哈特姆特一臉認真地回道：

「難道有人能不感到興奮嗎？羅潔梅茵大人降落在殘留著黑色汙泥的採集場所後，手持法杖發動魔法陣，眨眼間草木便重新長回，那副模樣就宛如……」

「哈特姆特，這些話我們都聽膩了。」

萊歐諾蕾露出甜美笑容，爽快地打斷開始滔滔不絕的哈特姆特。只見優蒂特與菲里妮都在點頭，可想而知同樣的內容，哈特姆特不知道對近侍們講過幾遍了。

「不說這個了，我有件事想請教斐迪南大人。」

萊歐諾蕾忽然正色，轉向斐迪南。斐迪南輕挑單眉，催促她說：「說吧。」

「既然您讓羅潔梅茵大人隨身攜帶這麼多護身符，代表您認為今年的貴族院暗藏許多危險吧？還請將您預想到的危險告訴我們。與其茫無頭緒地保護羅潔梅茵大人，若能清楚知道該小心哪些人，執行起護衛任務也會更有效率。」

去年斐迪南為我增加了護身符的數量後，便發生了討伐䩄拿斯巴法隆一事，領地對抗戰時我還被迫參加迪塔，後來甚至發生襲擊事件。因此萊歐諾蕾才問斐迪南，今年他預想到了哪些危險。聞言，斐迪南露出相當為難的表情。

「萊歐諾蕾，其實我給羅潔梅茵護身符時，也沒有料到會發生那麼多突如其來又難以預測的危險。去年我擔心過的，也只有亞倫斯伯罕的干預，以及可能拒絕不了戴肯弗爾格提出的迪塔比賽而已。但是今年……」

斐迪南說到這裡停下來，暫且陷入沉默。他輕敲著太陽穴，似乎是在煩惱該不該說，最後緩緩吐了口氣。

「今年奉獻儀式那段時間，我不打算叫羅潔梅茵回來。」

「咦？這是什麼意思呢？」

「先前妳的監護人們討論過後，一致做出了這個決定。也就是今年不讓妳返回艾倫菲斯特，留在貴族院生活。」

斐迪南接著列出理由。包括這是為了破除別人都說齊爾維斯特是過分領主的流言，說他對養女與對親生子女有差別待遇；也因為我已經藉由尤列汾藥水融解了凝固的魔力，突然失去意識的次數將大幅減少。

「況且現在神殿裡有我和哈特姆特在，趁著妳浸在尤列汾藥水裡時，也用魔石儲存到了不少魔力，因此今年的魔力十分足夠，我們也才做出這個決定。但是，也只有我還在艾倫菲斯特的這一年而已。今年妳就和其他人一樣，好好享受在貴族院的生活吧。」

既然魔力足夠，不需要喚妳回來，至少也該讓妳過一次普通的貴族院生活——斐迪南說道。聽得出來他真的為我用心良苦，內心不禁湧起難以言表的喜悅。我的眼眶發熱，注視斐迪南。

「神官長……」

「但由於羅潔梅茵將一直待在貴族院，你們身為近侍又得陪在她身邊，恐怕會十分辛苦，所以我才送給了她這個護身符。這是為了稍微減輕你們的負擔。」

……什麼？

瞬間我的感動與淚水全縮了回去。明明為我設想得這麼周到，為什麼斐迪南就是不能讓我好好地感動一下？

「神官長，如果沒有最後那一句話，我早就因為感激與感動而哭了喔。」

我瞪向斐迪南，他卻一派泰然自若地點點頭。

「這樣也好，畢竟這裡沒有秘密房間，省得我還要安慰妳。」

「神官長，你這樣不行喔。不僅讚美的言詞完全不夠，還老是若無其事地說些破壞別人感動的話！」

「妳對我有何觀感並不重要。現在談話的重點，在於將比以往更長時間在貴族院與妳相處的近侍們，勢必得勞心費神。」

斐迪南與近侍們以在貴族院的生活會十分辛苦為前提，撇下我討論起來。

「今年藥水與護身符我都會多準備一些，但不只英蒙丹克，隨著艾倫菲斯特急遽成長，排名被追過的領地也對我們心懷嫉恨。誰也不曉得這會帶來哪些影響。如今又已確定我將入贅，與亞倫斯伯罕的關係也會產生變化吧。但是，你們還是不能鬆懈大意。一定要表現出很高興能訂下這樁婚約的樣子，隨時保持警戒。」

斐迪南說完，我發現他列出來的全是我們必須小心防範的領地。發覺我們樹立的敵人之多，我不由得感到疲憊無力。

「神官長，你不必這麼擔心，今年我在貴族院一定會平安無事地度過喔。」

「怎麼想都不可能。」

斐迪南立即反駁後，近侍們也一致點頭。雖然早就知道了，但我還真是毫無信用。

「總之，妳要專注在取得最優秀的成績。與此同時，其他領地也就罷了，但一定要小心別與中央對立。」

「截至目前為止，我從未與中央對立過喔。」

「重點不在於妳怎麼認為，而是對方怎麼認為。」

斐迪南邊說邊輕敲太陽穴。

「今年王族多半會主動與妳接觸。光想像就教人頭痛的事情還不少。比如對方若提及了妳聲稱等同家人的我，或是與王宮圖書館有關的事情，妳真的能保持冷靜嗎？」

我完全無法反駁，只是盯著自己的雙手。如果他們拿斐迪南的事情來威脅我，體內經常有魔力在流動的我肯定一下子就會進入威懾狀態。再回想自己至今的舉動，只要是與圖書館有關的事情，我實在不敢保證自己有辦法保持冷靜。

「……我、我無法保證。」

「我想也是。但是，妳是下任領主夫人，在貴族院眾人皆知妳是艾倫菲斯特的聖女。如今妳這般備受矚目，一言一行都會影響到艾倫菲斯特的未來……不對，是會影響到我在亞倫斯伯罕，能夠過得多麼自在且不受拘束。」

大概是知道比起模糊虛幻的艾倫菲斯特未來，用等同家人的自己來限制我，會更有約束力吧。「所以，希望妳能為了我安分一點。」斐迪南一邊說，一邊伸手觸碰發出沙沙聲響的簪子。

「至少護身符已經準備萬全。妳絕不能主動做出威懾這類具有攻擊性的舉動，明白了嗎？」

「是。」我點點頭後，斐迪南仍然一臉不安。

「神官長，你不用露出那麼擔心的表情，我會好好努力的喔。」

斐迪南的目光倏地變得凌厲，看向我的近侍們。

「羅潔梅茵，妳的近侍值得信賴嗎？」

「我認為沒有問題。」

「他們能夠保守絕不能說出口的秘密嗎？」

「……只要是貴族應該都可以吧？」

我環顧自己的近侍，他們也一致點頭。

「那麼發誓吧。在去貴族院之前，你們絕不會告訴任何人。」

聽到期限是在去貴族院之前，我眨了眨眼睛。尤修塔斯語帶確認地問道：「斐迪南大人，您確定嗎？」

「他們若能在知情的情況下保護羅潔梅茵，這自然再好不過。」

近侍們對著思達普發誓不會告訴任何人後，斐迪南以肅穆的語氣開口。

「今年在貴族院最該警戒的對象，是舊薇羅妮卡派的孩子們。」

「可是在貴族院，我們和他們相處得十分融洽啊？」

優蒂特愣愣地偏過頭表示不解。對照之下，羅德里希則是用力閉起雙眼，然後緩緩吐氣。

「所以是在我們去貴族院的時候進行嗎？」

「沒錯。」

羅德里希並沒有明白說出是什麼事情，斐迪南也只是予以肯定而已。但是，透過兩人的表情與現場凝重的氣氛，我馬上明白了是指什麼事情。

……是指舊薇羅妮卡派的排除行動。

「找到證據了嗎？」

「……嗯。除了達穆爾發現的不法行為外，還有其他幾項罪證。」

斐迪南模稜兩可地這麼回答羅德里希。可能是若要將人定罪，那些證據還是不夠充分吧。即便如此，他們也打算強勢地進行排除。畢竟在斐迪南離開艾倫菲斯特之前，已經沒剩多少時間了。

「一旦排除舊薇羅妮卡派的貴族，將有許多孩子受到牽連。你們必須趁著在貴族院的時候，讓他們決定是否願意獻名。就是因為知道你們在貴族院相處融洽，奧伯才決定不牽連孩子，並且負起責任保護向領主一族獻名的人。」

之前在貴族院，齊爾維斯特親眼看見了孩子們不分派系同心協力的模樣，也聽見了孩子們想離開父母所屬派系、想趕快長大的心聲。甚至在蘭普雷特結婚那時，舊薇羅妮卡派的孩子們還提供了重要消息。

「儘管我個人認為，危險的嫩芽應該及早摘除，但奧伯擔心若因為連坐而處罰那些孩子，可能會摧毀艾倫菲斯特的未來。不過，畢竟親族得連坐受罰已是老規矩了，倘若唯獨這次採取不同的做法，只怕招致反彈。為免旁人有所怨言，舊薇羅妮卡派的孩子們必須獻名。」

艾倫菲斯特領內不能留下任何禍根——斐迪南說完，筆直注視羅德里希。

「羅德里希，我希望你盡可能拉攏舊薇羅妮卡派的孩子。」

羅德里希微微瞠大雙眼後，慢慢點頭。

「羅潔梅茵，我不管妳用什麼方法，有想招攬的優秀人才就盡快行動。若想招攬舊薇羅妮卡派的孩子為自己的近侍，只有這次機會了。」

我用力點了點頭。

「可惡，為何我已經畢業了呢？我真想陪著羅潔梅茵大人，一同前往貴族院。要是當初選了侍從課程修習，我就能以羅德里希的侍從之身分同行了。」

「要是讓身為上級貴族的哈特姆特來當我的侍從，我會寢食難安的！」

羅德里希近乎哀嚎地吶喊後，菲里妮與優蒂特都咯咯笑了起來。

「羅德里希，真是幸好哈特姆特當初沒有選擇侍從課程呢。」

「就是說啊。」

「……完全沒有人能明白我的痛苦嗎？」

看著認真抱頭苦惱的哈特姆特，斐迪南露出了有些邪惡的笑容。

「但是，正好有些工作只有成年人能做。你就在貴族院以外的地方為羅潔梅茵效勞吧，我會準備適合你的工作。」

「適合哈特姆特的工作是什麼呢？」

我納悶地歪過頭詢問後，斐迪南想了一會兒，忽然勾起嘴角微笑。

「若想保持心靈的平靜，我勸妳最好還是別知道。」

……來人啊！這裡有人露出了在盤算什麼陰謀的表情！

結束了愉快的餞別會，我們返回神殿。

「神官長，冬天尾聲去亞倫斯伯罕的時候，雪積得很深，應該會很麻煩吧？到時可能沒辦法用馬車載運行李，那你打算怎麼帶過去呢？」

如果只有斐迪南他們，可以騎著騎獸筆直飛往目的地。但是，大量的行李無法比照辦理。

「基本的生活用品，亞倫斯伯罕那邊應該會幫忙準備。像奧蕾麗亞那時候，也是由蘭普雷特與艾薇拉負責籌備吧？況且這次會訂婚沒多久就要成婚，全是為了要配合亞倫斯伯罕。文具與春夏衣物等這類並不貴重的物品，我會在降雪前先送過去，其餘的則是等到雪融後再請奧伯送來。至於我自己，會在貴族院的畢業儀式結束後，只帶隨身行李就過去。」

第二批要送去的行李多是貴重物品，原本應該在自己的看管下進行搬運。但斐迪南說他若等到雪融後才移動，會趕不及在明年的領主會議到來前籌辦好婚事。

「……不如到時候由我送到境界門吧？」

「視時間與情況而定，也許需要麻煩妳。而且若能由妳搬運，也能降低有人在貴重物品與食材間亂塞東西的危險性。」

斐迪南瞪著亞倫斯伯罕所在的方向，如此低聲說道。

「神殿長、神官長，恭迎兩位歸來。」

守門神官的聲音傳進馬車裡來。為了讓馬車能夠通行，神殿正門會有神官負責開門。可能是因為對方的聲音透著些許安心，我忽然心頭一陣忐忑，忍不住緊盯車門。

「神殿這裡發生了什麼事嗎？」

「為何這麼說？」

「因為守門的灰衣神官從來不曾用這種語氣說話，所以我在想，是不是發生了什麼得等我們回來才能報告的事情。」

斐迪南「嗯」地應道，輕敲起太陽穴。

「如果是守門的灰衣神官也知道的事情，妳負責管理孤兒院的侍從應該會立即向妳稟報吧。妳先回房，等人前來報告。千萬不能打開馬車車門，直接詢問灰衣神官。」

斐迪南搶先提醒了我。差點就要傾身打開車門的我連忙把背挺直，重新坐好。

馬車穿過大門，在正門玄關停下後，與斐迪南的侍從一起留在神殿的妮可拉正等著我們回來。

「羅潔梅茵大人，恭迎您的歸來。」

眼角餘光中，法藍他們正忙著將餐具與羅吉娜的樂器等東西卸下馬車，我則與妮可拉一起移動。等我們走到神殿長室的時候，法藍他們也差不多追上來了吧。我一邊走，一邊向妮可拉了解自己不在時的情況。

「妮可拉，妳一個人要準備迎接很辛苦吧？」

「哪裡，其實不會。因為艾拉昨天就先準備好了點心，我只要備好茶水等您回來就好。反而為了把神的恩惠送去孤兒院，費了我一番力氣呢。」

由於今天我們要前往義大利餐廳享用大餐，雨果與艾拉得到了一天休假，昨天就先把今天的伙食做好了。

「因為莫妮卡他們不在，我還找了吉魯與弗利茲一起幫忙，才能很快把午餐送去孤兒院。然後，中午我便留在孤兒院與大人們一起用餐。」

去年在寒冷的冬季到來前，孤兒院又收容了幾個孩子。妮可拉說她在孤兒院待了一段時間，聽葳瑪與戴莉雅講述那些孩子的情況，也幫忙準備了孤兒院的晚餐。

「孤兒院那邊與灰衣神官他們，有沒有發生什麼不尋常的情況呢？」

「對了，今天艾格蒙大人的侍從很難得地來了孤兒院喔。聽說是為了招納新侍從，想先找葳瑪商量。」

聽到艾格蒙與新侍從這兩個關鍵字，我腦海中馬上蹦出一個結論。

「……難道他又讓侍從懷孕了？」

艾格蒙是名青衣神官，不僅破壞過神殿的圖書室，當我在尤列汾藥水裡沉睡的時候還讓莉莉懷孕，甚至把她趕回孤兒院，所以我對他沒有半點好印象。大概是聽出了我的語氣變得嚴厲，妮可拉連忙補充：

「不是的。聽說是因為哈特姆特大人成為新任神官長後，工作量變成了以前的兩倍以上，他們才想招納一名可以處理文書工作的神官。」

原來不是又讓侍從懷孕了。多半是因為聽說過莉莉的悲慘遭遇，讓我忍不住用過於負面的有色眼鏡去看他了。聞言，我有些鬆了口氣。如果艾格蒙願意認真去做交代給他的工作，那我也許該稍微修改對他的評價。

「他們似乎正在煩惱，招納新侍從一事，該找現在的神官長還是新任神官長商量。」

現在正值交接期間，所以兩人都在處理神官長該做的工作。雖然大家可能會感到混亂，但其實找誰商量都可以。

「由於我對艾格蒙沒有什麼好印象，哈特姆特對他特別警戒。我想最好趁現在向神官長提出申請，應該會比較容易得到許可喔。」

「知道了，我會這麼轉告艾格蒙大人的侍從。」

而且哈特姆特一說起對聖女的讚揚，就可以講上老半天。妮可拉咯咯笑說：「雖然哈特姆特大人是有些誇張，但其實也沒有說錯，很難糾正他呢。」

「吉魯與弗利茲過得怎麼樣呢？」

「兩個人也留在孤兒院，和灰衣神官他們一起很快吃完了午餐。好像是因為有些書得趕在冬季的社交界到來前印好，工坊最近非常忙碌。」

為了可以提供好幾本新書送去貴族院，現在正是最後衝刺時期。在工坊工作的兩人比起回到神殿長室慢慢用餐，都選擇了留在孤兒院火速吃完。

「但如果被法藍知道了，肯定會訓他們一頓，這件事請保密喔。」

聽說法藍認為，既然自己的主人有房間，身為侍從應該要回到神殿長室用餐，不能為了節省時間，就忘記侍從該有的樣子。妮可拉悄悄這麼告訴我時，一陣冷空氣忽然從後方飄來。

「妮可拉，我都聽到了。」

「呀啊！」

我和妮可拉兩人嚇得跳起來回過頭，只見法藍捧著木盒一臉冷然，達穆爾則是掩著嘴角輕笑出聲。

「真是的，我只是離開一段時間，你們馬上沒了規矩。羅潔梅茵大人，請您也要注意自己的言行。主人不好的榜樣，也會影響到底下的人。」

原來侍從們會只顧著工作而不守規矩，都是受到我的影響。因為我總是為了能有更多時間看書，打亂原本的作息。這我還是第一次知道。

自知理虧的我聳了聳肩，穿過妮可拉幫忙打開的房門，走進神殿長室。瞬間，我好像聞到了一股淡淡的甜香，忍不住停下腳步左右張望。但是，屋內並沒有任何異狀。這時我也沒有再聞到甜香。

「羅潔梅茵大人，怎麼了嗎？」

「……沒什麼，應該只是我的錯覺吧。」

我搖了搖頭，然後在莫妮卡與妮可拉的協助下更衣，也讓一同外出的侍從們回房換上神官服。

大家回房更衣的時候，我一邊喝著妮可拉泡的茶，一邊慢慢環顧自己的房間。總有種奇怪的感覺。雖然無法明確說出是哪裡不同，但就是讓人十分在意。

舉例來說的話，就像是麗乃那時候母親進入書庫後，從隨意疊起的書堆裡抽走了第二本書。如果大動作地打掃過，一進屋內馬上就能看出來。可是，前者卻是看不出有人進來過的痕跡，房內的景象也幾乎毫無變化。明明看不出差異，但就是知道跟自己上次進來時相比有哪裡不太一樣，這種隱隱約約的不對勁感讓人很不愉快。

……到底是哪裡不一樣呢？

我喝著茶，還是揮不去心頭的異樣感。這時，換上灰衣神官服的法藍一回來，便把妮可拉叫過去詢問：

「妮可拉，我們不在的時候妳進過我的房間嗎？」

妮可拉愣愣地歪過頭，露出莫名其妙的表情。

「沒有。我既沒有事情得去你的房間，況且就算有事，也會拜託吉魯或弗利茲代我進入男士的房間。」

「是嗎……我知道了。」

法藍依舊一臉無法釋懷。我忽然覺得他搞不好正和自己有一樣的想法，忍不住開口問道：

「法藍，怎麼了嗎？」

「我總覺得自己的房間裡，有女性所用的香料氣味。」

「其實我在走進神殿長室時，瞬間好像也聞到了一股淡淡的甜香。而且我還有種不太對勁的感覺，很可能有人趁我們不在的時候進來過。請大家整理好帶回來的物品，檢查一下有沒有東西被偷，然後找神官長商量吧。」

「遵命。」

法藍回房去拿鑰匙，薩姆則是離開房間去通知斐迪南。達穆爾也立即送出奧多南茲，召集從義大利餐廳返回城堡的護衛騎士們。神殿長室裡的眾人忽然忙碌起來。

「妳說神殿長室可能遭人入侵嗎？」

「我也說不出來少了什麼東西，或是哪樣東西被人動過，但就是有哪裡不太一樣。」

我再補充說明了自己回來時感受到的異樣，以及大概檢查過後，目前並未發現有東西被偷。斐迪南面色凝重地陷入沉思時，接到奧多南茲的護衛騎士與文官也都騎著騎獸趕到。

「羅潔梅茵大人。」

我正向斐迪南說明時，莫妮卡走過來略顯猶豫地開口：

「葳瑪緊急求見。」

「可能是關於妳剛才覺得奇怪的守門神官。我也想聽，讓她進來。」

我對斐迪南點點頭，允許葳瑪入內。葳瑪進來後，看見屋內竟有這麼多人便張大眼睛，發現現場男性居多以後，更是瞬間渾身僵直。最近因為她已能神色自若地出入神殿長室，我還以為已經沒問題了，但看來若距離太近或人數過多，她還是會感到害怕。

「葳瑪，過來這邊。想必發生了很嚴重的事情，讓妳無法等到晚上再報告吧？」

我讓葳瑪往女性多一些的地方靠近，然後催促她開口。她蒼白著臉在我椅子旁邊跪下後，來回看向坐在正前方的我與斐迪南，開始報告。

「聽說中午負責守門的灰衣神官全部不見了。」

她說輪值的神官們到了大門準備交接時，卻沒有看見半個人。原則上，緊鄰平民區的後門那裡都會有四名守門神官在。若有馬車要進入貴族區域，車夫必須先向後門的守門神官說明與誰有約，以及進入神殿所為何事。聽完說明後，其中兩名守門神官就會去開啟正門，一名神官則是前往貴族區域通報訪客的到來，最後一名神官會留在後門待命。因此不管在什麼情況下，都一定會有人留在大門。

「負責守門的灰衣神官們從來不曾像這樣突然消失。除此之外，午餐過後去大門交接的灰衣神官們還說，當時正門並未確實關好。」

更準確地說，似乎是關門方式和往常不一樣。

「也就是說，在我們不在的時候，曾有搭乘馬車的訪客來過神殿吧？」

「而且還是暗中來訪。」

「都把四名灰衣神官藏起來了，哪裡算是暗中了？」

我傻眼地大嘆口氣後，斐迪南輕輕搖頭。

「不，在妳成為孤兒院長之前，一般不管孤兒院的灰衣神官說了什麼，都不會傳進青衣神官耳裡。換作以前，只要守門的神官消失了，就能掩蓋行蹤。」

灰衣神官們即便覺得可疑，也要有人問起才能發表意見。而這次暗中來訪的人，不僅抓準了我們不在神殿的時機，還有能力迅速達到目的，手法更巧妙到讓人頂多覺得有哪裡不太對勁，卻無法看出少了什麼東西。斐迪南說如果是以前的神殿，這些事情絕對不會有人發現。

「像妳原先也只覺得有哪裡不太對勁，但倘若葳瑪沒來向妳報告，之後幾天也如常生活、沒再發生任何情況的話，妳多半就會徹底忘了這股異樣感吧。」

的確，異樣感甚至微弱到了我還懷疑只是錯覺。等我睡一覺醒來，肯定就忘了。

斐迪南輕敲著太陽穴，臉色越來越凝重。

「我想犯人，應該是自以為就算少了幾名灰衣神官也沒人會放在心上、還有能力使人消失得無影無蹤的貴族。」

聞言，我想起了斐迪南對著前任神殿長的侍從們湮滅證據時的光景，冷汗不禁流下背脊。所以四名守門神官都像那樣，已經消失得無影無蹤了嗎？

……要是兇手就在這裡，我搞不好會氣得失去理智。

「這個人雖與青衣神官串通，但肯定並不曉得孤兒院的負責人每天都會向妳報告當日情況。現在要盡快調查，究竟是哪個青衣神官曾有訪客、馬車在進入神殿時有無目擊證人。犯人多半以為自己掩蓋得非常徹底，爭取到了時間。」

斐迪南說完，我猛然起身，轉頭看向達穆爾。我絕不讓對方逃了。

「達穆爾、安潔莉卡，請你們分頭去通知平民區的守門士兵。告訴他們，我們正在尋找破壞我房間的歹徒，請他們幫忙打聽有誰曾在平民區裡看見過馬車，並且調查今天有哪些馬車出入過城市。只要去通知人在北門的昆特，他應該會立即展開行動。現在分秒必爭，請你們動作快！」

「是！」

達穆爾與安潔莉卡一個箭步衝出房間。接著我看向還跪在地上的葳瑪。

「葳瑪，謝謝妳告訴我這件事情。再麻煩妳通知吉魯，說有人曾擅闖神殿長室，請他去找商業公會、渥多摩爾商會、奇爾博塔商會與普朗坦商會，幫我詢問有沒有人見到過貴族乘坐的馬車。」

尤其渥多摩爾商會就在神殿旁邊，或許有人看見了什麼。我下達指示後，葳瑪點了好幾下頭站起來。

「還有，也幫我問問孤兒院裡的大家。比如在打掃或汲水的時候，有沒有人看到過駛進神殿的馬車；以及灰衣神官去貴族區域通報訪客到來的時候，有沒有人看見過他或與他說過話。利用這些線索，就可以推敲出比較確切的時間。我希望蒐集到的情報越多越好。」

「羅潔梅茵大人，我也一起去孤兒院。葳瑪一個人恐怕沒辦法問那麼多人，而且打聽與蒐集情報本來就是文官的工作。」

菲里妮抱起自己的文具往前一站。明白自己該做什麼的她，嫩草色的雙眼裡同時有著擔心。她一定是想順便看看康拉德吧。

「菲里妮，那就交給妳了。請順便看看戴爾克與康拉德是否很害怕。」

「遵命。」

換作不同的時間與場合，有可能是康拉德被消失在這個世界上。所以對菲里妮來說，她無法置身事外吧。菲里妮帶著有些僵硬的笑容，與葳瑪一起步出房間。看著離開的兩人，羅德里希焦急地抓起自己的文具。

「羅潔梅茵大人，我也一起……」

「羅德里希，你不行。因為你目前還未出入過孤兒院，只會讓大家感到緊張。現在最好還是交給常去孤兒院的菲里妮吧。」

面對可說是壓倒性強者的貴族，灰衣神官們一向沉默寡言。除非他們足夠了解對方，知道可以說到什麼程度、對方又是否會認真傾聽自己說話，否則基本上都會三緘其口。因此，羅德里希就算去了也沒用。

「啊……」

羅德里希鐵青著臉，輕聲喊道。哈特姆特看著他，伸手拿起自己的文具。

「所以我說了，不只是孤兒院與工坊裡的人，平民區的商人也都等同是羅潔梅茵大人的手腳，你必須了解神殿裡所有的一切才能幫上忙。」

「哈特姆特，那你要做什麼？」

聽見羅德里希這麼問，哈特姆特揚起得意笑容。

「依我和他們建立起來的信任關係，要去孤兒院蒐集消息也不成問題，但我還是做些只有自己能做的工作吧。如果想把青衣神官叫來問話，得用到神官長這個頭銜。」

哈特姆特說得沒錯，能夠傳喚青衣神官的，只有神官長與神殿長而已。況且傳喚以後，青衣神官通常還得準備一段時間才會現身，就算見到了面也可能顧左右而言他。哈特姆特在貴族當中也是十分優秀的文官，由他負責向青衣神官問話正好再適合不過。

「哈特姆特，我很期待你的表現喔。」

「包在我身上。斐迪南大人，羅潔梅茵大人就拜託您了，因為我目前還不清楚羅潔梅茵大人在平民區的影響力到了何種程度。」

哈特姆特說完，斐迪南不高興地皺起臉龐。

「你似乎把最棘手的工作推給了我，但好吧。神官長室與侍從皆隨你調用。」

「感激不盡。走吧，羅塔爾。」

哈特姆特向斐迪南帶來的其中一名侍從喚道，然後離開房間。我轉頭看向法藍。

「法藍，我們一起仔細調查神殿長室究竟是哪裡不一樣吧。畢竟對方可是不惜消除灰衣神官，也要達到目的。你說你的房間也有遭人闖入的跡象吧？有沒有什麼東西不見了，或被移動過位置呢？」

「在我的房間裡，貴族會需要的東西……」

法藍說到一半時，薩姆抬手打斷。

「犯人的目標，應該是可以打開鑰匙保管盒的鑰匙吧？法藍身為首席侍從，負責保管的貴重物品只有這一樣而已。由此來看，我認為對方的目標很可能是平常需要上鎖的物品。」

「羅潔梅茵大人，雖然我剛才已經檢查過了，但這次再針對平常會上鎖的地方仔細檢查一遍吧。」

莫妮卡抬起頭來，看向法藍。法藍立刻回房去取鑰匙，並且拿來放有各種鑰匙的保管盒。一定要找出是哪裡不同！我不由得鬥志高昂，起身後正要再一次檢查書箱時，斐迪南出聲制止。

「慢著。肉眼可見的物品就交給侍從檢查，妳負責檢查肉眼看不見的地方吧。」

「肉眼看不見的地方是哪裡呢？」

我不明所以地偏過頭，斐迪南緩慢抬起手。

「如果闖入神殿長室的是貴族，對方也有可能不是偷走了某樣東西，而是設置了危險的魔導具。妳檢查看看吧。」

由於我一直認定擅闖者是進來偷東西，從沒想過對方有可能是設置了危險的魔導具。而且乍看之下，房裡也沒有多了或少了任何東西。

「那個，神官長。我該怎麼調查有沒有危險的魔導具呢？」

「妳試著把自己的魔力平展到非常稀薄。如果有魔導具充斥著並非妳本人的魔力，或被人以魔力使用過，妳便能感知到差異。就和感知他人混在原料裡的魔力一樣。」

如果和感知原料裡的魔力一樣，那我前陣子剛學，知道怎麼做。

「有些魔導具在感應到一定程度的魔力後就會發動，所以妳要如同加水稀釋那般，盡可能把極少量的魔力平展開來。」

不只柯尼留斯，我的近侍們全都驚訝地直眨眼睛，聽著斐迪南的說明。

「斐迪南大人，您竟然還知道魔力有這種使用方式。一般日常生活中根本不會遇到這種情形，需要審慎地檢查房內有無他人的魔導具。」

斐迪南冷冷地低頭看向近侍們，低聲道：「我以前正是需要每天都這麼做。」至於是誰一手打造了這種必須時時警戒有他人設置魔導具的生活環境，只要稍微動腦想想就能知道，我忍不住嘆氣。

「那麼，請所有近侍都站到那面牆旁邊吧。」

在場所有人的魔力都和我不一樣，所以我請他們盡量集中站在一起，才不會妨礙到我調查。緊接著，我先是做了個深呼吸，然後開始平展魔力。我照著斐迪南說的，如同加水稀釋一般盡可能把魔力的濃度降到最低，仔細地掃過地板進行探查。

集中站在牆邊的近侍們與站在斐迪南身後的艾克哈特與尤修塔斯身上，都能感受到不屬於自己的魔力。就算把魔力平展到非常稀薄，還是能感受到微弱的排斥。

神奇的是，我對於依然坐在對面的斐迪南的魔力幾乎不感到排斥。該不會是因為不只他剛送的簪子，還有我戴在身上的眾多魔導具，讓我已經太習慣斐迪南的魔力了？

平展開來的魔力掃過地板後，並沒有感知到任何異常。我再把展開的魔力緩緩往上移。掃過站在牆邊的近侍們、掃過正前方斐迪南的近侍們，接著我感知到了他們以外的魔力排斥反應。我定睛注視著感受到排斥的地方，緩步上前。

「羅潔梅茵大人？」

我低頭看向法藍手中的鑰匙保管盒。在並排的幾個鑰匙中，只有一個鑰匙有排斥反應。除此之外，感受到排斥的地方還有一個。我看向祭壇，嘴唇抿成直線。

「……神官長，我找到了。」

「在哪裡？」

斐迪南拿出可以隔絕魔力的皮革手套，一邊戴上一邊往我走來。

「聖典和對應的鑰匙並不是我的東西。」

由於外觀完全相同，根本看不出來是哪裡不一樣。但是，登記在兩件物品上的魔力顯然不屬於自己，不管是擺在櫃子上的聖典，還是如同既往收放在保管盒裡的鑰匙，都與我的魔力互相排斥。

「聖典和對應的鑰匙嗎？犯人究竟有何目的？」

「我雖然不曉得犯人的目的，但我的目的已經非常明確。」

……我絕對饒不了犯人！

平民的證言

「總之，既然我的書不見了，那當然要去找。恕我先失陪了。」

我朝著房門正想邁步，斐迪南馬上抬手制止。

「妳打算去哪裡？有頭緒了嗎？」

「沒有，但我打算和剛才一樣，用魔力地毯式地搜索整個城市。」

我要用魔力探查整個平民區與貴族區——我這麼主張後，斐迪南不可置信地睨我一眼。

「用魔力進行探查時，雖能感知到他人的魔力，卻分辨不出自己的魔力。更何況貴族區內到處是他人的魔力，妳這個做法一點用處也沒有。笨蛋，別浪費魔力。」

「唔唔……」

「妳倒不如想想犯人有何目的吧。若能猜中目的，多少能夠鎖定可疑人選。」

我歪了歪頭。

「神官長，你在說什麼呀？犯人的目的當然只有一個，不用想也知道吧？」

斐迪南似乎是真的不知道，皺起眉「哦？」地看我。

「想要聖典的人，動機就只有一個。當然是因為對方想要閱讀艾倫菲斯特領內僅有這麼一本的貴重聖典！」

要是犯人堂堂正正地向我提出請求，我說不定還會准許他閱覽。然而，對方竟然消除了四名灰衣神官，還擅闖神殿長室將聖典掉包，我絕不可能向做出這種犯罪行為的人下達許可。

但在聽完我的完美推理後，斐迪南只是嘆了口氣。

「如果對方的目的只是想看聖典，不需要特意闖入妳的房間、暗中調換聖典吧，去神殿的圖書室看手抄版聖典就夠了，再不然也能委託青衣神官抄寫一份。」

「唔！可是，說不定對方是想看手抄版聖典裡沒有的暗之禱詞，或是查看與哈爾登查爾的奇蹟有關的記載，總之有各種可能啊。」

情急之下，我開始列舉自己的聖典比其他版本要優秀的地方。他領都是從青衣神官當中選出神殿長，所以相比之下我的聖典能閱覽的範圍要多得多，一定有很多人想要。

……因為我的聖典就是這麼厲害！

「確實如妳所說，可能有貴族想調查哈爾登查爾的奇蹟，也可能是中央神殿想知道黑暗之神的禱詞，這些都能構成動機。但是，還是無法理解對方為何要調換聖典，況且沒有妳的許可，就無法閱讀登記了妳魔力的聖典，因此偷了也沒意義。」

「只要重新登記持有者的魔力不就好了嗎？」

我也是在成為神殿長後，重新對鑰匙進行了登記。重新登記魔力應該不難。

「那樣一來，能夠閱覽的範圍就不一樣了吧。」

「……會不會是因為想看依自己魔力無法閱覽到的範圍，才調換了聖典呢？」

與中央神殿的聖典比對過後，我們都知道聖典可閱覽的範圍，會受到持有者與閱覽者的魔力所影響。但是，知道這件事的人其實不多。

……有什麼事情是非得用到聖典不可嗎？

坦白說，雖然儀式時我會帶聖典去禮拜堂，但對我來說那只是充場面用的。就算不帶也沒關係，因為我早就把禱詞都背起來了。平常也只有儀式時才會用到聖典，其餘時間都是擺在神殿長室裡當裝飾品，所以我實在想不到若沒了聖典會有哪方面的困擾。

反過來說，有什麼事情是沒有聖典就辦不到的嗎？想到這裡，我忽然想起自己的聖典有某個地方和以前不一樣了。

……難不成，犯人的目標是聖典裡浮現的魔法陣與文字？

聖典也可說是成王的指導手冊，但看得見魔法陣與文字的應該只有我和斐迪南而已。就連身為王族的錫爾布蘭德也看不見，其他人更是不可能吧。

「有沒有可能犯人的目的，就是艾倫菲斯特的聖典本身呢？」

也就是聖典裡的魔法陣——這句話我沒有說出口，仰頭看向斐迪南。本來用手抵著下巴的他微微將食指往上抬，正好貼在唇上形成「噓」的暗號。看來他聽懂了我想表達的意思。接著斐迪南沒有回答我的問題，開始講述自己的推測。

「……讓妳留下汙點，也可能是犯人的目的之一。因為各領都只有一本聖典，妳卻讓它遺失了。屆時就能以此譴責妳管理不當，不配當神殿長。而且不光是妳，由於我既是妳的監護人也是神殿的神官長，聖典的遺失對我來說也足以構成汙點。」

「可、可是明明留下了替代用的聖典啊？」

我指著祭壇上的聖典說。斐迪南以瞪視的目光看向聖典後，搖了搖頭。

「……這不見得是真的聖典，可能只是外觀相似的仿冒魔導具。假如那是真品，而且屬於他領，一旦我們證明了這一點，犯人也可以主張說我們偷了他領的聖典。屆時不但聖典遺失，還會被扣上盜取他領聖典的罪名。而這恐怕也是目的之一。」

聽到自己可能在毫無所覺的情況下被栽贓成小偷，我瞬間血色盡失。

「那得先檢查這本聖典是不是真的才行！」

「別亂碰！」

我才往祭壇伸出手，便被斐迪南大力拍下。指尖立刻陣陣發麻。感覺得出斐迪南完全沒有手下留情，我低頭看向疼痛不已的指尖。

「好、好痛……」

「除了讓聖典遺失、栽贓陷害，也許還有暗殺。這些都是我能想到的犯人的目的。」

斐迪南目光嚴峻地瞪著祭壇上的聖典。聽到這麼駭人的單字，我張大眼睛。

「暗、暗殺嗎？」

「若能擄走妳再監禁起來，隨心所欲使用妳的魔力，這大概是犯人最想達到的目標吧。但是，把人綁走比殺人要難上許多。」

「殺人還比較容易嗎？」

「對方可是特意準備了這麼逼真的仿冒品，並帶走真的聖典。如果是我就會考慮暗殺。」

接著斐迪南看向艾克哈特。艾克哈特於是往腰間的藥品袋伸手，拿出一顆白色果實後，再喚出思達普變成小刀，往果實輕輕一劃。緊接著他舉起果實用力一捏，朝著聖典潑灑汁液。

「哇哇！您做什麼?!會把聖典弄髒……咦？」

濺到汁液的瞬間，聖典彷彿染上了鮮血般變為紅色。艾克哈特臉色陰沉地看著聖典，把捏過的白色果實交給尤修塔斯。「果然。」斐迪南低聲說。

「這種紅色汙漬，是種在亞倫斯伯罕與艾倫菲斯特的交界處很好取得的毒物，帶有罕見劇毒，碰到後會從手進入體內。若被人塗在日常生活會觸碰到的物品上，往往在察覺到中毒時便已無法可救。事實上，妳若沒有發現聖典遭人調換，不久後秋季的成年禮上，不光是拿著這本聖典上臺的妳，還有負責準備聖典的法藍與協助妳的哈特姆特，肯定都會中毒吧。」

斐迪南說著輕輕擺手，尤修塔斯便從自己腰間的藥品袋上抽出一個小瓶子。

「唉，想不到這東西還有派上用場的機會。」

他夾雜著嘆息這麼說完後，把藥水倒在看來很像紗布的布料上。與此同時艾克哈特則是戴上皮革手套，一派習以為常地接過尤修塔斯遞來的布料，開始擦拭聖典。用沾了藥水的布料擦拭後，有毒的紅色汙漬便消失了。

「了解各種毒物、保護主人，也是近侍的職責。你們真的具有這方面的知識，也有危機意識嗎？如今主人身邊確實暗藏毒物，你們平常有辦法備妥數種解毒藥水嗎？」

被艾克哈特這麼一問，不只柯尼留斯，我的近侍們全倒吸口氣。

「羅潔梅茵不僅是魔力豐富的艾倫菲斯特聖女，還有能力推出新流行，預計成為下任領主的第一夫人。如果敵人的目的在於削弱艾倫菲斯特的力量，她當然會成為遭到暗殺的對象。看來護衛騎士都沒有做好充分的心理準備。」

艾克哈特一邊擦拭聖典，一邊以平靜的口吻說。只見柯尼留斯用力握緊拳頭。一直以來斐迪南總在日常生活中面臨各種危險，而他的近侍們平常究竟有多麼小心留意，又做好了多麼萬全的準備……直至此刻我才真正見識到。

「柯尼留斯，你的果決與反應速度都比不上安潔莉卡，更應該訓練自己對周遭事物的觀察力，也要學會如何能預先排除危險。至今會幫羅潔梅茵排除身邊所有危險的斐迪南大人就要離開了，你卻沒有真正明白這件事代表的意義吧？」

安潔莉卡因為基本上什麼也沒在想，所以做事可以毫不遲疑，不論對誰都能舉起武器保護主人。護衛騎士除了要懂得挺身保護主人，也該具備其他能力，但這部分你們明顯十分缺乏——艾克哈特說。

「不過，我也不是要你一個人攬下斐迪南大人至今做的那些事情。畢竟你也不可能做到和斐迪南大人一樣。但是，既然羅潔梅茵擁有這麼多名護衛騎士，你們應該努力做到能所有人抵得上斐迪南大人一個人。」

艾克哈特接著拿出魔石觸碰擦掉了劇毒的聖典，還灑了其他藥水，幾經測試確認過沒有危險後，才把聖典交給斐迪南。斐迪南又在聖典上畫了魔法陣，然後左右搖頭。

「……這只是外觀很像的魔導具，但並不是聖典。妳若帶著這本聖典去舉行儀式，恐怕屆時會怎麼也無法打開，在眾人面前出盡洋相吧。」

「也就是說，這並不是一本書囉？」

「只是仿冒了外觀的魔導具，並無內容。」
「我的聖典……」
聽到犯人並不是拿了另一本聖典換給我，內心的怒火霎時突破臨界點。我甚至能感覺到封著魔力的蓋子猛然打開，魔力隨著怒火往外溢出。同時身體就像發了高燒一樣變得滾燙，大腦卻又非常冷靜。
「羅潔梅茵大人，您眼睛的顏色……！」
優蒂特剛以充滿驚愕與恐懼的聲音大喊，緊接著一隻大掌便遮蔽住我的視野。
「羅潔梅茵，不要失去理智。後果將不堪設想。」
聽見這道話聲，我明白了遮住自己視野的人是斐迪南。
「這種設下好幾道陷阱的手法，讓我想起了白塔一事。現在妳身處的情況，就和當時的韋菲利特一樣，輕舉妄動只會連累身邊的人。妳不希望有人因此被處刑吧？」
斐迪南耐著性子仔細說明。他說敵人這次的手法，不管我在哪個階段以何種方式中了圈套，都能對我造成傷害；還有我只要做錯哪些事，身邊的哪些人就會跟著留下汙點。聽完我深深吸一口氣，拚命壓下就要失控的魔力。
「妳現在想的也沒錯，我們必須找回聖典。這是一定要採取的行動。倘若找不回來，也要設法讓損害降到最低……妳冷靜一點了嗎？」
「是。」
斐迪南把手移開後，一臉驚愕的近侍們重新回到視野中。斐迪南看著茫然失神的近侍們，嘆了口氣。

「現在可不是出神發愣的時候。羅潔梅茵平日雖然極少失去理智，但一旦牽扯到書，或是她十分重視的人遇到危險時，馬上就會失控。制止她也是近侍的工作。」

「……現在我終於深刻明白，斐迪南大人即將離開這件事有多麼嚴重了。」

柯尼留斯一臉愕然地說完，萊歐諾蕾與優蒂特一致點頭。

關於聖典遺失一事，斐迪南正列出幾種處理方式時，去孤兒院打探消息的菲里妮忽然衝了進來。

「羅潔梅茵大人！康拉德的樣子很奇怪。他躲在被子裡瑟瑟發抖，卻只是要我們向羅潔梅茵大人求助，自己完全不肯出來。」

「……他很可能知道什麼。走吧。」

斐迪南看向自己的近侍們。尤修塔斯與艾克哈特都點點頭。

莫妮卡打開孤兒院的大門後，我們走進食堂。戴莉雅與戴爾克見到我後，都鬆了口氣地跪下來。

「戴莉雅，康拉德怎麼樣了？」

「他今天因為身體不太舒服，中午我便讓他回房睡覺。大概是那時候看到了什麼吧。菲里妮大人去向他打聽消息的時候，他只是渾身發抖不肯下床。」

我一邊聽，一邊走向食堂後側的樓梯。

「這裡是女舍，男士只能進入食堂。所以接下來由萊歐諾蕾與優蒂特擔任我的護衛，還有菲里妮與莫妮卡也陪我一起進去吧。」

我讓斐迪南他們留在食堂，自己則走下位在後側的樓梯，再走進位在一樓未受洗的孩子們的房間。葳瑪與年幼的孩子們正一臉擔心地喚著康拉德。

「不好意思，能請大家出去一下嗎？我、菲里妮與護衛騎士們留下來就好。」

孩子們受洗前住的房間並不大。我請葳瑪他們出去以後，朝著在棉被裡縮成一團的康拉德喚道：

「康拉德，是我。到底發生什麼事了？你要我們去救誰呢？可以把你知道的事情都告訴我嗎？」

康拉德慢吞吞地從棉被裡探出頭來，那張僵硬的小臉布滿恐懼。

「請、請您去救灰衣神官他們。」

「灰衣神官他們還活著嗎？」

康拉德連連點了幾下頭，牙齒不停打顫。由於斐迪南推測他們大概已經被消除了，所以我也幾乎放棄希望，但原來他們還活著。重新燃起的希望讓我激動起來。

「好，我去救他們。康拉德，請把詳細情況告訴我。」

「有個可怕的女人，變出了思達普，把守門的灰衣神官他們都綑起來……」

大概是還非常害怕，康拉德的目光不斷在空中游移，眼睛也眨呀眨的，斷斷續續地開口。緊接著，淚水從他的眼眶掉下來。

「那個人就和約娜莎拉大人一樣可怕！對大家那麼過分……」

「康拉德！」

菲里妮撲上去緊緊抱住康拉德。康拉德像是安下心來，緊抓著菲里妮淚流不止，然後繼續述說。

他說自己吃完午餐以後，戴莉雅和葳瑪都要他去睡頓午覺，便一個人回到房間。而這個房間可以從窗戶看見馬車出入用的正門，正好那個時候大門打開了。由於平常很少有馬車出入神殿，所以康拉德隔著窗戶注視大門。

「門一打開，馬車就駛了進來，但又突然停下……」

由於太反常了，康拉德說他看得直眨眼睛。隨後，有名女性走下馬車，變出了思達普以光帶將灰衣神官們綑綁起來。接著冒出三個男人，將灰衣神官他們搬進馬車裡頭。關上大門後，三個男人再度坐上馬車，只有那名貴族女性騎著騎獸飛往貴族區域的正門玄關。

「他們說不定還有機會得救。就如同您當初從約娜莎拉大人手中救了我一樣，請您也去救救他們吧。」

灰衣神官們被光帶綁起並被擄走的模樣，似乎刺激到了曾被約娜莎拉以思達普虐待、因而留下陰影的康拉德。我輕摸他因為出汗而冰涼得嚇人的腦袋瓜。

「我一定會去救他們。我已經下令，要守門的士兵們去打聽有沒有人見到過馬車，想必很快就能查出他們是從哪個大門離開。你就安心等候消息吧。」

為了安撫康拉德，我盡可能擠出溫柔的笑容，內心的怒火卻在熊熊燃燒。因為犯人不僅偷走了我的聖典，還換成抹有劇毒的仿冒品、擄走灰衣神官，甚至讓本來就有陰影的康拉德受到驚嚇。不過，能夠知道本以為已被抹除的灰衣神官他們還活著，可以說是一大收穫。

「菲里妮，妳要留在這裡嗎？」

我詢問後，菲里妮看了看我，再看向懷中的弟弟。就在她稍微收緊手臂的時候，康拉德將她推開。

「姊姊大人，請您陪在羅潔梅茵大人身邊，去救大家吧。我會和戴爾克一起等大家回來。」

「……好吧。」

我把康拉德交給戴莉雅與戴爾克後，返回食堂。菲里妮輕笑著說：「看到康拉德變得這麼堅強，身為姊姊雖然高興，但也有點寂寞呢。」

到了食堂，尤修塔斯正向弗利茲詢問情況，因此我往他們那邊走去。

「讓大家久等了。神官長，守門的四名灰衣神官還活著。」

「妳說什麼？」

「康拉德親眼看到他們被思達普變出的光帶綁起，還被帶上馬車。一等蒐集到大門那邊的消息，我就去救他們。」

「沒想到竟是把他們帶走。明明徹底抹除更簡單，也不會留下任何證據……」

斐迪南撫著下巴低聲說道，尤修塔斯輕輕聳肩。

「畢竟舊薇羅妮卡派一直加入不了製紙業與印刷業，可能是想帶走灰衣神官，從他們口中問出相關知識吧。如果這是對方的目的，那他們應該暫時不會有生命危險。」

「有道理。不過，如今既已落入敵人手中，他們也有可能變得和身蝕士兵一樣。若想救出他們，必須迅速且隱密地展開行動。回神殿長室吧。」

我們離開孤兒院，回到神殿長室後，聆聽菲里妮與尤修塔斯在孤兒院蒐集來的情報。除了康拉德提供的重要證言，他們也在孤兒院裡打聽到了一些消息。菲里妮邊看著筆記邊報告。

「當時正在打掃的一名灰衣巫女，說她與前往貴族區域通知訪客到來的守門神官交談過。那名灰衣神官提醒她，有貴族客人將來拜訪青衣神官，最好盡快清掃完畢。」

聽說灰衣神官還說：「因為那位大人對待灰衣巫女與灰衣神官非常嚴厲。」這種說話方式簡直就像他認識對方一樣。尤修塔斯接著報告：

「據弗利茲所說，那名灰衣神官以前曾是斯基科薩的侍從。倘若是他認識的貴族，很有可能是斯基科薩的親族。再加上康拉德看見的是一名可怕的貴族女性，我認為極有可能是兒子被處刑後，對羅潔梅茵大人懷恨在心的達道夫子爵夫人。」

……達道夫子爵夫人。

她是斯基科薩的母親。在我還是青衣見習巫女時，斯基科薩因討伐陀龍布一事而遭到處刑。為免一族受到牽連，記得家主曾答應過，不會讓她與我有任何接觸，難道現在覺得就算被牽連也沒關係了嗎？還是說，有什麼可以全身而退的方法了？

我正陷入沉思時，達穆爾與安潔莉卡衝了回來。

「羅潔梅茵大人，我們問過各門士長了。此外，也拜託了他們繼續密切觀察馬車的出入情形。」

大門負責管理馬車的出入，因此這邊的情報特別重要。所有人同時看向兩人。

「麻煩你們報告。」

「是！」

「現在因為冬季的社交界將至，北邊的貴族開始湧入貴族區。單是今天一天，就有十輛貴族馬車進入艾倫菲斯特。但是，並無半輛貴族馬車離開城市。」

現在北邊的土地應該已經開始下雪，但南邊的土地還沒有，因此貴族們為了冬季的社交界，進入貴族區的時間一定會有落差。

「今天似乎有四輛馬車是從北門進入貴族區。車上的人還抱怨道，明明以往都是利用貴族門，但神殿那邊竟然沒有守門的人，害得他們無法進入神殿。昆特說了，時間大都落在中午附近。」

達穆爾提供了北門那邊的情報，想必是父親很快就蒐集好了消息。

「既然沒有馬車離開城市，代表灰衣神官他們被帶去了貴族區嗎？」

「若是從貴族門進入了貴族區，需要進行魔力認證才能開門，因此只要向城堡提出詢問，應該就能知道誰用過貴族門。」斐迪南說。

但貴族做事都要花上好幾天的時間，坦白說我實在等不了那麼久。

「羅潔梅茵大人，我……不對，是斯汀略克也有消息向您稟報。」

安潔莉卡伸手撫摸斯汀略克，它便以斐迪南的聲音開始說話。

「根據蒐集來的其中一則消息，曾有輛奇怪的馬車從西門進城。據說馬車本身看來像是有點錢的平民會使用的等級，但車夫的言行舉止卻明顯像是侍奉貴族的人。已知那輛馬車是在第三鐘響前進城，隨後從南門離開。」

「從南門……？」

「一名士兵還說，馬車要離開南門時，車內曾傳出奇怪聲響，他本想檢查，對方卻出示了刻有貴族徽章的戒指，讓他無法繼續追問。而那輛馬車尚未出城太久。」

斯汀略克說完，我轉頭看向斐迪南。這聽起來也太可疑了。

「也就是說馬車還沒有走得太遠，至少去確認一下吧。」

「我和妳一起過去吧，不能讓妳單獨行動。」

斐迪南說完，環顧房內眾人。

「平民區蒐集情報的能力委實令我大吃一驚……但是，貴族並不看重平民的證言。因此一定要帶回可以當作證據的徽章戒指，或是被擄走的灰衣神官們。明白了嗎？」

「是！」

救援

「菲里妮、羅德里希，你們兩人留在神殿長室待命，順便抄寫書籍吧。吉魯應該快回來了，平民區也會陸續送來消息，請你們統整蒐集到的資訊。法藍，你和兩人一起留在這裡待命，薩姆與莫妮卡則要向青衣神官的侍從們打聽消息。說不定可以取得沒對哈特姆特說出口的情報。」

菲里妮與羅德里希沒有戰鬥能力，所以我無意帶兩人同行，便指示他們與神殿的侍從們一起蒐集情報。菲里妮與羅德里希點點頭，薩姆與莫妮卡則為了打聽消息離開房間。

他們展開行動後，我再看向站成一排的護衛騎士。神殿長室這裡我想要留下一名騎士，安潔莉卡能夠衝鋒陷陣，達穆爾則能感知到身蝕士兵的魔力，而柯尼留斯在護衛騎士當中魔力最高，因此這三個人我都打算一起帶去。看來得決定要留下優蒂特還是萊歐諾蕾。

「優蒂特，麻煩妳乘坐我的騎獸，負責護衛與準備射擊。萊歐諾蕾，妳在這裡留守，負責接收平民區、哈特姆特與我們送回來的所有消息。要是出了什麼狀況，或是得到了什麼新的重要線索，請以奧多南茲通知我們。」

「遵命。」

「達穆爾、安潔莉卡、柯尼留斯，你們三人要聽從神官長的指示。」

「是！」

向護衛騎士們下達完指示時，做好出擊準備的斐迪南、艾克哈特與尤修塔斯也回來了。看了看現場人數，萊歐諾蕾不安地臉色一沉。

「騎士的人數會不會太少呢？是否該通知奧伯．艾倫菲斯特，請他出動騎士團？」

「萊歐諾蕾，我們有什麼理由能出動騎士團？」

「為了找回艾倫菲斯特的聖典，我想這個理由應該足夠充分……」

斐迪南搖了搖頭，打斷萊歐諾蕾。

「我們只是湊巧得到來自平民區的消息，發現灰衣神官們被人以馬車送走，所以要去解救他們。此外，我們也只是推測灰衣神官或許就在從南門離開的可疑馬車裡，但還是要親眼確認過後才能知道。最重要的是，現在我們想營救的對象是灰衣神官，而這件事不能委託騎士團。」

這些理由不足以要求奧伯出動騎士團——斐迪南斷然說道。萊歐諾蕾垂下藍色眼眸後，又揚起下巴看向斐迪南。

「但是，可以委託騎士團保護羅潔梅茵大人與斐迪南大人。因為騎士團正是為了領主一族而存在。」

「若想增加領主一族的護衛人數，確實可以透過奧伯委託騎士團。但是，一旦以奧多南茲送去緊急通知，很可能會讓奧伯近侍中的舊薇羅妮卡派貴族得知此事。倘若情況許可，其實我更傾向於直接派人過去，只可惜現在沒有時間。主要是聖典的遺失將成為我們的汙點，我不打算公開此事。」

為了不讓他人知道聖典遺失、進而成為我們的汙點，只能我們自己私下解決所有事情。

「若我們能在找到的馬車裡同時發現灰衣神官與聖典，那自然再好不過，但我認為最好別抱太大希望。畢竟敵人打著想一舉數得的如意算盤，聖典與灰衣神官多半會分開運送。再者，我也不認為輕視灰衣神官的貴族女性會與他們同乘一輛馬車。她應該會利用騎獸分頭行動。況且現階段，達道夫子爵夫人與此事有關僅是推測，仍然缺乏確切的證據。這點你們別忘了。」

斐迪南說完，大家點一點頭。這次行動的主要目的，就是找到並救出灰衣神官。可以的話，最好能取得與犯案貴族有關的證據。

柯尼留斯揚起頭來，像是想到什麼事情。

「斐迪南大人，有辦法能阻止身蝕士兵爆炸嗎？」

不管是青衣巫女時期在祈福儀式期間遇襲，還是夏綠蒂被人擄走的時候，我聽說歹徒都隨著戒指一起爆炸，因此沒有留下任何證據。萬一歹徒這次又自爆，不僅無法取得任何證據，灰衣神官們還有可能受到波及。

……的確，防止他們自爆很重要呢。

有沒有什麼方法呢？我這麼心想著仰頭看向斐迪南。大家的目光也集中在他身上，想要知道答案。斐迪南朝我以及護衛騎士們瞥了一眼後，緩緩吐氣。

「不想讓戒指爆炸，最確實的方法就是殺了他們。因為沒有魔力注入，戒指便無法爆炸。殺了身蝕士兵後雖能取得戒指，但也就無法查探記憶。若想兩者兼得，只能先砍下戴有戒指的那隻手再施以治癒，然後把士兵綁起來以免他自我了斷，或是把人丟進暫停時間用的魔導具裡。」

斐迪南用平淡的口吻講得非常乾脆，但那幅畫面光想像就很驚悚，也很恐怖。我不由得「唔」地倒吸口氣。況且這不會止於想像，而是接下來將實際發生在自己面前。見我為此感到害怕畏縮，斐迪南微微蹙眉。

「羅潔梅茵，妳在現場可不能害怕尖叫，也不能因為妳的驚慌而使得騎士們無法立即採取行動，不然就留下來吧。」

我知道斐迪南的意思是可以交給他們，我就不用看見那麼血腥的場面。可是，我已經答應康拉德會去救灰衣神官。而且身為管理灰衣神官的孤兒院長、身為神殿長，這種時候我不能逃避。

「……不，我也要一起去。」

我們操控著騎獸向南飛行。馬車行進的速度完全無法與騎獸相比，所以如果只隔一鐘左右的時間，應該可以很快追上。我們越過外牆，沿著收割後變得光禿禿的農田，沿著綠葉落盡的森林，沿著馬車行經的大道在空中奔馳。

「要是至少能知道他們往哪邊走就好了……」

坐在後座的優蒂特開口說道，我便想了一下。

「根據消息，綁匪是在第四鐘響起後不久離開南門的吧？這樣看來，他們不可能有辦法駕駛馬車穿過直轄地，勢必得找地方過夜。」

如果有我的小熊貓巴士，就不必考慮住宿地點，可以直接載著包括灰衣神官在內的所有人前往目的地。但目前領內幾乎沒有人擁有乘坐型的騎獸，而且貴族一般也不可能讓灰衣神官與自己共乘騎獸。所以，他們一定得找地方過夜。

「羅潔梅茵大人，您知道他們會去哪裡嗎？」

「由於綁匪還帶著他們擄走的灰衣神官，想必不會靠近設有冬之館的村鎮吧。如今收穫祭也結束了，農民都住在冬之館生活，所以農村裡頭會有許多閒置的住家。我猜他們會去農村。」

冬天就快到了，夜裡會非常寒冷。現在也與夏天不同，沒有時間悠悠哉哉地往目的地移動。那麼綁匪們肯定會盡量趕路，到了農村再擅自借用現在空無一人的住家，在那裡過夜。空蕩蕩的農村裡要是停著一輛馬車，必然會很醒目。

「現在要準備過夜還有些太早，所以只要綁匪沒在這之前改變行進方向，或是改成搭乘船隻的話，應該再過不久就能看見他們了。不過，前面不遠會遇到岔路。兩條路都可以往南，所以最好能在進入岔路前抓到他們。」

我正說著這些話時，優蒂特忽然厲聲大喊：

「我看到馬車了！」

我隨即強化視力，凝神細看。正好有輛馬車與載貨馬車正駛向我提及的那個岔路口，而且馬車好像還從後方在逼趕農民駕駛的載貨馬車。手持韁繩的農民頻頻回頭，一邊讓開一邊靠往左側。彷彿很高興視野重新變得開闊，馬車立刻朝著右邊那條路駛去，然後開始略略加速。馬車離開後，載貨馬車整體的氛圍便放鬆下來，慢悠悠地行進。

……怎麼回事？總覺得有些奇怪……

俯看車斗上覆著一大塊布的載貨馬車，我心裡有些納悶地歪了歪頭，這時斐迪南厲聲喊道：

「達穆爾！」

被叫到的達穆爾聚精會神，注視起馬車與載貨馬車。儘管大家魔力都有提升，但現在仍是達穆爾最擅長感知微弱的魔力。波尼法狄斯曾說，這是因為達穆爾不斷在練習如何操控自己的魔力，也就精進了他感應對手魔力量的能力。

「馬車那邊我感應到了幾道微弱的魔力，多半是身蝕士兵。但載貨馬車那邊只能感應到不足以當身蝕士兵的極弱魔力，所以應該是農民沒錯。」

「好，那照說好的行動。」

「是！」

……現在正展開救援行動，必須專心才行。

豎耳傾聽大家簡短交談幾句、確認要採取的行動後，我再環顧眾人。

「當務之急是救出灰衣神官。畢竟證據以後還能取得，但人死就無法復生。」

看見大家點頭，我接著變出思達普。向英勇之神安格利夫獻上祈禱，是我最重要的任務。

「願火神萊登薛夫特的眷屬，英勇之神安格利夫給予大家庇佑。」

思達普隨即放出藍光。確認所有人都得到了祝福後，我操縱著小熊貓巴士與大家拉開一段距離。接下來得移動到優蒂特方便射擊的位置。

「優蒂特，這裡可以嗎？」
「羅潔梅茵大人，請再下降一些……這樣差不多了。請暫時停在這裡別動。」
我停在原位，轉頭看向後座。優蒂特正拿著武器瞄準車夫。現在必須先讓馬車停下來，所以要讓馬及車夫與後面的車廂分離。優蒂特負責最先發動攻擊，只見她的側臉因緊張而無比僵硬，嘴唇也在微微顫抖。
「優蒂特，就算失敗了也還有下一步，也有可靠的同伴在。所以妳不用擔心失敗，儘管發動攻擊吧。」
「羅潔梅茵大人，我如果無法射中就沒有存在的意義了，而且好心提供魔導具的哈特姆特也會罵我喔。」
出聲說話以後，似乎稍微減緩了優蒂特的緊張。她重新拿好武器，堇紫色的雙眼閃耀自信光彩。
「難得有表現的機會，請放心，我一定會命中。」
做好準備的優蒂特可靠地這麼說。我也緊張地變出思達普。因為優蒂特發動攻擊後，我就要朝著空中釋出路德紅光，指示其他人正式展開救援行動。
「喝！」
優蒂特大喝一聲射出魔石。她用的武器是哈特姆特製作的遠程魔導具。雖然我無法清楚看見擊中目標的那一瞬間，但看得見車夫的身體在左右搖晃。
「路德。」
我馬上朝著半空放出紅光。下個瞬間「咻」的一聲，一團偌大的魔力拖著尾巴，越過小熊貓巴士往前飛去。是柯尼留斯為了讓馬車停下所釋出的魔力攻擊。

從後方飛出的魔力攻擊撞上地面後發出「咚」的巨響，揚起漫天塵土。突如其來的爆炸聲與塵土讓馬受到了驚嚇，倏地抬起前腳。大概是優蒂特的攻擊準確命中，只見車夫從座位上被甩了下來。緊接著一頭騎獸朝著車夫座疾衝而去，卻在途中消失了蹤影。原來是強化身體的安潔莉卡在往下俯衝後就消除騎獸。

「喝！」

下降的同時安潔莉卡舉劍一揮。不過在我眼裡，只能看到泛著淡淡藍白光芒的斯汀略克，很快地劃出一道弧線。僅一眨眼的光景，身輕如燕的安潔莉卡便砍斷了韁繩與車轅，披風在她身後飛揚。馬車先是劇烈一晃，隨即停了下來，重獲自由的馬則是亢奮地拔腿跑開。

雖然安潔莉卡看起來做得很輕鬆，但其實這並不簡單。至少我就不可能辦得到。如果想要砍斷車轅，必須灌注就連馬匹也可能被消滅的魔力才辦得到。

「安潔莉卡真厲害。這樣一來就算馬兒失控亂跑，也不會影響到馬車呢。」

完成自己任務的優蒂特以開朗的聲音說道。我操縱著小熊貓巴士，朝著無法動彈的馬車下降飛去。

與此同時，針對馬車發動的攻擊仍在持續。柯尼留斯與艾克哈特將車廂的其中一側劈開，想把車裡的身蝕士兵拉出來，手伸到一半卻停了下來。

「再靠近他就沒命了。」

馬車裡的身蝕士兵只有一個人，除此之外就是兩名被繩子綁起的灰衣神官。其中一名神官的腋下附近插著刀子，正發出痛苦呻吟；另一名神官則遭到身蝕士兵挾持，脖子上架著一把刀。

「神、神殿長，救命啊！」

看著架在自己脖子上的刀子，那名神官倒吸口氣。在我們衝上去救他之前，恐怕他會先沒命。艾克哈特與柯尼留斯霎時一臉遲疑，而趁著他們停下動作、引開身蝕士兵注意的時候，斐迪南繞到馬車的另外一邊。

……嗯？

我感到奇怪地歪過頭，讓小熊貓巴士降落在地面上。幾乎同一時間，達穆爾說著「失禮了」，將艾克哈特與柯尼留斯往後推，跨步走向馬車。

「不、不准過來！這男人死了也沒關係嗎？慈悲為懷的聖女就在這裡，你想對灰衣神官見死不救嗎？」

身蝕士兵語帶焦急地大喊。大概是刀子陷進了肉裡，灰衣神官發出淒厲哀嚎。然而達穆爾沒有答腔，只是靜靜舉起武器，接著毫不遲疑地刺向灰衣神官，再抓住身蝕士兵的衣領將他扔出馬車。

「什麼?!」

「達穆爾?!」

達穆爾無視周遭眾人的驚訝大叫，以行雲流水般的動作從一旁受了傷發出呻吟的灰衣神官身上拔出武器，接著給他致命一擊。

「我從羅潔梅茵大人還是青衣巫女時便擔任她的護衛騎士，認得孤兒院裡所有的灰衣神官。你們不是灰衣神官，真正的灰衣神官在哪裡？」

……我剛才也覺得沒見過這些人呢。

看樣子身蝕士兵搶走了灰衣神官的衣服喬裝換上，他們想必沒料到我們會認得所有灰衣神官的長相吧。如今僅剩一人、還被艾克哈特壓制住的身蝕士兵臉色不變。

「殺了我，你們就不知道灰衣神官的下落了。」

為了保住自己的性命，身蝕士兵開始與我們交涉。我坐在小熊貓巴士裡看著他，輕輕嘆氣。

「用不著問我也知道。剛才那輛在岔路口往左走的載貨馬車，正好讓我覺得有些奇怪。現在收穫祭已經結束了，農民都在冬之館。不僅要處理大量剛採收好的食材，還要製作蠟燭，所有人得一起準備過冬。在這麼重要的時期，除非是非常緊急的狀況，否則農民不可能駕駛著載貨馬車行駛在遠離冬之館的道路上。再加上那附近雖然有空無一人的農村，卻沒有冬之館。」

與貴族訂下契約、必須靠著貴族才能活命的身蝕士兵，肯定並不曉得農民的作息。為了盡量不引起注意，他們才會避開有冬之館以及有人潮聚集的城鎮，但反而讓載貨馬車的出現顯得更加可疑。

「我們去救灰衣神官吧。」

我操縱著小熊貓巴士開始奔跑，護衛騎士們急忙追上來。

「羅潔梅茵大人，請等等我們！」

「我與艾克哈特先向這人問話，順便收拾善後。尤修塔斯，你快跟上！別讓羅潔梅茵一個人亂來。」

「是！」

斐迪南的話聲從後方傳來。居然說別讓我一個人亂來，還真是失禮呢。

折返回到剛才的岔路口後，我們很快就找到了那輛載貨馬車。載貨馬車仍和剛才一樣，慢悠悠地叩咚叩咚行進著。換作在夏天，我想這會是農民正要返家的尋常光景吧，車夫看起來也只是一般的農民。

「羅潔梅茵大人，我可以和剛才一樣發動攻擊嗎？」

柯尼留斯問道，我慢慢點頭。

「剛才的身蝕士兵都沒有戴戒指吧？那說不定戒指在這邊。既然他們經過大門的時候用了戒指，一定有人持有。希望這次可以拿到證物。」

剛剛艾克哈特一抓住身蝕士兵，本想立刻把他戴有戒指的那一手砍下來，卻因為沒看到戒指而一時有些困惑。既然如此，這邊的人手上應該會有戒指。

我揮下手臂，示意行動開始，柯尼留斯隨即釋出魔力攻擊。和剛才相差不多的爆炸聲再次響起，塵土漫天飛揚，馬匹也陷入恐慌。安潔莉卡立刻往下俯衝，砍斷韁繩與車轅。這部分也和剛才一樣。

「嗚哇！怎、怎麼回事?!」

車夫發出了難以想像是受過訓練的身蝕士兵的窩囊叫聲。一看到在車夫座上降落、手持斯汀略克的安潔莉卡，男人還驚慌失措地往後退縮。

「這是怎麼回事?!跟之前說的不一樣！我不過是受雇帶走這些人而已，根本沒聽說是這麼危險的工作……」

一時間我無法辨別身蝕士兵是在演戲，還是他真的只是普通的農民。

「雇用你的人是誰？」

安潔莉卡保持警戒，以斯汀略克指著對方問道。眼看劍尖朝著自己，男人抖個不停地嚷嚷起來：「不要啊，救命！」

「我在問你，雇用你的人是誰？」

「雇用我的是……唔啊！」

男人說到一半，身體忽然浮出類似荊棘的發光藤條，將他的身體牢牢箍起，緊接著化作金色火焰。與此同時，男人胸前以繩子串起的戒指也發出亮光。

「安潔莉卡！」

發覺戒指就要爆炸，我立刻大喊。安潔莉卡迅速揭起繡有護身魔法陣的披風保護自己，同時飛身跳開。

胸前的戒指爆炸後，男人的嘴巴張得老大。

「嗚啊啊啊啊！」

然而，他的叫聲也馬上遭到金色火焰吞沒。等到金色火焰完全消失，男人的身影也已經消失得無影無蹤。

「這是……？」

「看來他簽下了相當強大的魔法契約。當初大概是說好，絕不能針對雇主與目的地透露半個字吧。」

達穆爾邊說邊走向車斗。第一次親眼看到違反魔法契約的人有什麼下場，我目瞪口呆，其他人卻毫不驚慌，只是應道：「原來是這樣。」

「……只要違反魔法契約，就會有這樣的下場嗎？」

「我也是第一次見到，但現在沒有必要同情這種咎由自取的人。更重要的是，得確認灰衣神官們是否在這裡。」

達穆爾拿好武器保持警戒，掀開覆住車斗的布。

「……啊。」

達穆爾立刻將布重新蓋好，臉上的表情像是在說：不妙。他的反應讓所有人一致拿起武器。看向瞬間緊繃戒備的眾人，達穆爾消除了自己的武器，輕輕擺手露出苦笑。

「沒事。這裡面只有灰衣神官，而且四個人都在。只不過，女性最好不要靠近。那個，因為他們的衣服被拿走了，現在的模樣不適合讓女性看見。」

原來是掀開布一看，裡面的灰衣神官都一絲不掛，這樣確實不妙。再加上天氣這麼冷，很可能會感冒吧。

「神官長，我們成功救出灰衣神官了。但由於他們的衣服被搶走，還請回收那邊身蝕士兵身上的衣服。就算沾到了血也沒關係，我會用洗淨魔法洗乾淨。」

我於是送出奧多南茲，拜託斐迪南回收衣物。雖然收回的衣服多少會有些破洞，但總比光著身子要好吧。

尤修塔斯飛回馬車去拿衣服，柯尼留斯與達穆爾則在蓋著布的狀態下，幫忙割斷灰衣神官們身上的束縛，順便向他們問話。安潔莉卡警戒著四周，我與優蒂特則在小熊貓巴士裡待命。

「……羅潔梅茵大人，我尚未成年就離開貴族區，會不會受罰呢？」

成功救出灰衣神官們以後，優蒂特似乎是這時才意識到自己還未成年，不能離開貴族區執行任務。不過，這件事一點也不用擔心。

「優蒂特，妳並沒有離開貴族區啊。妳在說什麼呢？」

「咦？咦？」

「神官長說了吧？這件事絕不會對外公開。所以，灰衣神官他們從來沒有被擄走，我們也沒有離開過神殿。」

包括聖典遭竊一事，全會當作沒有發生過。既然表面上我們從未離開過神殿，自然就不可能受到懲罰。

「不說這個了，麻煩妳寄奧多南茲回神殿，告訴大家灰衣神官平安無事。」

「是！……萊歐諾蕾，我是優蒂特。我們順利救出灰衣神官他們了。」

優蒂特說完，白鳥展翅飛起。這樣一來，灰衣神官們平安無事的消息也會經由法藍傳到孤兒院的大家耳裡吧。

「雖然衣服變得破破爛爛的，但幸好大家都平安無事呢。」

尤修塔斯送回來的灰衣神官服中，有兩件因為很難從身蝕士兵身上脫下，只好從正面直接劃開；另外兩件不知道是為了防止灰衣神官逃跑才脫下來的，還是為了今後可以輪流換穿，揉成一團扔在馬車裡。

不得不穿上殘破制服的兩名灰衣神官拚命拉攏衣服，但總比裸著身子要好。回到孤兒院後，再拜託葳瑪幫他們準備新制服就好了。

「沒想到羅潔梅茵大人竟願意帶著騎士前來解救我們，真是感激不盡。」

「剛好康拉德當時回到房裡，隔著窗戶看到守門的灰衣神官被擄走，我們才能及時趕來。回去後讓康拉德看看你們平安無事的樣子吧。」

「是。」

儘管過程中還目睹了違反魔法契約的人會有什麼可怕下場，但救援行動至此算是順利結束。我讓灰衣神官他們坐進小熊貓巴士的後座，優蒂特則坐在副駕駛座，準備返回神殿。就在這時，我收到了奧多南茲。

「我是萊歐諾蕾。實在非常抱歉，若各位已經順利救出灰衣神官，還請盡快返回神殿。只有我一個人阻止不了哈特姆特。」

……咦？哈特姆特?!

證物

與斐迪南他們會合以後，我們急忙趕回神殿。萊歐諾蕾、法藍與葳瑪都來到了正門玄關迎接。

「葳瑪，四名灰衣神官都平安無事。只不過他們的衣服都破了，還請幫他們準備一套新衣。另外，今天就讓他們先好好休息吧。」

「遵命。不光羅潔梅茵大人，我也非常感謝諸位願意前去解救灰衣神官。」

葳瑪看向在場眾人，臉上綻開無比燦爛的笑容，高興得彷彿是自己獲救。

「諸位不僅僅是救了他們，也帶給了所有孤兒莫大的安慰。因為一直以來，我們都以為如果自己遇到危險，多半會被棄之不顧吧。我由衷感謝諸位。」

聽了葳瑪這番話，我的近侍們都回以五味雜陳的笑容。看著葳瑪與灰衣神官們走向孤兒院後，達穆爾小聲呢喃：

「我們不過是遵從羅潔梅茵大人的指令，即便下次再發生同樣的情況，沒有命令也無法前去解救灰衣神官。不過，像這樣被人當面道謝，感覺真是不錯。」

「哎呀，下次我也一樣會這麼命令大家，所以一定可以去救人喔。只有這點我可以保證。」

我看向近侍們這麼說完後，再把目光投向正找著機會開口報告的萊歐諾蕾。

「萊歐諾蕾，哈特姆特到底發生什麼事了？」

「我想您親眼去看是最快的。」

萊歐諾蕾一臉疲倦地說，沒有走回神殿長室或神官長室，而是往青衣神官房間所在的方向移動。看她這時候還有耐心配合我走路的速度，顯然並不是需要馬上處理的急事，只是讓她很頭疼而已。

「啊，神官長願意一起過去嗎？」

「現在我的侍從們正任由哈特姆特差遣，所以我也不能置身事外。況且剛才我的侍從沒有任何人出來迎接，這讓我有些擔心。」

斐迪南願意一同前往，真是教人感到安心。

「如果是我應付不來的情況，哈特姆特就麻煩神官長了。」

「他是妳的近侍，妳應該自己想辦法。」

斐迪南冷冷這麼回應我時，似乎已經到了目的地。有名灰衣神官站在一扇門前，他一看見我們，明顯如釋重負地呼了口氣，立即打開身後的門。

「哦？羅潔梅茵大人，歡迎歸來。抱歉讓您看見這般不成體統的模樣。」

屋內的哈特姆特倏地回過頭來，露出爽朗至極的笑容。但是同一時間，他正跨坐在被綑成一團的青衣神官身上，還高舉著想必是用思達普變成的短劍。除此之外，好幾名灰衣神官也在他附近努力地把其他侍從綁起來。

……這是怎麼回事？

「神殿長，快救救我啊！話一說完，哈特姆特大人突然做出這等暴行！」

被哈特姆特壓制在地的青衣神官一看見我們，立刻劇烈掙扎張口求救。然而下一秒，哈特姆特就掄起劍柄狠敲他一記。

「居然還敢向羅潔梅茵大人求助，你不覺得自己太厚顏無恥了嗎？」

「實、實實實、實在非常抱歉！」

始料未及的情況讓所有人都瞠目結舌，萊歐諾蕾最先反應過來。

「哈特姆特，你在做什麼?!你明明說過只會把人綁起來，以免走漏消息！」

萊歐諾蕾告訴我們，為免有人逃跑不來接受問話，也為了避免有人向貴族求助，哈特姆特決定突襲拜訪青衣神官。

「畢竟防止消息走漏是很重要的事情，所以我也不覺得突襲拜訪有什麼問題。」

我和萊歐諾蕾一樣，頂多覺得在一般都得先與對方約好時間的貴族社會裡，哈特姆特這麼做還真是亂來。然而，對於斐迪南的侍從們來說，這種做法卻是前所未聞而且難以接受。聽說他們紛紛詢問：「這麼做真的好嗎？」法藍甚至忍不住抗議：「居然要求灰衣神官將青衣神官綁起來，只怕會對他們造成過大的心理負擔。」

「所以我才寄了奧多南茲給羅潔梅茵大人，但想不到他除了把青衣神官綁起來，竟然還對他們動粗。哈特姆特，你到底在做什麼？難道是找到了有利的證據嗎？」

萊歐諾蕾目光凌厲地看著哈特姆特與青衣神官。哈特姆特先是低頭看向身下的青衣神官，眼神冰冷得讓人不寒而慄，接著轉向我露出燦笑。

「我並未從他口中打聽到有用的消息。只不過，他說了一些會汙染羅潔梅茵大人耳朵的毀謗，所以我正想質問他究竟有什麼證據與意圖，才會說出那種不實指控。」

舊薇羅妮卡派的青衣神官對我會有的不實指控，肯定在說我原本是平民吧。至今神殿裡的人對此都只是無言以對，一臉「你們還在說這種話嗎？」的表情看著他們，然而聽在哈特姆特耳裡，這似乎是他得拿出武器盤問清楚的不實指控。

「無聊至極。」斐迪南低聲說道，擺了擺手。「哈特姆特，防止消息走漏確實是必要之舉，尤其這一次更是不能傳出隻字片語，但你的做法有些太粗暴了。把所有青衣神官都集結到神官長室，讓他們在那裡執行公務，由你負責監督吧。畢竟躺在這裡也只是浪費時間。此外，關於對羅潔梅茵的不實指控，改日再盤問吧。目前情況刻不容緩，你明白嗎？」

「您說得是，那我改日再細細盤問。」哈特姆特這麼回道，聽話地站起來。斐迪南靜靜看著無力倒地的青衣神官。

「你要在這裡被綁到我們問完話為止，還是去神官長室在哈特姆特的監視下處理公務？自己選一個吧。」

斐迪南說完，青衣神官露出極沒出息的表情朝我投來求救目光，但就算這麼看我也沒用。雖然兩個選項都很殘忍，但既然斐迪南與哈特姆特都希望保密工作能做到極致，這就不是我干預得了的事情。我對他輕輕搖了搖頭。

……抱歉，我救不了你喔。

青衣神官臉上的表情轉為絕望，委靡地垂下腦袋小聲說：「……請、請讓我去處理公務。」

「很好，那就這麼安排吧。哈特姆特，你負責分配工作給他。其餘的青衣神官，由我前去問話。」

聞言，斐迪南的侍從立即開始行動。他們上前幫青衣神官鬆綁，準備帶往神官長室。等一下還得去找剛才在哈特姆特的指示下綁起來的青衣神官，提供給他們選擇，想必得忙上一段時間。

「還有其他消息嗎？」

「目前並沒有。頂多只是午餐時間，他們都感覺到有人在走廊上走動。只不過，經過這一次，我總算明白青衣神官他們全然不了解羅潔梅茵大人有多麼優秀，也不曉得在工坊負責印刷的灰衣神官們多麼具有價值。看來處理公務的時候，得好好導正他們的觀念。那麼，接下來就拜託斐迪南大人了。」

哈特姆特催促著一臉心驚肉跳的青衣神官，前往神官長室。目送他們離開以後，斐迪南低頭看我。

「接下來還沒問過話的，全是可能對妳口出惡言的青衣神官。幸好已順利支開了有可能衝動行事的哈特姆特，再來得想想該先去找誰……與斯基科薩一族往來密切的青衣神官還有三人，而且老家全隸屬舊薇羅妮卡派。」

斐迪南說完，列出了三名青衣神官的名字。三人中一聽到艾格蒙這個名字，我的耳朵猛然一動。

「是艾格蒙，他一定是共犯。」

「妳有什麼根據嗎？」

「憑我女人的直覺，再加上他還有破壞我圖書室的前科。」

「無聊。妳這根本是私人恩怨，不算是根據。」

斐迪南緊皺起眉瞪我一眼。但我覺得只有可能是艾格蒙，一定是他！

對於我的主張，柯尼留斯輕輕聳肩。

「斐迪南大人，從艾格蒙開始問起也沒關係吧？反正就算不是他，也只是問話順序稍做調換而已。」

「嗯，現在確實不該把時間浪費在這種爭辯上。」

就這樣，斐迪南決定先去找艾格蒙問話。我心懷感激地仰頭看向柯尼留斯，發現他正咧著微笑低頭看我。

「而且，我相信羅潔梅茵大人身為女人的直覺。畢竟再年幼也還是女人嘛。」

「對不起，柯尼留斯哥哥大人，請馬上忘了我剛才那句話。神官長說得對，我就只是私人恩怨！」

柯尼留斯沒有像斐迪南那樣吐槽我，反而帶著促狹的笑容重複了一次我說的話，害我瞬間感到非常難為情，不只想找個洞鑽進去，甚至想就地把自己埋起來。在我抱頭哀嚎的時候，柯尼留斯還拚命忍笑，拍拍我的肩膀。

「神殿長與神官長有急事相商，開門。」

「很抱歉，但兩位並未預先約好時間。」

門內傳來女性侍從的回話聲。聽到對方說：「今天先請回吧。」斐迪南看向一同前來的大批護衛騎士，喊了柯尼留斯與艾克哈特的名字，指向房門說：

「把門砍開，小心別傷到裡面的人。」

「咦？可以嗎？」

柯尼留斯一臉不知所措地抬頭看向斐迪南時，艾克哈特已經將思達普變成長劍，站到門前。

「斐迪南大人，我一個人就夠了。」

說完，艾克哈特真的只是舉劍往房門輕輕一砍。門板瞬間出現一道裂痕，緊接著往房內慢慢倒去。我正為艾克哈特精湛的劍技猛眨眼睛時，聽見斐迪南無奈地低聲道：「我本想讓柯尼留斯也累積點經驗……算了。」

房門傾倒以後，想當然耳房內的模樣就清楚呈現在我們眼前。只見擔任侍從的灰衣巫女啞然失聲地看著倒下的門扉，一臉像是無法理解自己看見了什麼。再往房內看去，便是一道穿著青衣與一道穿著灰衣的身影坐在長椅上。

「我已經說了有話要問。」

斐迪南無視站在門邊的侍從，大步跨過倒地的門扉走進屋內。眼看艾克哈特與尤修塔斯一派神色自若地跟上，我連忙帶著自己的護衛騎士們跟上斐迪南。

「嗚哇！」似乎正在長椅上與侍從親熱的艾格蒙大叫一聲，一看到跟在斐迪南身後的我，立刻叫嚷起來：

「太、太太太、太無禮了！也沒有預先約好時間，果然出身卑賤的野丫頭就是不懂規矩！」

此話一出，周遭近侍們散發出的氣息忽然變得冷冽。

「嗯，沒帶哈特姆特過來還真是正確決定。」

「是啊，我也差點就要拔出斯汀略克了呢。」

柯尼留斯與安潔莉卡「呵呵呵」地笑了起來。斐迪南低頭冷眼看著艾格蒙與躲在他身後整理儀容的侍從，冷笑一聲。

「你要招攬那名灰衣巫女為侍從的時候，也曾沒有約好時間便拜訪神殿長室，現在有資格說這種話嗎？」

斐迪南說的這件事情，似乎發生在我還在尤列汾藥水裡沉睡的時候。這麼說來，在我得知莉莉懷孕、艾格蒙還納了一名灰衣巫女代替她時，有人說過他當時的態度非常蠻橫無禮。

斐迪南的反駁讓艾格蒙一時語塞，但他緊接著挺起胸膛，伸手往我一指。

「像妳這樣的臭丫頭也只有現在還瞞得了眾人，再過不久所有人就會知道妳的真面目！」

……咦？

大概是因為艾格蒙伸出食指比著我的關係，在他彎起的中指上，可以清楚看到嵌著魔石的戒指在反射亮光。我不禁目不轉睛地盯著那個似乎帶有家徽圖案的戒指。

……以前他手上並沒有這個戒指吧？

會在左手中指上戴戒指的，都是受洗過的貴族之子。未以貴族之子身分受洗的青衣神官不會戴有戒指魔導具。雖然我也曾聽說有人會戴著家人送的戒指，但截至目前為止，艾格蒙從來沒戴過。除此之外就我所知，會在中指戴戒指的人就是簽了主從契約的身蝕士兵。

「艾格蒙，你那個戒指是……」

我這麼開口後，所有人的目光一致投向戒指。下一秒，斐迪南掀起披風擋住我的視線。

「咦？」

我抬起頭，正好看見斐迪南將思達普變作長劍，揚臂一揮。

就在那個瞬間，大家倒吸口氣的聲音清晰傳來。緊接著一秒之後，慘叫聲伴隨著飛濺的鮮血驟然響起，披風另一邊傳來了某種重物落地的聲音。

「啊……呀啊啊啊啊啊！」

艾格蒙發出了淒厲慘叫，他的侍從們也接連尖叫出聲。雖然想像得到披風的另外一邊發生了什麼事情，但目前我的視野裡就只有斐迪南的披風與鎧甲。與此同時，斐迪南依然舉著思達普對準艾格蒙，一邊以平靜的話聲下達指示。

「尤修塔斯、艾克哈特，你們去羅潔梅茵的工坊拿魔導具過來！優蒂特、萊歐諾蕾，妳們負責護送羅潔梅茵返回神殿長室，並且留在屋內待命，在接到指示前都別出來。柯尼留斯、達穆爾、安潔莉卡，將在場所有侍從拿下。」

「是！」

艾克哈特與尤修塔斯立即開始動作。艾克哈特先是輕拍法藍的肩膀說「快去開門」，接著大步移動；尤修塔斯則是伸長手，把還愣愣仰望著斐迪南的我抱起來。

「大小姐，由於事態緊急，恕我失禮了。優蒂特、萊歐諾蕾，走吧。」

尤修塔斯抱起我後開始狂奔。

回到神殿長室時，法藍已經將房門打開，艾克哈特則站在通往工坊的門前等候。

「羅潔梅茵，快打開工坊。我們得進去拿魔導具。」

我打開秘密房間的門以後，允許艾克哈特與尤修塔斯進入。兩人隨即帶著暫停時間用的魔導具離開。

「羅潔梅茵大人，您沒事吧？在近距離下看到那種場面，感覺應該很不舒服吧？」

萊歐諾蕾一臉擔心地看著我問道。我緩緩搖頭。

「我沒事，因為剛才神官長用披風擋在我前面……倒是萊歐諾蕾與優蒂特沒事嗎？」

「我們好歹也是騎士嘛。」

我們露出勇敢無畏的笑容時，妮可拉端來茶水與點心，面帶一如既往的微笑說：

「請吃些好吃的東西，打起精神吧。」看著她的笑容，我有種回歸到了日常生活的感覺，輕輕拿起茶杯湊到嘴邊。

「羅潔梅茵大人，請問發生什麼事了嗎？」

羅德里希一臉不安地開口問道，我只是回答：

「青衣神官中有人戴著可疑的戒指。至於逮捕這項工作，就交給神官長與護衛騎士他們吧，我得做些自己能做的事情才行。平民區那裡有沒有送來什麼新消息？」

逮捕與盤問犯人這類工作不適合我。我轉換好心情後，菲里妮立刻拿起筆記開始報告。

「以下是平民區送來的消息。由於神殿沒人守門的關係，貴族不得不暫時先在馬車內等候，所以聽說曾有幾名車夫奉主人之命去渥多摩爾商會買過點心。第一名車夫是在第四鐘快要響起前進入商會。」

這些消息由渥多摩爾商會的伊蒂所提供，都發生在神殿無人守門的那時候。正巧那個時間就是我們剛去義大利餐廳後不久。

「不僅如此，聽說今天還有一名男子疑似是貴族的手下，去義大利餐廳提出了想要用餐的要求。店員以今天已有羅潔梅茵大人與斐迪南大人蒞臨光顧為由拒絕了，後來卻又清楚看到氣質相仿的男子一直在餐廳附近打轉。」

「那個男人說不定就是在監視我們。因為策劃這些事情的人，未免也太過清楚我們是什麼時候不在神殿。」

聽完義大利餐廳蒐集到的有關可疑人物的情報，我與菲里妮得出了大概的結論後，換羅德里希開始報告。

「接著向您報告奇爾博塔商會送來的消息。聽說第三鐘與第四鐘之間，曾有一名疑似是貴族手下的男人進入商會，表示想買最新流行的染色布料。對方聲稱自己是商人，但不管是遣詞、舉止還是面對店員的態度，看來都與貴族身邊的人一樣。此外，對方還指定要購買羅潔梅茵大人選中的布料。」

關於最近流行起來的染色布料，依自己的喜好訂做已經蔚為主流。貴族下訂時會先看過樣品，再請商會員工把喜歡的幾款布料帶到宅邸來，然後指定工坊與工匠。芙蘿洛翠亞派的貴族下訂時，絕不可能指定要和我一樣的。

「他們的目的是什麼呢？看來奇爾博塔商會也有可能被捲進他們的陰謀裡，蒙受到不白之冤。」

我腦海中浮出了在奇爾博塔商會當都帕里學徒的多莉，也要考慮到對方的目標或許還包括髮飾工藝師多莉。

聽著這些報告的時候，不久尤修塔斯再度走進神殿長室。

「大小姐，實在非常抱歉，斐迪南大人想請您騎著騎獸去城堡一趟。」

他說雖然也可以用馬車，但如果想要迅速並掩人耳目地把暫停時間魔導具與艾格蒙的侍從送去城堡，還是由小熊貓巴士載送最為理想。因為我可以開著小熊貓巴士直接進入城堡，但如果以馬車載送，進入城堡時得先在大門接受檢查。

聞言我領著護衛騎士們準備前往城堡，載送暫停時間用的魔導具與被綁起的四名侍從。護衛騎士們幫忙把魔導具與侍從們搬進小熊貓巴士裡。在旁看著的斐迪南低聲道：

「羅潔梅茵，抱歉要妳做這種事情。」

「沒關係的，這也是為了拿回我的聖典。」

跟只是一直被人保護著的我比起來，斐迪南與護衛騎士他們更辛苦。

「妳的工作只是把他們送到城堡，之後就要馬上返回神殿。畢竟妳在神殿還有很多事情要做，比如查看孤兒院的情況、釋放在神官長室裡辦公的青衣神官。」

為免侍從們掙扎亂動，優蒂特坐在副駕駛座，安潔莉卡與萊歐諾蕾則坐在後座負責監督，然後我跟著斐迪南的騎獸前往城堡。但與往常不同，他的目的地似乎不是領主一族的居住區域。發現前方的建築物疑似是討伐冬之主時眾人集結的訓練場，我猜那裡可能是騎士專用的場地。

「……妳們知道斐迪南大人要去哪裡嗎？」

安潔莉卡指著正在建築物裡等候我們到來的幾名騎士，簡短回道：

「那裡是審問犯人的地方。」

護衛騎士們從小熊貓巴士裡卸下暫停時間的魔導具、把侍從們帶下來時，卡斯泰德在一旁輕摸我的頭。

「羅潔梅茵，此次的事情非同小可。既已取得證據和線索，接下來就交給我們，妳回去休息一下吧。」

「可是大家都在忙，就只有我一個人……」

就只有我一個人在休息不好吧——但搶在我說完前，卡斯泰德先輕彈我的額頭。

「……現在最重要的是養精蓄銳。這次並不是抓到青衣神官就結束了，而是一切正要開始。」

各自的證言

聽了卡斯泰德的叮囑，我在完成載送的任務後馬上返回神殿。現在已經確定艾格蒙與此事有關，但說不定其他青衣神官也多少參與其中。回到神殿後我先去了神官長室，對哈特姆特說：

「哈特姆特，神官長去城堡了，能麻煩你向剩下的兩名青衣神官問話嗎？」

「既是羅潔梅茵大人的請求，我當然樂意之至。」

說完，哈特姆特帶著斐迪南的侍從們離開。下一秒，在哈特姆特監視下處理著公務的青衣神官們全放鬆下來。

「請各位不要就此鬆懈喔。一旦神官長正式交接，這種情況以後就會變成常態了，請認真處理公務吧。」

斐迪南與哈特姆特的原則都一樣，那就是他們不需要毫無用處的青衣神官。然而，兩人處置神官的方式卻大不相同：一個是置之不理，一個是加以排除。當初斐迪南是為了逃離薇羅妮卡，不得已進入神殿當神官；而哈特姆特依然保有著貴族身分，是被派來神殿幫我的忙，所以他們兩人對於神殿以及神官會有截然不同的認知。

哈特姆特是典型的上級貴族。青衣神官因為未從貴族院畢業，他並不把他們當作是貴族看待。再加上除了斐迪南與擔任神殿長的我以外，神殿裡頭就屬哈特姆特的老家地位最高，他好像並不在乎神官身上穿的是青衣還是灰衣，總之全歸類為地位比自己低的人。正如他在就任儀式上說過的，他看重的就只是「有沒有能力為羅潔梅茵大人效勞」。因此就算他覺得灰衣神官們還更有價值，那也一點都不奇怪。

……況且今年冬天結束後，也不曉得有多少青衣神官能留下來。

斐迪南已經說了，之後將有舊薇羅妮卡派貴族的排除行動。一旦沒有了提供援助的老家，就很難繼續當青衣神官。今後不只貴族間的關係會有巨大轉變，深受貴族社會影響的神殿也不可能毫無變化。

……還在就讀貴族院的學生們只要獻名便能獲救，那年紀更小的孩子們該怎麼辦呢？由孤兒院收留嗎？但如果要收留所有的人，預算恐怕不太夠吧？

但如果不栽培這些未來的貴族，往後只怕會非常頭痛。不知道齊爾維斯特對於這件事有什麼看法？在去貴族院之前，可能得找時間討論一下這件事。

我一邊辦公一邊想著這些事情，不久哈特姆特回來了。剩下的兩名青衣神官似乎與擅闖神殿的貴族沒有關連。既然所有青衣神官都問過話了，監視也到此結束。

「非常感謝各位的協助，現在你們可以回去了。」

釋放青衣神官與他們的侍從後，我也慰勞了神官長室裡不得不陪著哈特姆特來回奔波的侍從們，然後回到神殿長室。到了這個時間，未成年的近侍們也該回去了。

「羅潔梅茵大人，請您一切千萬小心。」

萊歐諾蕾、優蒂特、羅德里希與菲里妮都一臉擔心地退出房間。目送他們離開後，柯尼留斯緩緩吐了口氣。

「明明羅潔梅茵大人險些遭人毒殺，我卻全然沒有察覺。就算被一再叮囑要提高警覺，也不曉得該注意哪些事情……我的能力真是遠遠不夠。」

這陣子得向艾克哈特哥哥大人討教才行……柯尼留斯喃喃說道，漆黑眼眸綻放強烈光芒。這時，哈特姆特伸手搭在他的肩膀上。

「柯尼留斯，你說羅潔梅茵大人險些遭人毒殺是什麼意思？」

哈特姆特的橙色雙眼亮起冷冽厲光。在發現聖典被人下毒的時候，哈特姆特就已經不在神殿長室了。這麼說來，我們也還沒告訴他聖典被人調包了。於是我向哈特姆特說明，我們分開行動時發生了哪些事情。

「哦……假聖典上竟然被抹了毒，我與羅潔梅茵大人都有可能中毒身亡嗎……假聖典是達道夫子爵夫人帶進來的吧？」

聽到假聖典被人抹了毒，哈特姆特忽然露出讓人背脊一涼的冷笑。他跨坐在青衣神官上的模樣閃過腦海，我急忙開口：

「現在還不確定犯人就是她。至少要等葳瑪向四名守門神官問過詳細情況，聽完她的報告以後才能下定論。」

「那在葳瑪過來報告之前，我先告訴你們常見的毒物與應對之法吧。」

哈特姆特開始為達穆爾、安潔莉卡與柯尼留斯上課，告訴他們有哪些常見毒物以及要如何應對。安潔莉卡立刻往斯汀略克灌注魔力。

「哈特姆特，這些知識你在哪裡學來的呢？」

「是我在神殿處理公務時，尤修塔斯大人趁著空檔告訴我的。他說我身為領主一族的近侍，應該具備這些知識。當時他還說，現在的領主一族感情不錯，也許沒有用到這些知識的機會，想不到這麼快就派上用場了。」

說話的同時，哈特姆特指示法藍拿來放有鑰匙的保管盒。戴上皮革手套後，他拿起聖典的鑰匙，一邊向護衛騎士們說明，一邊與艾克哈特之前做過的一樣，開始潑灑各種藥水，或是拿出魔石觸碰鑰匙。

「……羅潔梅茵大人，這把聖典鑰匙也是假的嗎？但與只是仿冒外觀的聖典不同，上頭有著十分複雜的魔法陣……」

「我只知道登記在鑰匙上的，並不是我的魔力……」

鑰匙是真的嗎？我偏頭納悶。哈特姆特捏起聖典鑰匙，定睛檢視上頭的魔石。

「有沒有可能是偷偷闖進神殿長室的貴族只重新登記了魔力？光是存有這個可能性，便讓人很難馬上辨別哪些為真、哪些為假。萬一我們因為聖典是假的，進而認定鑰匙也是假的而到處尋找，策劃此事的人就能嘲笑我們的糗態。」

聽哈特姆特這麼說，我也注視起鑰匙。這究竟是把精心打造的假鑰匙？還是只是重新登記了魔力的真鑰匙呢？我也看不出來。

「……總之，只要不找回聖典，就無法確認這把鑰匙的真偽。神官長什麼時候回來呢？」

「斐迪南大人說了，他會隱秘並且迅速地窺看記憶，所以我想應該明天或後天就回來了。」

雖然達穆爾這麼回覆我，但到了隔天斐迪南也沒有返回神殿。為了蒐集到更多資訊，我喚來之前守門的四名灰衣神官，向他們詢問詳情。

「起初車夫自稱是普朗坦商會的人，要我們向艾格蒙大人通報。」

四名灰衣神官說他們立刻就感到奇怪。因為普朗坦商會每次前來，駕駛馬車的車夫都是同一個人。而且那天就連馬車也不一樣，也沒接到過吉魯的通知。最主要是，車夫給人的態度更像是貴族。

「普朗坦商會的人雖是富商，但終歸是平民。青衣神官又是貴族之子，所以請我們通報一聲的時候，不管是普朗坦商會，還是奇爾博塔商會或渥多摩爾商會，態度總是客氣有禮。絕對不會說『別問那麼多了，快去通報』。」

「我們提出疑問後，達道夫子爵夫人便從馬車裡稍微露出臉來，說她已經約好了時間，要我們馬上前去通報。由於我服侍過斯基科薩大人，也就認得達道夫子爵夫人，因此在回應『我立刻去確認此事』後，便去找艾格蒙大人。」

聽說斯基科薩與他的親族對待灰衣神官都很野蠻霸道，所以灰衣神官說他當下判定，萬一惹怒對方，只怕大難臨頭。到了艾格蒙的房間通報有訪客後，雙方似乎確實有過約定，回覆會去迎接達道夫子爵夫人。

「接著我返回大門，告訴守門神官雙方確實有約以後，便去打開馬車專用的大門。馬車通過大門後，我們正要重新把門關上，就被綑了起來。由於事情發生得太過突然，一時間根本搞不清楚是怎麼回事。」

「隨後我們就在動彈不得的狀態下被扔進馬車，又被人以一般的繩子綁起來。就在那個時候，我聽到有人說『魔力的束縛會在出城以後消失』，才知道他們打算把我們帶到城外。」

「我們也曾試圖反抗。出城前經過大門的時候，我們奮力掙扎，想要引起士兵的注意，結果卻只是遭到一頓拳打腳踢，沒能成功達到效果。」

馬車就這麼離開城市。之後，綁匪們不知道在哪個農村雇了農民當車夫，還備好載貨馬車要他們換乘。換乘時更命令灰衣神官脫下制服，讓他們無法輕易逃跑，最後再把他們重新綁起來扔進載貨馬車裡。

「那名農民似乎是收錢辦事。他在契約書上蓋了血印，還負責保管戒指。原本是打算把戒指戴在手上，但因為他沒有魔力，無法調節戒指的大小，便改用繩子串起來，藏在衣服底下。」

後來灰衣神官們一路都被蓋在布料底下，所以無法再提供更多資訊。

「感謝你們提供的消息，我會為此向達道夫子爵夫人表達不滿。」

聽完，我讓灰衣神官們回去孤兒院。

「……看來這下子可以肯定，擅闖神殿長室的貴族女性就是達道夫子爵夫人，與她串通好的青衣神官則是艾格蒙了吧。」

「雖然灰衣神官的證言在貴族社會裡沒有可信度，但至此確實無庸置疑。關鍵更在於斐迪南大人能從艾格蒙的記憶裡取得多少情報吧。」

艾格蒙手上的戒指與誰有關也很重要，必須進行調查，但要蒐集到足以讓貴族信服的證物，也不知道要花上多久時間。明知犯人是誰卻無法採取行動，這讓我急得如熱鍋上的螞蟻，因為我很想趕快找回聖典。

「羅潔梅茵大人，請您別為了找回聖典輕舉妄動。」

「我也知道身為領主的養女，就算想要動用權力也得按部就班，所以現在才乖乖待在神殿裡等候消息喔。」

雖然只能待在神殿裡，但還是得做自己能做的事情。幸好現在的我與以前遇到賓德瓦德伯爵時不同，已經能夠從中斡旋，讓平民不會被貴族的殘暴擊垮。

「我已經請吉魯向奇爾博塔商會與普朗坦商會說明了情況。提醒他們可能會有人擅用商會的名號以後，奇爾博塔商會還提供了那個可疑手下購買的布料樣品給我們……」

我將吉魯帶回來的布料攤開。聽說我專用的布料還得先委託母親進行染製，所以不可能當場就有，再加上對方的態度並不友善，所以當時賣給他的是其他工匠所染的布，只是圖案樣式十分相似而已。

「話說回來，他們買我喜歡的布料做什麼呢？」

我正歪頭納悶時，奧多南茲飛進屋內，簡潔地重複三次說道：「羅潔梅茵，我是斐迪南，稍後便會返回神殿。集結所有護衛騎士。」說完變回黃色魔石。

「達穆爾，請召集所有護衛騎士。薩姆，麻煩你去通知神官長室的人。」

「遵命。」

「先說結論吧。我們取得了充分的證據。」

從城堡回來的斐迪南換上神官服後，來到神殿長室。不光是我，護衛騎士們也都一臉緊張且嚴肅地豎耳傾聽。

「此次計畫，最一開始似乎是艾格蒙的老家找他打探消息。」

斐迪南以平靜的話聲開始述說。聽說老家的人問艾格蒙：「有沒有神殿長與神官長都不在神殿的時候？」由於我和斐迪南也會出入城堡，其實同時不在神殿的日子還不少，只不過以艾格蒙的身分，他無法掌握我們的行蹤。

接到老家探問的幾天後，艾格蒙正好得知神殿長與神官長將同時離開神殿。因為我們去義大利餐廳時會帶著侍從在旁服侍，所以下達了通知說神殿長室將完全關閉。

「艾格蒙立刻把這則消息傳回老家。隨後，達道夫子爵夫人透過他的老家送來了會面邀請函。」

達道夫子爵夫人在邀請函上，指定了要在我們兩人都不在神殿的時候會面。以老家的地位來看，艾格蒙根本無法拒絕，所以他立即回信應好。

「艾格蒙收到的信上似乎寫道，她有不方便讓他人知曉的請求，所以當天會以普朗坦商會的名義拜訪。老家的人還囑咐他，要盡量完成達道夫子爵夫人的要求。只可惜艾格蒙照著指示燒掉了那封信，無法取得證物……」

到了來訪當天，艾格蒙滿心忐忑地等候，不知道對方到底所為何來。不久守門的灰衣神官前來通報訪客已經抵達，他便前往迎接。

「出現在艾格蒙記憶裡的，確實是達道夫子爵夫人。不過，他似乎並不曉得守門的四名灰衣神官被綁走。」

達道夫子爵夫人抵達後，便拜託艾格蒙說：「我希望你能找個理由，把神殿長室裡的其他侍從也支開。我可不想在神殿裡動粗。」艾格蒙依言派了自己的侍從去神殿長室查探情況，碰巧看見妮可拉、吉魯與弗利茲正要把神的恩惠送去孤兒院。他於是命令自己的一名侍從，設法讓三個人繼續留在孤兒院。

「所以把吉魯他們支開以後，他們就偷偷溜進了神殿長室吧？」

「沒錯。艾格蒙接著命令另一名侍從，從侍從用的房間潛入神殿長室，然後從內側把上鎖的大門打開，並找來聖典的鑰匙。因為神殿這裡，擺放鑰匙的地方大同小異。」

鑰匙皆由首席侍從負責保管。就算神殿長室鎖了起來，也不可能把其餘侍從要用的房間全部鎖上。因此只要有熟悉神殿內部情況的人幫忙，就有辦法偷偷潛入。

艾格蒙的侍從去法藍的房間尋找鑰匙保管盒時，達道夫子爵夫人則是調換了聖典。

「都是那個平民出身的孩子，才害得我兒子被處刑，一族的人也遭到奧伯疏遠。我這點小小的報復也是未嘗不可吧？」

達道夫子爵夫人拿出拳頭大小的魔導具觸碰聖典後，就變出了另一本看起來一模一樣的聖典，然後把真的聖典拿走。聽說假的聖典精巧到了就算當場看見兩本聖典，也很難分辨真假。

「這下子到了秋季的成年禮與冬季的社交界，便能看到那個欺騙了所有人、成為領主養女的可恨平民有多麼驚慌失色了。等到他們發現真正的聖典遺失，那時早就來不及了。肯定也不會曉得到底是誰、如何調換了聖典。」

達道夫子爵夫人露出了極其愉快的惡毒笑容，再從艾格蒙的侍從找到的保管盒裡取出一把鑰匙，牢牢握在掌心。似乎是想藉由登記成她的魔力，讓我們以為就連聖典的鑰匙也是仿冒品，然後大亂陣腳。

「不管是那個平民小孩，還是擔任她監護人的神官長斐迪南大人，屆時都會因為管理不當而受到指責，甚至還得接受懲罰吧。」

換成假聖典後，就可以在儀式上讓神殿長難堪；運氣好的話，甚至能讓那個平民小孩當不成領主的養女和神殿長──達道夫子爵夫人如是說。

想像了那幅畫面以後，艾格蒙笑了。畢竟我當初是以平民的身分進入神殿、成為青衣巫女，後來卻成了神殿長，還一派自視甚高，所以如果到了舉行儀式的時候我才發現聖典是假的，肯定會手足無措吧。艾格蒙默默心想著，屆時那幕景象肯定會讓人直呼痛快。尤其前任神殿長死後，不僅他能分到的奉獻金變少了，參加祈福儀式與收穫祭時能撈到的油水也大幅縮水，總算能幫自己稍微出口怨氣。

「屆時那個平民小孩在儀式上會有多麼驚慌失措，請別忘了與我分享。」

說完，達道夫子爵夫人轉身背對艾格蒙，用戴著手套的手輕輕撫過假聖典以後，再把鑰匙放回保管盒裡──

「將聖典調換後，艾格蒙與達道夫子爵夫人便盡可能清除他們闖入過的痕跡，然後離開神殿長室，返回艾格蒙的房間，並且簽訂魔法契約。」

回到艾格蒙的房間後，達道夫子爵夫人聊起了聖典調換後會發生的事情與我們會受到的處罰，笑道：「要是那個平民小孩當不成神殿長了，屆時我再推薦你為新任神殿長吧。畢竟你這般鼎力相助。」

「艾格蒙表面上討好地笑著，心裡卻想著貴族說的話根本不可信。不過，大概是看穿了他的想法，達道夫子爵夫人說著『口說無憑你是不會相信的吧』，拿出一紙契約書來。」

契約書上白紙黑字地寫著「將推薦艾格蒙就任為神殿長」。

「簽訂魔法契約，就代表雙方一定要信守承諾。聽到自己能夠成為下任神殿長，艾格蒙高興得在契約書上簽了名字，蓋上血印，完成契約。達道夫子爵夫人還送給了他嵌有魔石的戒指作為信物，聲稱這樣一來他也是貴族的一分子。」

貴族之子受洗時，會得到父母贈送的嵌有魔石的戒指。身為青衣神官，自己並未擁有戒指的艾格蒙，自然是把達道夫子爵夫人送的戒指戴在了左手中指上。

「這下子你也能操控自己的魔力了。接下來只要等著那個欺騙眾人、還是平民出身的神殿長被拉下臺就好。」

達道夫子爵夫人這麼說完，艾格蒙注視著戒指上的魔石，露出滿足的微笑。兩個人一起將平民出身的神殿長貶得一文不值，大肆傾吐了心中的怨氣後，達道夫子爵夫人便拖起聖典，騎著騎獸離開。聽說她是刻意與馬車分開行動，以免被人發現自己來過神殿。

「艾格蒙得意洋洋地說著，他們沒有留下任何痕跡，只要靜待秋天的成年禮到來即可。正當他在房內舉杯慶祝的時候，我們破門而入逮捕了他。當下敢對妳口出惡言，大概是因為才剛聽完達道夫子爵夫人說了那麼多，再加上喝了酒，膽子變大了吧。」

斐迪南緩緩吐氣後轉向我，嘴角揚起冷笑。

「羅潔梅茵，妳還記得賓德瓦德伯爵是怎麼與孤兒簽訂主從契約的嗎？」

當初戴莉雅以為戴爾克會被收為養子才簽了約，想不到其實是主從契約。

「難不成……」

「沒錯，這次的契約書上同樣覆了另外一張紙。艾格蒙簽訂的其實是主從契約，戒指也與身蝕士兵的相同。為了一旦事成，就能讓他消失在這個世界上……幸好我們及早發現，搶先抓住了他。加上艾格蒙是青衣神官，他的記憶將成為無可推翻的鐵證，能夠藉此制裁達道夫子爵夫人及其一族。此外，艾格蒙持有戒指上的徽章乃是格拉罕所有，也能證明此事與格拉罕有關。」

冬天的時候能省下不少工夫──斐迪南勾起嘴角說。要逮捕舊薇羅妮卡派的貴族時，這些都將成為強而有力的證據，因此斐迪南看來心情極佳。聽說卡斯泰德與接到消息的齊爾維斯特也都讚許道：「不錯，居然沒有落入對方的陷阱。」

「這次比起所謂女人的直覺，妳對書的執著更教我驚訝。畢竟是妳先察覺有異，後續才能查出這些事情。倘若沒有發現，後果將不堪設想。」

「既然神官長多少可以明白我對書本的執著了，那我們馬上出發吧。」

我猛然起身，斐迪南對著我用力皺眉。

「妳要去哪裡？」

「當然是拿回聖典啊，不然呢？」

已經知道是達道夫子爵夫人偷走聖典，又得到了貴族們能夠信服的證據，剩下該做的事情就只有拿回聖典了。聞言，斐迪南一臉不以為然地挑眉看我。

「妳沒有回答我的問題。我問的是妳要去哪裡，而不是妳的目的，況且想也知道妳打算做什麼。」

「當然是去達道夫子爵夫人可能會在的地方，首先是貴族區的冬之館。如果她沒在那裡，那我就直接衝去達道夫的夏之館。就算追到天涯海角，我也一定要把自己的聖典拿回來，否則絕不罷休。」

我握起拳頭如此宣告後，斐迪南也站起來。

「的確，聖典非得拿回來不可。那我們前往達道夫子爵的宅邸吧。若有人敢反抗，便悉數拿下。也許有些人的記憶還能提供證據。」

於是為了拿回聖典，我與斐迪南以及護衛騎士們將一起突襲拜訪達道夫子爵位於貴族區的冬之館。

達道夫子爵的宅邸

一直心急如焚地等著證據充足、可以前去逮捕達道夫子爵夫人的我，在聽到斐迪南說「可以了」之後，立即衝出神殿長室。除了護衛騎士，哈特姆特也將與我們一同前往。因為他主張：「身為新任神官長，為神殿長羅潔梅茵大人找回重要的聖典，可說是最緊要的任務。」

「因為得把我的聖典拿回來才行嘛。」

「是的，畢竟聖典對聖女來說不可或缺。」

這種時候，哈特姆特真是可靠的同伴。我傾注魔力更是強化身體，以最快速度跑到屋外，沒想到才這樣就已經上氣不接下氣。但是，我絕不能就此力竭倒下。

……為了拿回聖典，就算要進行血祭我也在所不惜！

坐進騎獸裡後，我牢牢握緊方向盤，精神振奮地心想著：好，出發吧！但忽然間停下動作。糟糕。雖然很想趕快拿回聖典，但我根本不曉得達道夫子爵的宅邸在哪裡。

「呃，神官長，達道夫子爵的宅邸在哪裡呢？」

「咦？羅潔梅茵大人，您根本不知道在哪裡就衝出來了嗎…………?!」

「優蒂特，最重要的是我想拿回聖典的魄力。」

周遭的護衛騎士們一致垮下肩膀時，跟得上我最快速度的斐迪南則是一臉受不了，騎著騎獸開始移動。

「妳跟在我後面吧。若讓妳先走，感覺事態會變得非常麻煩。」

達道夫子爵的宅邸似乎已經派了騎士在看守，我們一抵達便有兩名騎士現身，走向斐迪南悄聲報告：「目前在宅邸裡的，果然只有子爵夫人一人。」這時期達道夫尚未降雪，所以其他家人似乎都還在夏之館。

「不知她是為了避免連累更多人，還是為了能夠單獨行動不受打擾……」

斐迪南低聲說完，接著向騎士們下達指示。我以眼角餘光看著他們，自己則是站到玄關大門前，要哈特姆特敲響門環。

……因為如果我自己敲，神官長一定會斥責我這不是淑女該有的舉動，所以我才交給哈特姆特，絕沒有為自己的手搆不到門環感到不甘心喔。絕對沒有！

我一邊這樣心想著，一邊仰頭瞪著形狀像牛的門環，這時門打開了。一名疑似是首席侍從、看來不苟言笑的中年男性走了出來，瞠著雙眼環顧近侍。最後他把目光停留在我身上，眨了眨眼睛。

「這不是羅潔梅茵大人嗎？目前基貝尚未回到此處，我也未曾聽說您與夫人有約，請問大駕光臨有何要事？」

我是要來抓人的，怎麼可能預先約好了會面時間。我甜甜一笑。

「我想與達道夫子爵夫人見一面，能麻煩你帶路嗎？」

「既然您未曾有約，恕難從命。羅潔梅茵大人，相信這點您也明白的吧？」

首席侍從用畢恭畢敬卻又不容反駁的態度回道，我立刻以思達普變出光帶將他綑起來。因為斐迪南說了，敢反抗的人通通可以抓起來。而且居然有人想阻撓我拿回聖典，我當然不再跟他客氣，直接綑成一團往旁邊丟。

「羅潔梅茵大人?!」

突然被光帶綑起的首席侍從無法保持平衡，「咚」地倒臥在地，一臉難以置信。我對著他再問一次。

「我問你，達道夫子爵夫人的房間在哪裡呢？」

「恕我無法回答。」

就算被人綁起來，對方還是堅決不肯回答，職業操守非常值得嘉許。看來再怎麼逼問也得不到答案吧，我立刻放棄追問，直接從他旁邊走過，快步進入宅邸。

「很遺憾你不願告訴我，但反正貴族宅邸的構造大同小異。只要從主人的活動空間一間間找起，很快就能找到。」

「如今家主不在，您又並未約好時間，還將僕從綑起來擅闖他人宅邸，即便羅潔梅茵大人是領主的養女，也不該這麼不講道理吧？」

儘管倒在地上動彈不得，那名首席侍從仍抬起頭向我這麼控訴，兩眼帶著凌厲光芒。我低頭看他，一邊輕笑一邊讓全身盈滿魔力。

「哎呀，真是的。這不就是你們達道夫的作風嗎？達道夫子爵夫人明明沒有與我約好時間，卻趁著我不在的時候擄走守門神官，擅闖神殿長室，還偷走了非常重要的東西喔。虧我還特別配合達道夫的行事作風，怎麼可以反過來指責我呢。」

「什麼?!」

首席侍從瞪圓雙眼，這時我以魔力稍微向他施加威懾。真的只是稍微而已，因為這男人並不是我的敵人，甚至是十分重要的情報來源。

「達道夫子爵夫人的房間在哪裡呢？可以告訴我嗎？」

「唔……嗚咕?!」

明明我只是稍加威懾，男人卻口吐白沫暈了過去。

……唉，好吧。

就算他暈過去了，我該做的事情還是不變。朝著女主人房間所在的三樓，我「嘿咻」地跨步踏上階梯。

「羅潔梅茵，妳用騎獸比較快吧？」

斐迪南不耐煩地開口建議時，樓上突然傳來「咚！咚咚！」的巨響。難以想像貴族的宅邸裡頭會出現這種聲響。

「是從女主人房間傳來的，動作快！」

「優蒂特、安潔莉卡，妳們保護羅潔梅茵！」

斐迪南留下兩人擔任我的護衛，帶著其他護衛騎士飛快上樓。速度快到我完全跟不上。我連忙變出小熊貓巴士坐進去，追上大家。

「艾克哈特！」

「是！」

所有護衛騎士都已經變出思達普，艾克哈特更是舉劍砍向房門。就在他們踹開門板的時候，我正好趕到。

下個瞬間，令人作嘔的濃烈血腥味從屋內流瀉而出。站在門前的斐迪南與艾克哈特都張大雙眼。

「羅潔梅茵，退後！」

「是！」

這聲厲喝讓我馬上後退，駕駛著小熊貓巴士拉開距離。所在位置可以看見房內景象的柯尼留斯與達穆爾也都面無血色。

「裡面發生什麼事了？」

「有屍體。屋內血跡斑斑，共有三名女性倒臥在血泊中，而且頭部幾乎消失不見。」

「呀啊！我不想知道得這麼詳細！」

我立刻低頭，用力閉上眼睛。我想像中的血祭可不是這種血淋淋的慘狀。

……完全超出我預期的血祭就這麼開始又結束了！

「發現我們來了就自殺嗎？還真是當機立斷。」

斐迪南嘆了口氣，走進房內。尤修塔斯、艾克哈特與我的男性近侍們也跟著進屋。女性騎士們則是留下來，保護著在看不見房內的走廊角落上瑟瑟發抖的我。

……真正的血祭實在太恐怖了。

「羅潔梅茵大人，這似乎是達道夫子爵夫人留下的訊息。」

哈特姆特從房內拿來了一張字跡非常潦草的信箋。上頭除了寫有她對一族的怨恨，還非常挑釁地寫道：「我不會把記憶交給任何人，找得到的話就試試看吧。」

倘若無法找回聖典，不只害得斯基科薩被處刑的我與神官長將顏面掃地，弄丟了領內唯一一本聖典的領主也將為此頭痛不已，她說光是可以達到這個目的就非常滿足了。此外，斯基科薩遭到處刑時，家人的反應也令她感到絕望，因此就算一族會受到牽連，她也想向害得自己兒子喪命的我與斐迪南報仇。光是看著沾有斑駁血跡的信箋，也能感受到達道夫子爵夫人內心強烈的情感與憎恨。

「……一族的人完全是無辜受到牽連呢。」

「與她一同死去的侍從也是吧。既然是為了讓人無法讀取記憶，代表那些侍從應該也參與了這次的行動。」

不光她自己，與調換聖典計畫有關的人也跟著丟了性命。這樣一來，聖典勢必很難馬上找回。

「……這下子就查不到聖典的下落了。」

本來還以為只要逮捕達道夫子爵夫人就能得到線索，現在卻是不可能了。如今我們根本不曉得聖典在哪裡。

「從子爵夫人是臨時決定自殺這點來看，她多半也沒料到我們的反應會這麼快。所以說不定聖典還在這座宅邸裡，即便被送去了其他地方，也應該還有跡可循。」

雖然哈特姆特這麼說，但要在沒有線索的情況下尋找聖典，我覺得難如登天。萬一達道夫子爵不願意幫忙，我們就無法打開子爵夫人的秘密房間，而那些極有職業操守的僕從們感覺也不會輕易提供證言。就算一一查看記憶也是個方法，但這麼做只會搞得這次的事情人盡皆知。

……怎麼辦？必須想辦法讓達道夫子爵願意幫忙尋找聖典，但他不可能欣然提供協助吧？

「羅潔梅茵，妳去叫外面的騎士進來幫忙，然後帶著護衛騎士先回城堡吧。麻煩妳向奧伯提出會面請求，到了城堡後再向他說明情況，並請他傳喚基貝。等我把現場完好保存、蒐集完情報以後就會過去。因為雖說有屍體，還是得確認是否為達道夫子爵夫人本人。」

斐迪南下達完指示，再度走回房間。這時候再怎麼苦惱也找不到聖典，所以我立即向齊爾維斯特送去奧多南茲說：「我想緊急請求會面。」也捎了奧多南茲給黎希達，說我即將返回城堡。接著請守在屋外的騎士們進去協助斐迪南後，我便帶著自己的護衛騎士們往城堡移動。

關於聖典遭竊以及已將艾格蒙逮捕等消息，斐迪南先前就已經屏退他人，向齊爾維斯特稟報過了。在他查探艾格蒙記憶的時候，卡斯泰德想必也報告過了這件事。因此齊爾維斯特接到我寄來的奧多南茲後，似乎馬上就意識到發生了緊急情況。斐迪南一到城堡，我們立刻被叫到領主辦公室，抵達時屋內也已經屏退所有人。

「發生什麼事了？」

齊爾維斯特的深綠色雙眼綻放銳利光芒，往我們看來。斐迪南往前站了一步，開口回道：

「達道夫子爵夫人及其侍從皆已身亡。而且頭部全都毀損，無法讀取記憶。我也已經確認過沒有他殺之嫌，以及在場的侍從都是被子爵夫人以魔力殺害。」

「你說什麼？」

聽完斐迪南的報告，齊爾維斯特先是緊緊閉上雙眼，再緩緩吐了口氣。

「接下來得馬上傳喚基貝，調查一族有多少人牽扯其中，然後予以處分……冬天的計畫全被打亂了。」

他們曾說舊薇羅妮卡派貴族的排除行動將在冬天進行。這次如果處分達道夫一族，想必會對舊薇羅妮卡派帶來某些影響。冬天的計畫究竟會因此產生什麼變動，實在難以預料——齊爾維斯特沉下臉來。

「養父大人，您打算處分達道夫一族所有的人嗎？」

「因為他們不僅偷了聖典，還企圖暗殺領主的養女，當然要連坐受罰。」

「說當然或許沒錯……可是，如果因為連坐就處分掉沒有真正做錯事的人，會不會變得和現在的尤根施密特一樣，導致領內貴族人數不足，結果無法維持正常運作呢？」

明明我之前才說過，居然為了肅清就殺死那麼多貴族，害得國家無法正常運作，簡直愚蠢至極——要是連我們自己也這麼做，我更覺得蠢得無藥可救。

「……那妳認為該怎麼做？」

「我們可以利用舒翠莉婭之盾，檢查達道夫一族的人有無惡意或敵意，再要求他們以獻名的方式表達忠心，這樣就能讓他們活下來了吧？」

有些魔導具只有奧伯能夠發動，同樣地，也有些魔導具只有管理土地的基貝可以發動。儘管現在因為學習了魔力壓縮法，魔力有所提升的人變多了，但艾倫菲斯特領內的貴族人數還稱不上充足。

「貴族院的孩子們可以藉由獻名，免於連坐受罰吧？那如果我們有辦法確認對方有無敵意，也應該給大人一個能夠免於連坐的機會。」

我說完，齊爾維斯特還沒作聲，騎士團長卡斯泰德率先一臉肅穆地搖頭。

「這麼做的話，對於至今那些因連坐而受罰的人來說並不公平。」

「父親大人，只是一族裡的某個人懷有敵意，並不代表所有人都有敵意。一個人犯的罪，應該他一個人去承擔罪責，否則惡意與憎恨的延續只會永無止盡。既然能用舒翠莉婭之盾去判別對方有無敵意，我認為還是不要處分無辜的人，中止這種惡性循環吧。」

如果是無法知道對方心裡在想什麼的情況也就算了，但其實我們只要使用舒翠莉婭之盾，就能辨別對方是否懷有敵意。因此我認為應該積極採用這個方法，盡量讓貴族有活命的機會。

「但他們企圖暗殺領主一族，這樣的處分未免太過溫和……」

「父親大人，您忘了嗎？只要能拿回聖典，這件事情就會當作沒有發生過。既然如此，也就沒有必要大肆問罪。他們私下獻名以後，一切便能劃下句點。」

齊爾維斯特聽完思考了一會兒，接著以帶有探究意味的眼光筆直注視我。見他突然露出領主的表情，我不由得挺直背脊。

「羅潔梅茵，明明達道夫子爵夫人試圖謀害妳，為何妳還這麼想保住她一族的人？倘若就此放過他們，往後妳仍有可能再度身陷險境。現在先將他們鏟除，也能保障妳的安全。」

「因為如果有機會能讓一族的人得救，我想他們會更認真地尋找聖典。」

不管是向僕從問話，還是搜索子爵夫人的秘密房間與宅邸，要是知道還有活命的機會，提供協助時的認真程度也會截然不同。說不定還會動員一族所有的人，傾盡全力尋找聖典。再加上我們完全不了解子爵夫人，與其茫無頭緒地瞎找，倒不如交給了解她人際關係、性格與喜好的人，我相信會更有效率。

「現在就處分掉對我們並無敵意的人，我認為不是明智之舉。最好的方法應該是留條活路，讓他們願意鞠躬盡瘁。」

將人處死，確實可以輕易地除掉後患，但我覺得這麼做帶來的壞處也不少。而且一旦知道一族的所有人都將被連坐處死，有的人可能會自暴自棄不願幫忙。但如果還有活路，以保護一族與土地為己任的基貝肯定會想方設法拯救一族的人。

聽完我的想法，卡斯泰德一臉錯愕，齊爾維斯特則是饒富興味地嘴角上揚。

「……那好吧。其實我也正為排除掉舊薇羅妮卡派後，貴族人數會減少太多這個問題感到頭痛。那就用妳的風盾進行檢測，給他們一條活路吧。」

由於聖典遭竊一事不能公開，與達道夫子爵的談話必須秘密進行。齊爾維斯特說要親自去一趟子爵的宅邸。加上他是私自外出，所以說好了在某個房間與我們會合。

「雖然奧伯說他會甩掉近侍，但他要怎麼成功做到這種事情呢？」

萊歐諾蕾一臉百思不解，但我也不曉得齊爾維斯特有什麼偷溜的絕招。我待在他指定的房間裡等候，眺望窗外。所在之處是間客房，偌大的陽臺外是片明亮青空。

「讓你們久等了。走吧。」

明明大門根本沒有打開，齊爾維斯特與卡斯泰德卻憑空出現。

「兩位究竟是從哪裡冒出來的呢？」

「我同時用了下人在用的捷徑與只有領主知道的出口，你們是模仿不來的。」

齊爾維斯特得意地挺胸哼笑，但我實在不懂這種事有什麼好得意的。我正傻眼時，齊爾維斯特打開陽臺的落地窗，回過頭來說：

「羅潔梅茵，變出妳的騎獸吧。因為我的騎獸太醒目了，我和卡斯泰德坐妳的騎獸。」

的確，領內就只有齊爾維斯特的騎獸是三頭獅子。不但醒目，也會馬上被人發現是奧伯在移動。我把小熊貓巴士稍微變大，讓齊爾維斯特與卡斯泰德坐進來。

「噢噢！」

齊爾維斯特雙眼發亮地在車內來回張望，但由於副駕駛座上坐著優蒂特，所以其實他相當克制，不忘保有領主的威嚴。要是沒有優蒂特，他肯定會瘋狂提問吧。

請兩人繫上安全帶後，我駕駛著小熊貓巴士起飛。

聖典的下落

「奧伯．艾倫菲斯特，這究竟是怎麼回事？」

接到緊急傳喚，騎著騎獸從夏之館趕回貴族區的達道夫子爵及其兒子，看見領主出現在自家的客廳裡頭無不瞪大眼睛。也難怪他們這麼驚訝。因為領主本人還站在半球形的透明盾牌後方。

「你的妻子闖入神殿盜取聖典，甚至變了本假聖典做為替換，還塗抹毒物企圖暗殺羅潔梅茵，如今已是罪證確鑿。我以前曾警告過你，別讓你的妻子與羅潔梅茵有任何瓜葛。倘若你重視一族的人，為何還對自己的妻子放任不管，基貝．達道夫？」

齊爾維斯特說完，達道夫子爵立即當場跪下，臉色鐵青。他連嘴唇都在打顫，全身抖個不停。跪在他身旁、疑似是下任基貝的男子則是用力咬牙，責怪父親。

「父親大人，所以我早就提醒過您，她那麼容易歇斯底里，一點也沒有貴族該有的樣子！在她為了斯基科薩那個不成材的傢伙而連累我們一族之前，就應該把她幽禁起來。母親大人過世之後，我也曾反對讓那個女人成為第一夫人。」

「你是下任基貝嗎？」

「……我名喚耶雷米斯。在那個女人做出如此大逆不道之舉前，本是下任基貝。」

他的表情像正強忍著無處可宣洩的怒火，然後露出死心絕望的笑容。

「不，你也許還是下任基貝。」

齊爾維斯特這麼回應後，耶雷米斯張大雙眼，端正跪坐。達道夫子爵也一臉吃驚地注視齊爾維斯特。

「艾倫菲斯特的聖女慈悲為懷，認為一人犯的錯應該一人承擔。因此她向我提出懇求，希望能有辦法讓其他人免於連坐。」

「什麼……這是真的嗎?!」

兩人愕然地來回看著我與齊爾維斯特。一眼就能看出他們肯定正心想著，我們是不是在騙人。現在必須讓他們相信我們，才能進行下一步。我極力擠出聖女該有的溫柔微笑，開口說道：

「基貝．達道夫，我的心願就只有找回失竊的聖典而已。子爵夫人既已亡故，我也不希望無辜的一族再受到牽連。」

大概是符合聖女形象的笑容成功奏效，兩人抬頭看著我，臉上滿是驚愕、歡喜與希望。不過對照之下，剛才曾被我綑起來還施以威懾的首席侍從，倒是一臉的驚懼、懷疑與不安。

……我們沒有騙人的意思，所以別多嘴喔。

我對首席侍從投以微笑後，他畏怯得肩膀微顫，往後退了一步。

「但羅潔梅茵再怎麼求情，考慮到至今那些因連坐而被處分的人們，我總不能全無條件地答應。這點相信你們能明白吧。」

齊爾維斯特看著兩人，以不疾不徐的口吻說：

「若想免於連坐，你們必須找回聖典，並且接受檢測證明自己沒有敵意及惡意，然後向身為奧伯的我獻名。」

「獻、獻名嗎？」

「沒錯，你們必須要有足夠的覺悟。基貝・達道夫與下任基貝耶雷米斯，只要你們兩人願意獻名，我便會網開一面，這次只追究達道夫子爵夫人一人的罪責。」

獻名即是獻上生命，向視為唯一的主人宣誓效忠。不僅把自己的性命交到主人手裡，也代表自己將會絕對服從。其實，獻名本不該當成一種條件。而且如果懂得獻名與受制於人所代表的意義，一般人都很難下定決心。我清楚聽見兩人吞嚥口水的聲音。

「奧伯・艾倫菲斯特，我……我願意向為一族留條活路的奧伯獻上感謝與忠誠。」

耶雷米斯下定決心後，半晌沉默不語的達道夫子爵只是用力握拳。他跪在地上緊閉雙眼，無力地低下頭去。

「……奧伯・艾倫菲斯特，雖然感謝您的寬容大度，但恕我無法獻名。」

「父親大人?!」

耶雷米斯不可置信地睜圓雙眼。我也沒想到基貝竟然會主動放棄拯救一族的機會。我們都驚訝地瞠大眼睛時，達道夫子爵發出痛苦呻吟。

「因為我已經沒有能夠奉獻的名字。」

原來是達道夫子爵早已向某人獻名了。一直以來斐迪南與我的近侍們都說過，貴族一般很少獻名，其實並非如此嗎？我內心感到十分不可思議，低頭看著達道夫子爵。

「若沒有能夠奉獻的名字，那麼達道夫……」

「但是！為了一族的人，我願意竭盡所能展現自己的誠意。我一定會找到聖典，向各位證明我們絕無敵意與惡意！」

所以還請不要撤回前言，讓我們仍有機會免於連坐——達道夫子爵如此懇求。齊爾維斯特瞪著他瞇起雙眼。

「……你已向誰獻名？我要知道答案，否則無法相信你。」

「是薇羅妮卡大人。」

達道夫子爵接著說明，當初薇羅妮卡的母親嘉柏耶麗嫁來艾倫菲斯特後，卻始終無法融入新環境。為了能夠保護孩子、成為孩子的後盾，她需要絕對不會背叛的屬下，因此強行要求自己的跟隨者們與其孩子必須獻名。

「聽說與艾倫菲斯特相比，獻名在亞倫斯伯罕十分常見。而陪著嘉柏耶麗大人一同來到艾倫菲斯特的家母，從小也一直告訴我，她無法信任不願獻名的人。」

到了可以獻名的年紀時，達道夫子爵的母親便要求他，要向薇羅妮卡與喬琪娜其中一人獻名。聽說那時候齊爾維斯特尚未出生。最終，達道夫子爵選擇了已是領主第一夫人的薇羅妮卡為獻名對象。

「也就是說，和你一樣與亞倫斯伯罕有血緣關係的人都獻名了嗎？對象不是母親大人就是姊姊大人……」

「是的。為了對抗萊瑟岡古，輔佐與亞倫斯伯罕有血緣關係的薇羅妮卡大人，我們必須強化彼此之間的連結。」

終於明白為什麼身處舊薇羅妮卡派中心的中級貴族們始終不願更換派系，我內心感到五味雜陳。看來就連獻名，亞倫斯伯罕與艾倫菲斯特在認知上也存在著根本的差異。

「但是，你並沒有要求自己的孩子獻名吧？」

齊爾維斯特看向剛才已說自己願意獻名的耶雷米斯。

「因為犬子成年時，薇羅妮卡大人的權力已經大到足以壓制萊瑟岡古，派系也壯大到了不需要再鞏固連結，所以我不覺得有讓孩子獻名的必要……奧伯．艾倫菲斯特，我一定盡己所能。還請您高抬貴手……」

齊爾維斯特靜靜低頭看著如此懇求的達道夫子爵，最終輕輕擺手。

「先把失竊的聖典找回來，其他之後再說吧。也讓我看看你們的表現。」

「感激不盡。」

連坐一事暫且撇開不談後，我們開始尋找聖典。達道夫子爵立刻向自己認識的貴族們送去奧多南茲，說：「先行前往貴族區的內人如今不知去向，倘若各位知道什麼消息還請不吝告知。」

至於在房內身亡的三人，已由斐迪南隱密地為她們舉行了葬禮，並且藉由從遺體取出的魔石，確認其中一人確實是達道夫子爵夫人。然後達道夫子爵按著斐迪南的要求，打開了子爵夫人的房間與秘密房間，同意我們全面進行搜查。

「我去回覆奧多南茲，請讓耶雷米斯協助各位搜查吧。」

達道夫子爵轉身開始回應接連飛回來的奧多南茲。而為了找回聖典，我把我們已經查到的達道夫子爵的行動通通告訴耶雷米斯。「這真是太過分了……」耶雷米斯聽得面露慍色，也提出了不少問題。

「羅潔梅茵大人，請問聖典是什麼模樣？我打算吩咐下人們幫忙尋找，但我從來不曾在近處看過聖典，所以想必他們也認不出來。」

於是我描述起聖典的外觀，比如裝幀是什麼樣子、體積有多大。首席侍從向下人們下達指示後，眾人在宅邸內展開大規模的搜索。

「請問聖典平常作何用途？根據使用目的，也許能推敲出藏匿地點。」

「聖典都是在舉行儀式的時候使用。但其實我早就把禱詞背下來了，就算沒有聖典照樣能舉行儀式。只不過，每個領地就只有這麼一本聖典，所以絕對不能遺失。況且下任神殿長也需要聖典來背禱詞吧？從艾格蒙的記憶與子爵夫人留下的訊息來看，他們偷走聖典的目的，似乎就是想讓我們難堪。」

「除了儀式時會用到以外，沒有其他用途了嗎？」

……其實還有個指引人成為國王的用途在，但我完全用不到就是了。

「除此之外，確實沒有其他用途。」

耶雷米斯聽完，臉上流露難色。就在這時候，在館內搜索的首席侍從與斐迪南他們回來了。聽說他們幾乎翻遍每個角落，還是沒有找到聖典。本來我還心想，這次幸好我留意到了情況不太對勁，才能很快發現聖典被人掉包，那麼說不定聖典還在子爵夫人手邊。然而現在看來，聖典並不在這棟宅邸裡。

「很可能被送去其他地方了。達道夫子爵夫人擁有轉移陣嗎？」

「她自己並沒有，而宅邸裡所管理的轉移陣，也並未允許她使用。」

為防暗殺與偷襲等危險，能夠讓人移動的轉移陣只有領主可以設置。此外，領主有權設置的轉移陣，傳送範圍也僅限領內。譬如往來於貴族院那種跨領地的轉移陣，就需要徵得國王的許可。

同樣地，用以移動物品的轉移陣，傳送範圍也僅限領內，不能跨領地轉移。說得精確一點，其實只要有兩領領主的許可就能設置轉移陣，只不過這種情況非常少見。因為一旦設置了以後，將來很可能因為領主換人或時勢的變遷而產生麻煩。

至於個人能夠使用的轉移陣，就和斐迪南之前使用過的一樣，傳送用與接收用的轉移陣是成對的，基本上只能單向傳送。其他更有不少限制，比如使用時其中一邊一定要有製作者的魔力才能發動，或是沒有接收方的許可就無法傳送等等。聽說會有這些限制，都是為了避免突然有人傳送危險物品過來。也就是說，即使達道夫子爵夫人以某種方法取得了轉移陣，她能傳送的範圍也只限艾倫菲斯特領內。

「基貝．達道夫，平常與你夫人往來的貴族中，有誰可能會需要聖典，或是交情好到能幫忙保管這麼危險的物品嗎？」

斐迪南調查過舊薇羅妮卡派，所以他不可能不知道子爵夫人的人際關係。會刻意這麼問達道夫子爵，是想知道他是否真心在協助我們吧。

「我猜應該是基貝．格拉罕。他與內人一樣，都向喬琪娜大人奉獻了名字。所以她若瞞著一族盜取聖典，很可能也是為了喬琪娜大人。而基貝．格拉罕以前原是文官，應該也有能力自行製作轉移陣。」

「嗯。」

聽了達道夫子爵的回答，斐迪南滿意地點點頭。看來與他蒐集到的情報一致。

「但是，我們在她平常使用的房間與秘密房間裡，包括侍從的房間在內，都沒有找到轉移陣。沒有轉移陣就傳送不了物品。除了基貝．格拉罕，你還能想到其他人嗎？」

「……但夫人回到宅邸以後，再也沒有外出過。既沒與人約好會面，也不曾見過誰。」

首席侍從開口回道。而且他說子爵夫人的房間沒有陽台，也不可能利用騎獸悄悄外出。除了首席侍從的證言，根據達道夫子爵收到的回覆，也都顯示她沒有再離開過這座宅邸。而斐迪南自從逮捕了艾格蒙、帶他前往城堡以後，就派了騎士前來監視，所以也能肯定當天關門後她就沒再外出。

艾格蒙記憶中子爵夫人離開神殿的時間，與首席侍從記憶中她回到貴族區宅邸的時間幾乎相同。這樣看來，她根本沒有時間再去其他地方，況且帶著聖典到處走動也太危險了。

……她既沒有轉移陣，也不曾再外出過，怎麼會這樣呢……明明回到貴族區之前，感覺她做了很多事情。

我記得她還指使手下，去義大利餐廳與奇爾博塔商會蒐集情報、購買布料。這些行動到底有什麼用意呢？我回想了達道夫子爵夫人的種種舉動，轉頭看向首席侍從。

「對了，子爵夫人向奇爾博塔商會購買的布是什麼時候送到的呢？」

想起除了聖典以外，還有其他需要確認的事情，我便開口詢問。畢竟那塊布料有可能會牽連到平民區的人，最好蒐集一下這方面的資訊。

「向奇爾博塔商會購買的布嗎？」

「對。疑似是子爵夫人手下的人，曾去奇爾博塔商會購買現在最新流行的染布。跟她盜取聖典在同一天，而且還是向她平常並沒有在光顧的商會買布，所以我在想這之間或許有什麼關連……」

我向首席侍從說明子爵夫人買了怎樣的布料後，他似乎想起什麼，「啊」了一聲。

「布料在夫人回來前就送到了。大約中午的時候，有個商人送來夫人訂購的布料。雖然對方十分面生，但由於他出示了有著夫人筆跡的字條，我便付了錢收下物品。下午侍從就將那塊布帶走了。」

「咦？」

下午不就是子爵夫人回來以後嗎？如果侍從用奇爾博塔商會的布料把聖典包起來帶了出去，那麼商會必然被捲進聖典失竊的風波裡。

「那名侍從去哪裡了？有沒有可能是把聖典包在布料裡頭帶了出去？」

我這麼一問，眾人不約而同看向首席侍從。當時似乎就是他幫忙準備馬車，因此他立即回答：

「我記得侍從乘坐的馬車去了城堡。」

「城堡嗎?!」

聽到出乎預料的答案，我瞠大雙眼。是把聖典帶去了城堡嗎？但重點是為什麼要把布料帶去城堡呢？

我正偏頭不解時，耶雷米斯猛然抬頭。

「……我知道了。是斐迪南大人的結婚賀禮。」

「咦？」

「只要把布料當成是給斐迪南大人的結婚賀禮帶去城堡，既不必透過基貝・格拉罕，也不會引起他人懷疑，就能將東西送往亞倫斯伯罕，根本不需要有轉移陣。倘若想將聖典送去給喬琪娜大人，這恐怕是最不會引起懷疑的做法。」

因為是領主一族要結婚，不僅亞倫斯伯罕那邊會送來許多賀禮，艾倫菲斯特也要帶著大量賀禮前往。聽說貴族與各地基貝紛紛在冬季的社交界前送來禮物，城堡裡還有個房間專門用來存放，數量已經越來越多。

「而且這又是艾倫菲斯特現在最流行的染布，當成結婚賀禮再合適不過。加上那是給女性使用的布料，屆時這份賀禮必然不會落到奧伯・亞倫斯伯罕或斐迪南大人手中，而會送去給蒂緹琳朵大人或喬琪娜大人吧。」

和已經開始販售配方的絲髮精，以及將帶去貴族院當畢業禮物的髮飾不同，最近的染布是新流行，也不像點心那樣有腐敗或發霉的危險，可以放在城堡裡頭直到春天出發的時候。而且這樣一來，還有了藉口能準備用以收納聖典的盒子。再者新郎贈送最新款式的布料給新娘是很常見的習俗，所以誰也不會起疑吧——耶雷米斯說。

……這麼說來，我要送布料給奧蕾麗亞的時候，記得布倫希爾德曾告訴過我，其實應該要是蘭普雷特哥哥大人贈送才對。

好不容易找到了新的線索，我一骨碌起身。

「那我們去城堡吧。」

除了指示騎士監督達道夫子爵等人，我們也吩咐他們繼續尋找線索。斐迪南接著向城堡的文官送去奧多南茲，說：「稍後我將前往城堡，清點結婚賀禮。」我也一起同行，目的正是在堆滿賀禮的房間裡找到奇爾博塔商會的布。

走進斐迪南在城堡的辦公室後，接到奧多南茲的文官已在屋內等候。聽說他是固定在城堡幫忙處理公務的文官近侍，從未去過神殿。

「接到您要清點結婚賀禮的指示，我已借來鑰匙。斐迪南大人，其實您大可下令，我們就能幫忙清點，不必勞煩您親自跑一趟……」

明明忙得分身乏術，何必再增加自己的工作量——文官有些不滿地說。看來這名文官很努力想減少斐迪南的工作量。

「奧伯告訴我，現在已經收到了為數不少的賀禮。雖然清點得花上不少時間，但畢竟冬季的社交界時必須一一向人致謝，也得準備回禮。再者致謝之前，還是得先了解對方送了什麼東西。所以我得趁著神殿沒有儀式的這陣子清點完畢。」

斐迪南露出和藹的禮貌性笑容，從文官手中拿走放置賀禮的房間鑰匙，接著指派了一堆工作給他。

「清點時有尤修塔斯與羅潔梅茵同行，你就留在這裡處理公務吧。」

「斐迪南大人，羅潔梅茵大人能同行，您卻不允許我陪同嗎？」

聽到自己得留下來工作，文官露出哀怨的眼光看著斐迪南。

「是我要求跟來的。因為我想準備禮物送給蒂緹琳朵大人與萊蒂希雅大人，可是各地基貝都已經送了禮物過來吧？總不能贈送和大家一樣的東西，所以我才想來看看大家送了什麼禮物。在去貴族院之前又沒剩下多少時間，只好臨時過來，不好意思喔。」

我向文官表達歉意後，斐迪南接著說：「就是這樣，我們也得抓緊時間。」旋即轉身離開。我往後瞄了一眼，只見文官獨自落寞地垮著肩膀，拿起文件。

「……看起來有點可憐呢。居然得一個人留下來處理公務。」

「沒辦法。要是找到了我們想要的東西，屆時妳打算如何解釋？」

「這麼說也沒錯啦……」

我在斐迪南旁邊駕駛著小熊貓巴士，前往放置賀禮的房間。尤修塔斯拿出斐迪南交給他的鑰匙開門，一疊疊的禮物小山便映入眼簾。

「好多木盒喔。」

「若不放在木盒裡，只怕用馬車搬運的時候會弄髒禮物。」

而且他說為了方便堆疊，收放在木盒裡也是最妥當的做法。

「快找吧，畢竟只有妳認得布料的花色。」

知道奇爾博塔商會販售了哪款布料的我負責檢查。我請自己的近侍們搬來木盒，一一打開查看。斐迪南也順便確認誰送了什麼東西。

「檢查過的盒子請放在這邊，小心別和還沒看過的盒子混在一起喔。」

護衛騎士們如流水線作業那般搬來木盒。斐迪南逐一查看，並由尤修塔斯負責記錄。只有出現最新流行的染布時，我才會仔細檢查。因為就算看起來像，也不會有花色一模一樣的染布。

「斐迪南大人，就是這個！這就是奇爾博塔商會賣掉的布料！」

打開幾個木盒看過後，我發現了一塊看來非常眼熟的布料。花色與母親所染的布料十分相似。那塊布使用了夏天的貴色，正好春天收到以後就能用來製作新衣。

「所有賀禮都已簡單地驗過毒，但妳觸碰前最好還是檢查一下。說不定布料上也沾染到了調換聖典時塗抹的毒。」

斐迪南說完，我的護衛騎士們開始照著哈特姆特的指示進行檢查。「看來我教過的事情都記住了呢。」尤修塔斯感佩地喃喃說道。

確認布料並沒有沾染任何毒物後，我伸手想把布拿出來。

「好、好重……」

裹著捲管的布料又大又重，我根本無法從木盒裡拿出來，只好請萊歐諾蕾與安潔莉卡幫忙，再麻煩她們把布料解開。

「……咦？」

還以為布料解開後就會看到聖典，結果又是一個木盒。

「裡面又是木盒呢。」

「這個木盒若當作捲管來用未免太重了，裡面肯定有東西。」

兩人說完，打開了當作捲管使用的木盒。只見盒裡確實躺著我的聖典，剩餘空間還塞滿了布料加以固定。

「找到了！是我的聖典！」

「羅潔梅茵大人，請先讓我們驗過毒後再觸碰。」

「您忘了外觀一模一樣的假聖典上曾塗有毒物嗎？」

被兩人喝止後，我坐立不安地再一次等到他們做完檢查。

「羅潔梅茵大人，現在您可以放心觸摸了。」

哈特姆特拿出聖典，以方便我拿取的角度遞過來。我立刻接過聖典抱在胸前，然後仔細檢查封面與裝幀，再聞了聞味道進行確認。

「不管是外觀、氣味還是重量，這的確是我的聖典沒錯。」

我笑逐顏開，非常肯定地抬起頭來，卻看見斐迪南用感到發毛的眼神盯著我瞧。

「竟是根據這些事情來做判斷，妳還真教人毛骨悚然。」

……你說什麼?!

「只要懷有對書本的熱愛，這點小事當然不算什麼。」

「是嘛。不過，這種事不重要。」

斐迪南說完輕輕擺手，慢慢吐口氣。

「說起來，這次他們的計畫還真是縝密周詳。」

「要是到了亞倫斯伯罕才發現，神官長就會被人誤以為你偷了艾倫菲斯特的聖典吧。」

我說完，斐迪南緩緩搖頭。

「不，是艾倫菲斯特將遭到指責，說我們蓄意把竊盜的罪名冠到亞倫斯伯罕頭上。」

「兩者差不多吧，幸好我們毀了他們這麼精密的計畫。」

聖典已經找到了。既不會被視為過失，這次的事情也能當作沒有發生過，還消除了斐迪南被陷害的可能性。

「這次的事情，並沒有證據能證明與喬琪娜大人有關吧？」

「因為目前看來，所有行動皆是達道夫子爵夫人一人所為，全然沒有證據指明與在亞倫斯伯罕的她有關。若不是艾格蒙的戒指，甚至無法連結到基貝・格拉罕。」

雖然可以肯定是喬琪娜在背後操控這一切，但真不知該形容她心機深沉還是惹人厭，總之是非常難纏的對手。

「不過，聖典已經找到了。我和妳都不會留下汙點，還成功阻止了遭到毒殺。收回這塊布料後，也能避免奇爾博塔商會被牽扯進來。不僅如此，下任基貝・達道夫也將對奧伯宣誓效忠，結果可說是無可挑剔。」

「都要多虧我察覺了異樣喔，請大力稱讚我吧。」

由於從中途開始就沒幫上什麼忙，我趕緊強調自己有功勞的地方。

「妳自己這麼一說就讓人不太想承認，但也算沒說錯。」
「神官長，你並不是在稱讚我吧？」
「妳只是為了不留下汙點才這麼努力，並不值得大力誇讚吧。」
最終斐迪南還是沒有稱讚我，但我們順利找回了聖典與奇爾博塔商會的布。

那之後我繼續遭到斐迪南使喚，清點完了所有賀禮才回到神殿。
「把鑰匙拿來打開聖典，確認鑰匙的真偽吧。」
「是。」
我照著斐迪南的指示，往鑰匙登記魔力，插入聖典上的鑰匙孔。留在保管盒裡的聖典鑰匙似乎並沒有被掉包，成功打開了聖典。
翻開封面後，聖典老樣子浮現出了魔法陣與文字。確定拿回了真正的聖典以後，我立刻向齊爾維斯特與達道夫子爵報告。
「聖典已經順利找回。另外我們也回收了奇爾博塔商會販售的布料，以免日後產生麻煩。」
至於獻名與連坐等等的後續事宜是齊爾維斯特的工作，我無權過問。這次達道夫一族為了找回聖典傾盡全力幫忙，也提供了不少有關亞倫斯伯罕貴族的情報，所以我想最終的結果不會太糟吧。
「幸好聖典找回來了，我本來還非常擔心。」

一直在神殿裡忐忑不安地等待消息的法藍，看著找回來的聖典露出開心笑容。我也用力點頭，再一次抱緊聖典。

「我的聖典，歡迎回來。」

計畫生變

找回聖典以後，秋天的成年禮也安然落幕。我本來還以為會有某個貴族跑來窺看聖典還在不在，但神殿這裡負責確認結果的人似乎是艾格蒙。因為他老家寄信來問，我在成年禮上有沒有成功打開聖典。

「神官長，這封信該怎麼辦呢？」

「妳就以艾格蒙的名義回信，說神殿長只把聖典帶去了禮拜堂，並未試圖打開。等到了冬季的社交界，究竟會有多少貴族上鉤，真教人拭目以待。」

斐迪南彎起嘴角，露出了非常愉快的笑容。哈特姆特也在一旁點頭說：「會對羅潔梅茵大人帶來危險的貴族，就該悉數鏟除。」

……就某方面而言，最危險的貴族根本是哈特姆特吧？

隨後，我請莫妮卡假裝成是艾格蒙的侍從寫了回信。對方提供的似乎是書信狀魔導具，在我確認過內容並把信紙放進信封後，便化為白鳥往外飛出。

「冬季的洗禮儀式結束後，我們就要前往城堡為社交界做準備，但一想到可能又有貴族偷偷闖進來，就很難放心離開神殿呢。」

我們前往城堡以後，南方的貴族們為了冬季的社交界仍會陸續抵達，經由神殿前往貴族區。到時說不定又有人故意找麻煩。於是我決定把達穆爾留下來，直到社交界快要開始了再讓他回城堡。因為我與斐迪南被叫去參加領主一族的會議，冬天的洗禮儀式結束後馬上就要往城堡移動。

這次召開的領主一族會議，目的在於與騎士團高層分享我們從達道夫子爵那裡得到的消息，並要一起商討冬天的整肅計畫。由於這場會議是機密，文官、侍從與護衛騎士都只能各挑一人陪同出席，而且必須要是口風很緊、自己最為信賴的人。而我挑選的同行近侍，分別是哈特姆特、黎希達與柯尼留斯。

會議上，齊爾維斯特說明了冬天的肅清計畫，以及預計逮捕哪些貴族。未曾聽說會有整肅行動的韋菲利特、夏綠蒂與麥西歐爾，全都震驚得變了臉色，近侍們的表情也都緊繃僵硬。除此之外，齊爾維斯特也提到了舊薇羅妮卡派內，存有著要求孩子獻名的情形。

韋菲利特神色緊張地開口提問：

「父親大人，關於那些已經獻名的貴族，您打算如何處置呢？」

只要回想至今有多少舊薇羅妮卡派的貴族遲遲難以籠絡，就能知道早已獻名的人數之多，在艾倫菲斯特根本難以想像。

「如果是向前任領主的第一夫人薇羅妮卡獻名的人，只要並未參與不法之事，我無意做任何處置。」

由於薇羅妮卡並未把獻名石帶進白塔，無法再下達新的指令，因此齊爾維斯特似乎認為，這樣一來便和其他並未獻名的貴族差不了多少。

「請問，不能請薇羅妮卡大人把名字還給他們嗎？」

我聽說斐迪南要進入神殿的時候，曾想把名字還給艾克哈特他們。那請薇羅妮卡把名字還給貴族們不就好了嗎？我這麼提議後，斐迪南最先開口否決。

「羅潔梅茵，妳以為她會輕易放走那些已經獻名、僅聽自己號令的跟隨者嗎？要是有人籲請她歸還名字，卻被她下達奇怪的指令或暗中進行交易，只會帶來更多麻煩。」

「況且，這麼重要的東西多半保管在秘密房間裡。母親大人若是登上遙遠高處，就能以她的魔石打開秘密房間，但屆時向她獻名的貴族們也將跟著前往高處。現階段我還不想造成無謂的死傷，只要他們願意發誓，會為艾倫菲斯特鞠躬盡瘁就夠了。」

齊爾維斯特說到這裡頓了一下，接著深綠色的雙眼亮起冷冽光芒。

「但是，向姊姊大人獻名的人另當別論。因為如今她已是亞倫斯伯罕的第一夫人，所有行動都是為了他領。對艾倫菲斯特來說，無法違抗她命令的貴族只是危險的存在。我會盡量解救那些無法自行選擇派系的孩子，但已向姊姊大人獻名的人絕不寬貸。」

達道夫子爵說了，他是被母親要求獻名。那麼喬琪娜這次來訪，或許也有孩子被父母親要求向她獻名。瞬間，舊薇羅妮卡派的孩子們閃過腦海。

……大家不會有事吧？

「去年在表揚儀式上遇襲時，所有學生都被羅潔梅茵納入了風盾裡。由此可知，貴族院裡的孩子們並沒有半個人對領主一族懷有敵意與惡意。原本按照以往的慣例，有些孩子本會因連坐而遭到處分，但我希望能救一命是一命。所以你們要盡可能說服舊薇羅妮卡派的孩子們，只要向領主一族獻名就能免於連坐。」

之前在貴族院，大家已經培養出了一定的合作默契，我也不希望因為肅清計畫的關係破壞掉這種和諧氣氛。齊爾維斯特說完，韋菲利特與夏綠蒂也對彼此點點頭，眼中都有著堅定的決心。

「我也希望可以拯救更多的人。」

「父親大人，我也會努力說服大家的。」

「養父大人，貴族院的孩子們都可以自行做判斷，我想沒有問題。可是，尚未就讀貴族院的孩子們您打算怎麼辦呢？」

我提問後，芙蘿洛翠亞微微一笑。

「兒童室那邊由我負責指揮。我們會確保孩子們的安全，讓他們住進城堡的騎士宿舍，並且說明父母的罪行與其危險性，再讓他們選擇要接受連坐處分，還是與其他人一起住在宿舍裡生活。」

尚未就讀貴族院的小孩子準備不了獻名石，所以絲毫不用擔心他們可能已經獻名。再加上他們因為受洗過，擁有能以貴族身分生活的戒指與基本必備的魔導具。只要在他們進入貴族院就讀前的那幾年提供生活所需，之後就能做些見習生的工作、領取報酬，還是能維持貴族該有的體面吧——芙蘿洛翠亞說。

如果孩子還有其他的親族，或許可以請對方收養，就算不行，芙蘿洛翠亞他們也已經做好安排，會提供協助讓孩子們能以貴族的身分自食其力。聽完我鬆了口氣，卻沒有持續太久，因為我馬上想起那些沒有被保護到的幼童。

「那還沒受洗的孩子們呢？年幼的孩子們得要受洗過後，才會被認可為艾倫菲斯特的一分子，但往後數年貴族人數的多寡，全取決於我們打算如何處置他們喔。」

「嗯……一直以來我都沒把他們算在內，這點倒是沒想過。魔力量高的孩子也許會有貴族願意收養，但畢竟是犯了罪遭到處分之人的孩子，一般極少有人願意。況且太過年幼的孩子若沒有母親，想要養大也很困難吧？」

小孩子得在舉行過洗禮儀式後，才能正式成為艾倫菲斯特的一分子。因為貴族的宅邸裡頭，還有著像康拉德那樣沒能獲得或被搶走魔導具的小孩子在，所以很難準確估算究竟有多少人。齊爾維斯特還說就算救了他們，城堡也不需要無法成為貴族的人。

「我們掌握不了實際情況，也就無從推算會需要多少人手與預算去照顧這些幼童。況且，也不曉得是否所有人的魔力量都足以成為貴族。因此關於尚未受洗的孩子，就當作他們從未出生過吧。」

「既然如此，能不能由孤兒院收留那些尚未受洗的孩童呢？即便有孩子並未獲得魔導具，也能靠著為神具奉獻魔力來延續生命，而且擁有魔力的孩子變多了，神殿舉行起儀式也能輕鬆一些。畢竟到了冬天進行肅清後，青衣神官的人數很可能會受老家影響而減少。」

「青衣神官嗎……我還真沒考慮到這方面。」

這是因為對多數貴族來說，他們並沒有把青衣神官算作是貴族吧。

「身為神殿長，我必須說青衣神官的人數若再減少，無論是財務方面還是魔力方面，都會對神殿造成很大的衝擊。所以，我希望能由神殿收留那些擁有魔力的孩子。」

青衣神官及巫女的人數因政變的關係而減少後，還能靠著我與韋菲利特他們幫忙補足魔力。但是，今後連斐迪南也會離開。必須先想好他離開以後，要怎麼填補他所奉獻的那份魔力。青衣神官若減少太多也很讓人頭疼。

「但養育孩童的經費妳打算如何籌措？撫養貴族孩童非常花錢，不可能那麼多人全數收留。」

聽到齊爾維斯特這麼問，我回以微笑。養育孩子的錢當然得由父母出。

「肅清過後，請從那些父母的資產當中撥出教養費吧。只是把為孩子們準備的物品搬到孤兒院而已，應該不會太麻煩吧？」

「……嗯，也是。妳看起來也不會濫用經費，那就這樣吧。」

齊爾維斯特露出苦笑表示同意。

「只要進入我管理下的孤兒院，孩子們在受洗前就能接受到與中級貴族孩童同等的教育……但如果沒有一出生就得到兒童用的魔導具，往後確實很難以貴族的身分生活下去吧。不過，如果持有魔導具的孩子中有人的表現十分優秀，我想可以透過頒發獎學金的方式，讓他們日後以貴族之子的身分受洗。」

我提議可以讓孩子們在沒有父母的情況下受洗，並由領主或孤兒院長擔任監護人，受洗後再住進城堡的宿舍，學習貴族該有的常識。

「那麼那些無法成為貴族的孩子，妳又打算怎麼處置？」

「擁有魔力的人，我會讓他們負責發動魔導具。即使無法以貴族的身分生活，也能留在神殿為神具提供魔力。因為青衣神官的工作就是供給魔力，只要奧伯願意提供相同金額的補助金給這些孩子們，就足夠應付生活所需了。」

生活水準不必非得和青衣神官他們一樣。就和前任神殿長剛開始給我的待遇一樣，只要讓他們住在孤兒院裡，做些提供魔力的工作就好了。如果再有城堡提供的補助金，還能準備馬車與廚師，可以出外去舉行祈福儀式與收穫祭。

「就算以後青衣神官的人數增加了，不再需要他們奉獻魔力，也可以改做其他工作，比如發動轉移陣傳送我的書籍，或是書寫需要用到魔力的信件。因為我將來想讓平民區的商人雇用孤兒。」

只要提供會用到魔力的工作，他們也能以平民的身分生活。既不用讓無辜的年幼孩子們連坐受罰，也沒必要非得把他們教育為貴族。

「……原來如此。妳做事也不是完全不經大腦。」

聽了斐迪南這麼失禮的回應，我不滿地噘起嘴唇。不過，畢竟我做事確實常常不經大腦，所以也無法反駁。

「我明白了。既然妳有辦法照顧年幼的孩子，那就交由孤兒院收留吧。」

「謝謝養父大人。」

得到了齊爾維斯特的許可，如何處置孩子們也大致敲定方向後，突然有文官請求入內。在場眾人都閉上嘴巴停止發言，注視著走進房內的文官。

「奧伯・艾倫菲斯特，奧伯・亞倫斯伯罕送來緊急信函。」

時機竟然這麼湊巧。我們剛好正在討論要如何排除往亞倫斯伯罕靠攏的貴族，因此全員一陣緊張。相信每個人心中都產生了不祥預感。

「奧伯・亞倫斯伯罕表示，希望能盡快收到回覆。」

齊爾維斯特表情嚴峻地接過信函，很快當場看完。只見他的眉頭越皺越緊，臉色微變，然後慢慢抬頭，面帶難色地看向斐迪南。

「奧伯，內容若與我有關，能否也讓我拜讀那封信？」

「……嗯。」

斐迪南看完信後，輕敲著太陽穴緩緩嘆氣。看到他面對棘手事情時的習慣動作，我內心忐忑不安。亞倫斯伯罕已經給我們帶來夠多麻煩了，難道又出了什麼事嗎？

齊爾維斯特一度緊閉雙眼，接著面無表情地板起臉孔看向斐迪南。

「斐迪南，對方要求三天之內回覆……雖然我個人希望你能回絕，但最終還是由你決定。」

「感謝奧伯。請給我時間好好考慮。」

「斐迪南大人，發生什麼事了？」

結束後離開會議室，我抓住斐迪南的袖子讓他停下腳步。斐迪南先是環顧四周，沉默了片刻後，低語道：「畢竟這和你們不無關係。」然後要我去他的辦公室。於是我直接帶著哈特姆特、柯尼留斯與黎希達，往斐迪南的辦公室移動。

「……奧伯．亞倫斯伯罕的情況似乎已經相當危急。他在信上寫道，為了讓我能在冬季期間與那邊的貴族多做交流，希望我盡快前往。」

「可是，斐迪南大人能留在艾倫菲斯特的時間本來就很短了，現在又要縮短嗎？」

一般從訂婚到結婚會有很長的間隔，而我們為了配合亞倫斯伯罕，本來就沒有多少準備時間，現在居然要斐迪南再提早過去嗎？

「信上只寫著『希望盡快』，所以並非無法回絕。只不過，我個人倒是想盡早前往亞倫斯伯罕。」

「為什麼呢？」

「首先關於已向喬琪娜獻名的貴族，我們已經蒐集到了足夠的情報，也有充分的理由與證據能在冬季進行肅清。之後即便我不在，奧伯與騎士團也能順利展開行動吧。其次是神殿的交接工作也差不多了。」

雖然我離開後戰力會有所下降，但各方面也都已做好妥善安排——斐迪南說。

「再來是我感覺得出，喬琪娜是想趕在我們開始追查基貝．格拉罕之前，讓我離開艾倫菲斯特。如今達道夫子爵夫人下落不明一事已在貴族之間傳開，被擄走的灰衣神官也沒有送到他們指定的目的地，應該不難猜到計畫出了什麼差錯吧。」

倘若在神殿採取了行動卻沒能成功，對方會以為是斐迪南阻止的吧。事實上大展身手的，比如查看艾格蒙的記憶、趕往達道夫子爵的宅邸，確實都不是我而是斐迪南。

「此次計畫對方應該非常小心謹慎。雖不曉得他們已經掌握到了多少消息，但肯定會千方百計，想要趕走我這個老是破壞他們計畫的眼中釘吧。只不過他們並不知道，真正破壞他們計畫的其實是妳……」

他們大概以為只要斐迪南不在了，往後就可以輕鬆得手吧。其實這麼想也沒錯。當時我只是察覺到了異樣而已，後來基本上都是斐迪南在處理。

「可是，面對這種一次就布下好幾道陷阱的難纏對手，我真不想讓斐迪南大人去亞倫斯伯罕呢。」

「我們如果一味退縮，對方只會為所欲為，所以也該懂得主動出擊。待在艾倫菲斯特我們就只能防守；但我若去了亞倫斯伯罕，便能掌握喬琪娜的行蹤、送回消息，也能設法牽制她的行動吧。」

面對關係並不密切的大領地，我們無法主動採取任何措施，所以確實如同斐迪南所說，只能一味防守。

「……可是，也沒必要馬上出發，等到春天也沒關係吧？」

「等到春天恐怕就晚了。我想奧伯・亞倫斯伯罕的情況確實十分危急，他也非常想讓我與領內的貴族有更多交流吧。」

如果想與貴族建立交情，趁著領內貴族齊聚一堂的冬季社交界前往亞倫斯伯罕，確實是最恰當的時機。而且奧伯還活著的時候，斐迪南就能在他的主導下結識其他貴族；一旦奧伯登上遙遠高處，喬琪娜將手握大權，屆時斐迪南身為剛到亞倫斯伯罕的外地人，能做的事情恐怕不多。

「第一夫人握有的權力若是太大，關鍵時刻我很可能無法自由行動。主要是如果冬天就過去，蒂緹琳朵會在貴族院，不會來妨礙我。這是最重要的原因。」

喬琪娜兩人夏天來訪的時候，儘管斐迪南想查探喬琪娜的動靜，卻總被蒂緹琳朵纏上。萬一到了亞倫斯伯罕又發生同樣的情況，他幾乎什麼也不能做。所以我得把握蒂緹琳朵不在領內的這段時間——斐迪南斷然說道。

「所以斐迪南大人已經下定決心了吧？」

「是啊……雖然還有一件事令我擔心，但只要這件事也解決了，我就必須動身。」

既然斐迪南已經打定主意，再怎麼挽留也沒用。至少要多幫點忙，讓他沒有後顧之憂。我仰頭看向斐迪南。

「您在擔心什麼事情呢？」

「我一走，奉獻儀式就必須喚妳回來。本來說好今年的奉獻儀式妳不必回來，可以在貴族院度過，這樣等於我違背了答應妳的事情。」

斐迪南面色凝重地說。聞言，我只覺得竟然是為了這種小事。就算我得在奉獻儀式時回來，也不過就和往年一樣，根本不是這種緊要關頭該擔心的事情。

「放心吧，斐迪南大人。反正就和往年一樣，我……」

「放心吧，斐迪南大人。今年預計抓捕大量擁有豐富魔力的罪人，還有許多非常願意協助我的青衣神官在。奉獻儀式期間，只要讓眾人使用魔石與回復藥水即可，完全不用擔心。要是這樣人手還不夠，我也有辦法再找到人幫忙。」

我與哈特姆特說的話完美同步。但只有第一句一樣，之後的差了十萬八千里。

「羅潔梅茵大人，請您放寬心享受在貴族院的生活吧。奉獻儀式我一定會交給青衣神官他們好好完成。」

哈特姆特朝我露出爽朗無比的笑容，我卻突然為青衣神官們感到非常擔心。

「但我怎麼開始覺得自己好像該回來……」

「不，沒這必要。哈特姆特都說了會為妳處理妥當，就一定會做到。」

斐迪南輕輕擺手，就這麼把神殿的奉獻儀式交給哈特姆特。感覺斐迪南十分信任他。明明換作是我的話，他一定千百個不放心。

「羅潔梅茵，倘若妳與神殿那邊都沒有問題，我就啟程前往亞倫斯伯罕。只不過，雖然對方說他們已經備好了生活用品，也不能全然相信。百忙之中能麻煩妳，幫忙把行李運往境界門嗎？回覆前我們還有三天時間，再加上不用馬車而是使用妳的騎獸的話，還能再爭取到幾天時間。我想趁著這段時間多準備藥水與魔導具。」

既然斐迪南打定了主意要去，我也要盡己所能幫忙。

「……知道了。有我能幫忙的地方儘管說吧。」

「謝了。」

一旦下定決心，斐迪南的動作就非常迅速。他先寫了信給自己宅邸裡的侍從，吩咐他們打包衣物與日常生活用品，接著拿出奧多南茲寄給齊爾維斯特，提醒他說：「我準備啟程前往亞倫斯伯罕，但請你三天後再作答覆。」

齊爾維斯特送來回覆表示明白後，斐迪南又揹去訊息，說他預計請我幫忙載運行李，還會帶著我一同返回神殿做準備。與此同時哈特姆特也寄了信給神殿的侍從，通知我們稍後將會返回神殿。

「好，我允許羅潔梅茵與你同行。今後你等於要進入敵人的領地，務必做好萬全準備。」

「我知道。」

斐迪南一臉「你以為我是誰？」的表情送出回覆，接著起身。這時，奧多南茲再度飛了回來。只不過這次是飛向我。

「羅潔梅茵，妳記得找黎希達或艾薇拉，請她們幫忙確認斐迪南的行李是否萬全。畢竟這次他非常需要女性的建議。」

聽完齊爾維斯特寄來的奧多南茲，斐迪南露出了老大不高興的表情。我聽了也微微噘嘴。

「養父大人的意思是，只有我一個人從女性的角度提供建議還不夠嗎？」

「原來如此，確實是不夠。」

……好過分！

斐迪南語氣堅定地表達贊同後，看向我身後的黎希達。

「黎希達，既是如此，能麻煩妳幫忙挑選要帶去亞倫斯伯罕的賀禮嗎？我能帶的賀禮雖然不多，但總不能空手前往。這裡有份清單，已經整理好了哪些賀禮是高級品，以及適合贈送的對象。麻煩妳參考這份清單。」

斐迪南拿出先前整理好的賀禮清單，交給黎希達說：「需要人手的話，可以使喚我的文官。」

「請交給我吧，斐迪南小少爺……不對，既然您的婚事已經訂下，該改口稱呼您為斐迪南大人了呢。」

聞言，斐迪南微微瞠目。黎希達有些落寞地輕笑一聲。

「還以為到了可以改口的時候，我一定會滿心歡喜呢。真是作夢也想不到，竟得這麼匆忙且感到不安地送您離開。」

「我也沒想到自己現在竟會覺得，我還寧願妳繼續叫我小少爺。」

斐迪南面帶苦笑，然後轉身背對黎希達。

「我得回神殿關閉工坊，之後再回宅邸整理行囊。黎希達，麻煩妳幫忙挑選城堡這裡的賀禮了。」

「遵命，斐迪南大人。」

出發準備

回到神殿後，斐迪南火速收起騎獸，跨著大步就要走回自己房間。「神官長，請等一下。」我急忙叫住他。

「神官長，我需要暫停時間的魔導具。備好大量的餐點與點心後，就可以讓你帶去亞倫斯伯罕了。」

「……妳真打算在幾天的時間內準備好食物嗎？」

「那當然。神官長常常一忙起來就很晚才用餐，這次整理行李也沒打算帶任何食物過去吧？」

大概是被我說中了，斐迪南微微瞇起眼睛，沒有作聲。

「所以由我來準備，請把暫停時間的魔導具借我吧。」

「稍後我會讓尤修塔斯送過去，這樣行了吧？」

斐迪南邊向侍從下達指示，邊邁著大步離開。看著他走遠的我也收起騎獸，麻煩法藍去孤兒院及工坊喚來侍從。和莫妮卡一同走回神殿長室後，她與妮可拉再幫我更衣。

「妮可拉，麻煩你們準備大量的點心與餐點。在斐迪南大人出發之前，得用食物把暫停時間的魔導具塞滿才行。雖然我也會寫信請義大利餐廳幫忙，但我們這邊同樣要幫忙製作。」

「遵命。」

妮可拉跑向廚房後，我接著立刻寫信給平民區的人。寫完信時，法藍叫來的侍從們正好都來到神殿長室集合。

「吉魯，這封信請交給班諾。因為神官長向薩克訂做了長椅，我想了解一下進度。這封信給奇爾博塔商會。我打算購買髮飾送給萊蒂希雅大人，請他們參考蒂緹琳朵大人的那頭金髮，從已是成品的髮飾當中挑選一個品質最好的。這封信給渥多摩爾商會。我想請他們幫忙準備要給神官長的餐點與點心。」

「遵命。」

然後我吩咐弗利茲，準備一整套要送給萊蒂希雅的書籍與教材；也告訴葳瑪冬季期間，孤兒院很可能要收留更多的孩子。此外，我也請羅吉娜把新曲子寫成樂譜。其實我本來打算到了貴族院後，趁著斐迪南看不見的時候偷偷完成，但拖到那時就來不及了。我決定贈送只有主旋律的樂譜給他，編曲再交給他自己完成。

隔天，暫停時間的魔導具被送來了神殿長室，我便請人把雨果與艾拉做的餐點，以及渥多摩爾商會送來的點心和餐點全部搬進去。尤修塔斯還一一試毒，仔細記錄魔導具裡放了哪些食物。

第三鐘響後，神官長室的侍從們開始出入我的房間，把從斐迪南工坊搬來的幾個木箱搬進我的工坊裡頭。

與此同時，我收到了班諾的回覆。他在信上寫道，因為薩克為長椅訂做的、不易破損的堅韌布料還沒送到，所以尚未完成，預計得等到冬天期間。

之後，除了要像往常一樣幫忙處理公務，也為了報告這件事情，我前往神官長室。但在侍從都忙著搬運行李與收拾衣物而消失大半的房間裡，卻沒看見斐迪南的蹤影。

「艾克哈特哥哥大人，神官長去哪裡了？」

「斐迪南大人在整理工坊，除了偶爾把木箱搬出來，幾乎沒出來過。假如妳有急事，可以試著叫他。而且既然來了，我想妳正好可以幫斐迪南大人的忙。」

艾克哈特說完，指著可以向工坊內部說話的魔導具。我依言對著魔導具說：「神官長，我有事向你報告，請讓我進去吧。」斐迪南旋即從工坊裡探出頭來。在我開口報告前，艾克哈特搶先將我往前一推。

「斐迪南大人，羅潔梅茵說請務必讓她幫忙。」

「咦？我沒說過……啊嗚，請務必讓我幫忙。」

不敵艾克哈特的笑容，我主動要求幫忙。斐迪南回道：「進來吧。」然後我一邊幫他整理文件，一邊報告點心、餐點、髮飾與教材的準備進度，也報告了班諾的回信。

「所以等到了春天，我會連同完成的長椅再寄一批餐點過去。在那之前，請神官長要把這次準備的餐點全部吃完喔。」

我要用這種方式來讓斐迪南維持身體健康——我如此下定決心時，斐迪南思索了一會兒緩緩搖頭。

「不了，沒必要送來給我。新的長椅就放在妳那裡吧。」

「為什麼？」

難得斐迪南那麼中意加了彈簧的椅墊，還特別訂做了長椅……我眨眨眼睛。如果能有張好坐舒適的長椅，斐迪南也比較能夠放鬆歇息吧。我個人是十分希望他能把長椅帶去亞倫斯伯罕。

「……因為我帶去的東西有可能被收走，倒不如留給妳用。」

斐迪南的神色有些不快，可能是想起了過往的情景吧。我無法反駁說「不會的」，只是悶不吭聲。

「況且……少了可以依靠的長椅，妳就沒有地方能放鬆歇息了吧？」

「咦？」

我房裡是有張長椅，但既沒有不見，我也沒打算丟掉。因此我只是不明所以，仰頭看向斐迪南。他微微瞇起淡金色雙眼，不高興地板起臉孔後，低頭看著我輕輕嘆氣。

「之前不是妳把我比喻為長椅嗎……意思就是用來代替我。」

笨蛋，要聽懂我的弦外之音——斐迪南輕拍了下我的頭，搬著木箱走出工坊。這麼難懂又迂迴的弦外之音，我怎麼可能聽得懂嘛。我在心裡頭嘀咕，注視斐迪南的背影。自從進入神殿以後，一直看到現在的背影。

……待在那道身影後面的時候，真的很安心呢。

剎那間，腦海中閃過了進入神殿後發生的種種。突然就要動身、忙著收拾準備的斐迪南居然還這麼為我著想，讓我心裡一陣難過。

斐迪南踏出工坊後，就彷彿消失般不見蹤影。從今以後就像現在這樣，不會再有人站在我的身前。我忽然感到無助不安，覺得自己將在沒有嚮導的道路上獨自前行。

「羅潔梅茵，幫我整理那邊的資料吧。」

把木箱搬到外面去的斐迪南很快就回來了。看到斐迪南重新出現在自己面前，我安心地感到想哭。

……我才不需要代替神官長的長椅，至少改成春天再出發嘛。

這句話幾乎要脫口而出。但這種話太任性、太自私了，絕對不能說出口。把想說的話嚥回肚裡後，我用力抹抹眼角。

「羅潔梅茵，怎麼了嗎？」

「……神官長，既然現在忙得分秒必爭，你要不要考慮解除工坊的入內限制，讓其他人也能進來呢？」

我沒有說出任性的話語，改為提出有用的建議。

「這主意不錯。」

斐迪南解除入內限制後，其他人也能進來了。但是這樣一來，個子矮又沒力氣的我很快就被視為累贅。眼看艾克哈特高高興興地進入工坊協助斐迪南，我聳了聳肩。

工坊裡的東西不斷被搬出去，並且分成了要帶去亞倫斯伯罕的、要放進我工坊裡的，以及要帶回貴族區宅邸的。雖然在這之前斐迪南也稍微整理過，但該帶走的東西還是非常多。

「由於我之後還要整理宅邸，希望這裡能在今天之內整理完畢。」

聽到斐迪南這麼說，神官長室的侍從全睜大眼睛。畢竟他們還有平常的工作要做，要將至今從未進去過的工坊清理乾淨根本不可能，更別說東西還這麼多。

「只靠神官長的侍從們恐怕很難達成吧。時間根本不夠用。不如從孤兒院調些灰衣神官過來支援吧。」

「但我無意招攬他們，怎能使喚並非侍從的灰衣神官？」

「不必招攬他們為侍從，只要提供合理的報酬就好了喔。莫妮卡，麻煩妳去孤兒院，找來十名擅長勞力工作的灰衣神官吧。」

「遵命。」

莫妮卡輕快轉身，前往孤兒院。我抬頭看向一臉困惑的斐迪南，輕笑說道：

「神官長，你不想被外人碰到的東西，可以交給艾克哈特哥哥大人與侍從們整理，然後打包好的行李再交給來支援的灰衣神官他們搬運吧。」

「……妳還真是擅長分配工作。」

「因為我如果不仰賴他人，自己什麼事也做不到啊。一直以來，我都是把事情交給辦得到的人。神官長已經很習慣凡事自己來了，但我覺得你應該要學著如何招攬同伴，並把工作託付給對方。」

說話的同時，我試著想了想有沒有什麼簡單的方法能讓斐迪南也拉攏到同伴。斐迪南雖然很擅長保護自己，卻因為警戒心太強，不會積極地尋找同伴，總想靠現有的人力解決一切。但是，總不能去了亞倫斯伯罕以後，算得上同伴的人就只有雷蒙特一個，還除了艾克哈特與尤修塔斯以外誰也不相信吧。

「神官長，既然你都要在貴族齊聚一堂的冬天前往亞倫斯伯罕了，可以找個理由像是感謝大家的歡迎，然後上臺彈奏飛蘇平琴，試著拉攏女性貴族喔。這個方法既輕鬆又簡單。只要彈奏新曲子，我相信一定會有人感興趣。不要白白浪費你優秀的琴藝、歌聲與容貌，有效加以利用吧。」

就連在艾倫菲斯特，也有許多女性貴族覺得彈琴時的斐迪南非常迷人，所以我認為在亞倫斯伯罕也值得一試。

「啊，還有，我也準備了點心喔。既然你將指導萊蒂希雅大人，每當她完成了一項作業，請你給她點心當作獎勵吧。一味的指責無法使人成長，偶爾也該誇獎對方。對了，也別忘了要與萊蒂希雅大人的近侍好好討論教育方針，不能自己規劃好了以後就付諸實行。另外就是……」

「夠了，妳去做妳該做的事情吧。」

我正說著自己想到的注意事項時，斐迪南一臉不耐地擺手嘆氣。但就算叫我去做自己該做的事情，我也不知道該做什麼。想讓斐迪南帶去亞倫斯伯罕的各種東西，我都已經安排好了，只等著籌備齊全。現在餐點正一一做好，渥多摩爾商會送來的東西也都由尤修塔斯負責檢查，裝進魔導具裡。要送給萊蒂希雅的髮飾已經請吉魯幫忙買回，教材則由弗利茲負責準備。羅吉娜也寫好了僅有主旋律的樂譜，但仍抱著飛蘇平琴持續奮戰，想要趕在斐迪南出發之前盡量改編。

「神官長，有什麼我該做的事情嗎？我會回神殿來，就是要幫神官長的忙吧？」

「那妳與法藍他們一同去圖書室，把我的書收回來吧。」

「把書收回來嗎……」

畢竟是斐迪南個人擁有的書籍，他都要離開神殿了，帶走也是應該的，但一想到書本數量會減少就令我非常難過。我帶著自己的侍從，無精打采地前往神殿圖書室。

圖書室內沒有暖爐，布滿冰冷刺骨的寒意。我打了個哆嗦，一邊說著「這本、這本跟那本……」一邊指著斐迪南帶來神殿的書，指示法藍解開鎖鏈。

連結著書本與閱覽桌的粗重鎖鏈「哐啷」一聲鬆脫，桌上的書籍則是一本接著一本被撤下。我注視著薩姆與法藍拿起來的書，心中滿是落寞。

……啊，那本書……

神殿圖書室是我第一個進入的圖書室，這裡的書也是我首次獲准可以盡情觀看。在我以青衣見習巫女的身分進入神殿時，頭一天看的書也是斐迪南所持有。

「羅潔梅茵大人，怎麼了嗎？」

「我只是想起了法藍手上那本書，是我在這裡看的第一本書呢。」

法藍低頭往書看去，像是想起了什麼，露出淡淡微笑。

「我也記得羅潔梅茵大人當時還對吉魯稍微施加了威懾，比起用午餐更優先看書。而且因為您沒吃午餐的關係，後來暈倒了吧？」

法藍說完，薩姆也看著我發出輕笑聲。

「是指奇爾博塔商會帶奉獻金過來的那時候吧。神官長可是大吃一驚。在羅潔梅茵大人回復到能來神殿之前，他還每天都向法藍詢問情況。」

「……這種事情法藍和薩姆可以徹底忘了喔。」

法藍和薩姆一點一點地訴說著與斐迪南有關的回憶，一邊慎重地把每本書都用布包起來。而在他們提起的往事中，斐迪南常常都為了我的言行舉止在無奈扶額。難道就沒有好一點的回憶嗎？感覺像在被人挖出自己的黑歷史，讓我丟臉得想找地洞鑽進去。

「羅潔梅茵大人，請您與莫妮卡留在這裡稍候。我們把書送去給神官長。」

法藍與薩姆不打算一次搬運好幾本書，而是來回數次，小心翼翼地一次搬一本。雖然斐迪南要我與侍從一起把書收回去，但他帶來的書全都又重又厚，我根本拿不動。

兩人離開後，我轉頭環顧書本數量減少、變得有些空蕩的圖書室。

「……這個書櫃刻有梅斯緹歐若拉呢。」

跟周遭的書架相比，得有神殿長的鑰匙才能打開的可上鎖書櫃裡，抱著古得里斯海得的梅斯緹歐若拉雕刻格外細膩。我目不轉睛地打量書櫃。

「明明這麼多年來，我常進來盯著這些書櫃，卻好像從沒注意過書本以外的東西呢。」

「羅潔梅茵大人眼裡確實只看得見書呢。剛才法藍與薩姆聊起的往事也很有意思。因為在孤兒院的大家獲救之前，我幾乎不認識羅潔梅茵大人。」

莫妮卡咯咯輕笑著說。

「既然您都沒注意到書櫃裡的雕刻了，想必也不知道其實在神殿的很多地方，都藏有類似的雕刻喔。」

原來莫妮卡早就發現書櫃裡的雕刻了。她說其實在神殿的許多地方，都藏有各種神祇的雕刻。這我還是頭一次聽說。而且不清洗擦亮的話，似乎就很難發現。

「羅潔梅茵大人，讓您久等了。神官長想請您準備騎獸。」

法藍與薩姆搬完書後，接著要由我負責把書送去貴族區。我離開圖書室，回房更衣。換好衣服，負責護衛的安潔莉卡向我走來。

「羅潔梅茵大人，您把行李送去斐迪南大人的宅邸後，便會返回城堡吧？今天就由我留在神殿，請讓達穆爾回去吧。」

「達穆爾，那明天就放你一天假。你還要為冬天的社交界做準備吧？」

「感謝羅潔梅茵大人。」

要是每天都留在神殿執行護衛任務，根本沒時間為冬季的社交界做準備。於是說好今天就讓達穆爾回家，由安潔莉卡留下來。

「對了，安潔莉卡。那妳做好準備了嗎？」

「有優秀的妹妹在，我該準備的東西想必萬無一失。」

「妳不能把事情都丟給莉瑟蕾塔，也該學著自己做準備吧。」

「其實我也這麼認為。」

安潔莉卡手托著腮，一臉害羞地微笑說道。這是她明知自己該做，但又不想做的時候會有的答覆。她會這麼回答，肯定就是沒打算改進。

「安潔莉卡，妳再這樣下去，等莉瑟蕾塔以後嫁人了會很頭痛喔。」

「也就是說，至少還有兩年的時間我不用擔心吧。」

「我不是這個意思。」

我馬上就放棄要改變安潔莉卡的想法，前往正門玄關準備騎獸。由於要載很多行李，變出來的騎獸已經不是小熊貓巴士，簡直可以稱為小熊貓卡車。我打開一個出入口後，灰衣神官們接連地把行李搬進去。

「神官長，我變好騎獸了。」

「那妳待在暖爐前等候吧。雖然妳的身體已較以往健康，但天氣這麼寒冷，一不小心可能會病倒。」

於是我聽從斐迪南的囑咐，乖乖坐在暖爐前的椅子上，看著大家忙進忙出。幸好叫來了不少灰衣神官幫忙支援，行李的搬運十分順利。在尤修塔斯的指示下，暫停時間的魔導具也由幾人合力搬了出去。

中途吃過午餐稍事休息後，搬運作業重新開始。斐迪南的工坊徹底清空，放置衣物的衣櫃也被搬離，僅拿出青衣神官服。

斐迪南關上空空如也的工坊的房門，抬手按在門扉上注入魔力。魔石霎時失去色彩，他的工坊就此不復存在。

「這樣便解除我的魔力了。哈特姆特，今後就隨你使用吧。」

「感激不盡。」

哈特姆特道謝後，開始登記自己的魔力，創造屬於自己的秘密房間。

「接著我要返回宅邸進行整理、收拾行囊，之後便啟程前往亞倫斯伯罕，不會再來神殿了吧。這件神官服清洗過後，記得與出借用的服裝收在一起。」

斐迪南把藍色制服交給侍從。從今以後，再也看不到斐迪南穿上那身熟悉的藍色神官服了。這讓我有種非常不真實的感覺。斐迪南穿上貴族用的外衣，別上藍色披風。

「羅潔梅茵，別發呆了。要趕緊把東西載去我的宅邸，走吧。」

「是、是！」

我與斐迪南一起走向放著小熊貓巴士的正門玄關。這天，神官長室的所有侍從都來送行。貴族近侍們正變出騎獸準備離開神殿時，神官長室的侍從們一字排開，開始獻上祈禱。

「願諸神的庇護一路與神官長同在。謹向司掌浩浩青空的最高神祇，以及分掌瀚瀚大地的五柱大神，水之女神芙琉朵蕾妮、火神萊登薛夫特、風之女神舒翠莉婭、土之女神蓋朵莉希與生命之神埃維里貝，獻上祈禱與感謝。」

侍從們動作一致地向神獻上祈禱，屈膝跪地，低著頭在胸前交叉手臂。斐迪南神情複雜地低頭看著自己的侍從們，面帶淡淡微笑。

「……你們都盡心盡力服侍過我，而這是我給你們的最後一道命令。今後要尊哈特姆特為主人，竭力為他效勞，並輔佐神殿長羅潔梅茵。」

「謹遵吩咐。」

斐迪南點一點頭，對侍從們說完話後，轉頭看向來為我送行的法藍與薩姆。兩人原先都是斐迪南的侍從，聽說就是因為他們忠心耿耿、能力出眾，才被調來服侍我。

「法藍、薩姆，羅潔梅茵就麻煩你們多照顧了。」

薩姆最先跪下。他那低首垂眸的模樣，在在顯現出了他對斐迪南的敬意。

「自當銘記於心。還請神官長多加珍重。」

「能夠服侍神官長，是我的榮幸。」

「……是嘛。」

法藍以百感交集的語氣說完，瞬間斐迪南揚起了有些開心的微笑，隨即甩開藍色披

風踏出神殿。躍上騎獸後，他再看了一眼並排而立的侍從們，接著蹬地起飛。我也握緊小熊貓巴士的方向盤，跟上前方那道藍色身影。

……就這樣，神官長再也不是神官長了呢。

到了斐迪南的宅邸，這次變成小熊貓巴士裡的行李不斷被搬出去。卸下的行李，分成了要帶去亞倫斯伯罕的與要留在宅邸裡的，分別被搬往不同的房間。

在這件事上幫不上忙的我，只能在優蒂特的護衛下，乖乖喝茶等待。其實我本來想去圖書室看書，但因為也有東西要搬進圖書室內，被嫌棄說我只會礙手礙腳。

……但大家這麼忙碌的時候，卻只有我一個人在喝茶，感覺有些如坐針氈呢。

我這樣心想的同時，看著別有藍色披風的斐迪南向眾人下達指示，然後「咦？」地偏過頭。

「對了，斐迪南大人。披風您打算怎麼辦呢？到了亞倫斯伯罕，總不能披著顏色代表戴肯弗爾格的披風吧？你會改披艾倫菲斯特的披風嗎？」

「……這我倒忘了。」

斐迪南用力皺眉，輕敲起太陽穴。記得他說過，艾倫菲斯特的新披風並沒有護身魔法陣，要穿去亞倫斯伯罕大概會很不放心吧。

「羅潔梅茵，妳去工坊製作墨水吧。現在沒時間刺繡，只能用畫的了。」

幾天之後就要出發，現在確實沒有時間為披風繡上精密的魔法陣。再者若使用之前的隱形墨水，圖案畫好後就會消失，正好也讓人無法看出披風上有什麼護身魔法陣。

「為什麼是我來做墨水呢？」

「因為我若使用自己的墨水，魔法陣會發光吧？況且我看妳也無事可做。達穆爾，你跟著羅潔梅茵，教她製作墨水。」

於是乎，護衛工作便由還能指導我的達穆爾接手，接著我就被丟進了斐迪南宅邸裡的工坊。

「反正我也閒來無事，要做墨水是沒關係，可是我不太能明白呢。用別人的墨水繪製魔法陣，也能達到護身的作用嗎？」

我記得只有親子與夫婦，才能為彼此在披風上刺繡。應該不會只是改用墨水繪製就沒關係吧？

「效果雖會打些折扣，但使用以他人魔力繪成的魔法陣，並不至於完全無法發揮作用。單純只是對方與自己的魔力越相近，效果也會越強大。」

「經你這麼一說，斐迪南大人的披風原本也是別人的，確實就算是別人的披風也不會毫無效果呢。」

「再者，斐迪南大人就算換上艾倫菲斯特的披風，也只會穿到星結儀式結束為止。之後就要改披亞倫斯伯罕的披風，所以他可能是覺得簡單準備一下就好吧。」

我邊聽著達穆爾的說明，邊準備製作墨水所需的材料。不管是哪邊的工坊，斐迪南擺放原料的位置都一樣，所以非常好找。他本人的性格也由此顯露無遺。

「話說回來，斐迪南大人竟然要成婚了。我什麼時候才能結婚呢？」

在我忙著攪拌的時候，忽然聽見達穆爾咳聲嘆氣。他本來還以為斐迪南會一直單身，現在居然要結婚了，似乎因此受到不小的打擊。

「如果有下級貴族的千金在學會我的魔力壓縮法後，魔力能與你相當，到時候達穆爾應該也有機會結婚吧？而且既然對方能夠學習我的魔力壓縮法，就代表派系沒有問題；只要魔力與階級也匹配，我想母親大人一定會幫你介紹喔。只不過母親大人一旦幫忙介紹，你大概就無法拒絕，這點你不介意嗎？」

「……因為我已經放棄靠自己了。」

達穆爾一一遞來我要放進調合鍋裡的原料，垮下肩膀說。雖然我也很想幫幫他，奈何實在無能為力。況且我有辦法幫忙牽線的對象，頂多也只有菲里妮而已。

「不如你先把菲里妮訂下來吧？你們都是我的近侍，絕對不會有派系不同的問題，她也很努力在壓縮魔力吧？再加上又都是下級貴族，階級也不用擔心。」

我這麼提議後，達穆爾面帶難色地搖頭。

「請您打消這個念頭……而且，菲里妮多半對羅德里希有好感。」

「咦？是這樣子嗎?!」

「以前羅德里希曾偷偷送信給她，他成為近侍以後，菲里妮也對他十分親切。前陣子菲里妮還來找我傾訴戀愛方面的煩惱，說自己的心上人眼裡完全沒有她，所以我想她指的應該是羅德里希。」

……找達穆爾傾訴戀愛方面的煩惱？菲里妮，妳是不是找錯商量的對象啦？

但這句真心話委實太過失禮，所以我沒說出來。

「菲里妮從來沒向我傾吐過戀愛方面的煩惱，所以我完全不曉得她喜歡羅德里希呢。這樣的話，還是別推薦她成為你的結婚對象吧。」

閒聊的同時，我往調合鍋內撒下最後的粉末。表面綻放亮光後，墨水就完成了。

「斐迪南大人，我做好墨水了！」

我帶著完成的墨水去找斐迪南，他馬上拿來艾倫菲斯特的披風，攤開放在一張大桌子上，飛快地畫起魔法陣。他似乎刻意把魔法陣畫得大了一點，即便墨水有些暈開也沒關係。手的動作快得不得了，而且毫不遲疑。

「……嗯。畢竟星結儀式之前只會使用一段時間，這樣就夠了吧。」

畫完複雜的魔法陣後，斐迪南滿意地點點頭放下筆，關上墨水壺的蓋子。星結儀式結束後，亞倫斯伯罕就會提供新披風給他。聽說新娘要在成婚之前，為新披風繡好魔法陣。蒂緹琳朵的刺繡有辦法達到斐迪南能滿意的水準嗎？我突然感到非常擔心，同時也有些慶幸。

……幸好神官長的新娘不是我。如果只是用墨水畫畫魔法陣那還可以，但若要我繡完那麼複雜的魔法陣，根本是不可能的任務。

「斐迪南大人，那您的舊披風請記得歸還喔。」

那件藍色披風十分重要，畢竟曾被海斯赫崔指定為迪塔比賽的戰利品，還讓他拿出了能做尤列汾藥水的貴重原料為賭注。既然用不到了，我想最好還給他。

「……現在還不曉得亞倫斯伯罕是什麼情況，我自然不會把他人的重要物品帶過去。最保險的做法，看是由妳在貴族院請戴肯弗爾格的領主候補生交還給海斯赫崔，還是領地對抗戰當天妳再拿給我，由我還給他。」

「知道了。那由我帶去貴族院吧。因為還是本人親手歸還比較好。」

「那就麻煩妳了。」

斐迪南轉身讓尤修塔斯解下披風。尤修塔斯以洗淨魔法清洗了藍色披風後，疊得整整齊齊交給菲里妮。

「菲里妮，再麻煩妳交給黎希達，請她把披風放進要帶去貴族院的行李裡。」

「遵命。」

後來在出發之前，斐迪南似乎都忙得不可開交。我雖然人在城堡，卻與他完全碰不到面，幾天的時間就這麼過去了。

這段時間我一邊小心著別到了出發當天卻病倒，一邊也做了不少事情。比如與韋菲利特、夏綠蒂以及麥西歐爾一同前往芙蘿洛翠亞的辦公室，討論有關舊薇羅妮卡派孩子們的事情；計算孤兒院需要多少經費；製作要給艾克哈特與尤修塔斯的護身符；也為接下來要前往的貴族院做好準備。

別離

「羅潔梅茵，今天就是叔父大人要出發的日子。妳的身體還好嗎？」

「放心吧，韋菲利特哥哥大人。況且我還有重要的任務在身，要幫斐迪南大人把行李載去境界門，就算身體有些不適也會同行的。」

這天要為斐迪南送行的人有領主夫婦、韋菲利特、我還有各自的近侍們，再加上幾名騎士團成員。夏綠蒂和麥西歐爾則是與波尼法狄斯一同留守。

出發這天，兩輛載了行李的馬車從斐迪南的宅邸抵達城堡。黎希達與艾薇拉幫忙挑選的賀禮也被搬到屋外。

「請把行李搬進這個騎獸裡吧。」

行李約莫有三輛馬車的量，由下人們搬進變大的小熊貓巴士裡。聽說我們已經先向亞倫斯伯罕告知行李將有多少，所以他們會派出三輛以上的馬車來迎接。

下人們搬運行李的時候，我把自己努力完成的護身符送給艾克哈特與尤修塔斯。

「你們兩位因為要保護斐迪南大人，處境最為危險，請收下我做的護身符吧。」

「謝謝大小姐。」

「艾克哈特哥哥大人，請您一定要保護好斐迪南大人喔。」

「嗯，一定。」

即使得到了兩人的保證，我還是深感不安。這時，安潔莉卡安撫地輕拍我的肩膀。

「羅潔梅茵大人，您放心吧。艾克哈特大人很強，他一定會保護好斐迪南大人。我相信艾克哈特大人的實力與對主人的忠誠。」

安潔莉卡深藍色的雙眼裡，有著對艾克哈特堅定不移的信賴。艾克哈特跟著放柔表情，低頭看向安潔莉卡。

「我也相信妳想要變強的渴求，以及對羅潔梅茵的忠心。萬一羅潔梅茵出事了，斐迪南大人勢必會非常難過，所以妳一定要好好保護她。」

「是！」

安潔莉卡舉起手臂用力握拳。艾克哈特也同樣彎起手臂，與她輕碰拳頭。士兵們互相祝對方好運時也都會做這個動作。我跟著舉起手臂彎曲握拳，想要加入兩人。

「艾克哈特哥哥大人，我也要！我也會在艾倫菲斯特好好加油！」

「嗯，若妳能時不時為斐迪南大人送餐點過來，我們感激不盡。」

明明我都彎起了手臂強烈主張，結果艾克哈特只是摸了摸我的頭。不對，我是想要一起祝對方好運！

「妳在做什麼？」

「斐迪南大人……艾克哈特哥哥大人與安潔莉卡正在祝彼此好運，我想加入他們，卻徹底遭到了忽視。」

虧我這麼想互碰拳頭……我向斐迪南哭訴後，艾克哈特不高興地皺起臉龐。

「雖然妳說想一起祝對方好運，但妳根本沒有需要守護的主人吧？這個動作代表騎士將賭上自己的榮譽，妳身為領主候補生不適合這麼做。」

真遺憾，原來這動作與士兵們互祝彼此好運的含義不太一樣。慘遭拒絕的我沒好氣地噘起嘴巴，斐迪南則是一臉懶得搭理。

「既然如此，那妳和我許下約定吧。」

「……約定什麼呢？」

該不會是什麼強人所難的要求吧？我忍不住繃緊全身時，斐迪南當場蹲下來，讓自己能與我對視。淡金色眼眸無比認真地筆直注視我。斐迪南突如其來的舉動讓我嚇了一跳，但他沒有理會，接著開口：

「我將前往亞倫斯伯罕，在那裡保護艾倫菲斯特。所以，羅潔梅茵，我希望妳以聖女的姿態守護這裡。我要妳保證，即便中央與其他領地對妳說了好聽話，妳也不會受到蠱惑、產生離開的念頭，留在這裡永遠守護艾倫菲斯特。」

始料未及的認真發言，讓我不由得屏住呼吸。周遭頓時安靜無聲，所有人的目光都集中在我們身上。視線多得教人感到刺痛，氣氛也凝重異常。然而斐迪南似乎完全不在意現場的氣氛，微微勾起嘴角。

「……不過，就算得到了妳的口頭承諾，妳做事總是不經大腦，只要對方以書籍或圖書館為誘餌，妳很快會上鉤吧。想也知道妳會馬上忘了與我的約定。」

「嗚……」

看著一句話也答不上來的我，斐迪南先是垂下眼簾，輕吐了口氣後，再從腰間的皮袋裡拿出一把鑰匙。以金屬製成、嵌有黃色魔石的鑰匙在我眼前晃動。

「所以，我打算用這個讓妳無法離開艾倫菲斯特。」

「用這把鑰匙嗎？」

我定睛盯著在眼前搖晃的鑰匙，卻完全猜不到它的用途。在我為了書籍或圖書館而失去理智時，這把鑰匙有辦法阻止我嗎？

斐迪南拉起我的手，輕輕把鑰匙放進我的掌心。掌心上的金屬鑰匙沉甸甸的。

「這是我宅邸的鑰匙。我把我的工坊、原料、書籍、資料、魔導具、宅邸，乃至在裡頭工作的所有人……把我留在艾倫菲斯特的一切悉數轉讓給妳。」

意想不到的話語讓我瞪大雙眼。斐迪南眼神認真地看著我，用低沉的嗓音緩慢平靜訴說，像要讓一字一句清清楚楚留在我的耳朵裡。

「忘了是什麼時候，妳曾說過若想要妳的魔力，得給妳一座圖書館。這妳還記得嗎？」

「記得。當時斐迪南大人說了想要研究魔樹……」

但我也記得，當時他說等得到領內的魔力已有餘裕，所以真要研究也是十年以後的事情了。因為用我的魔力進行栽培，似乎可以種出不太尋常的原料，他才想請我提供魔力。對此，我好像回答了「如果想要我的魔力，請給我一座圖書館」。

「沒錯。所以，我把自己的宅邸當成是圖書館送給妳。而妳要把本該提供給我的魔力，用來守護艾倫菲斯特。艾倫菲斯特是我的蓋朵莉希，妳一定要盡心守護。」

接著斐迪南包住我的手，讓我握緊鑰匙，詠唱咒語說：「伊恩達。」瞬間鑰匙吸走了一些魔力，由此可知鑰匙的持有者已經完成變更。

包覆著拳頭的大掌一離開，極冷的風立即吹拂上來。想到至今一直保護著自己的斐迪南就要不在了，我突然覺得寒氣更是逼人。

「為了守住自己的圖書館，妳也比較不會被他人的花言巧語蠱惑吧？」

斐迪南得意笑道，重新站好。我不禁輕睨他一眼。發現自己還是完全不被信任，這點讓我很不甘心。明明這裡還有平民區的家人在，有路茲和班諾，神殿裡頭也有法藍與吉魯，製紙業也正在興起，印刷工坊的數量越來越多，我早就認為保護艾倫菲斯特是自己身為領主候補生的職責。

「就算沒把宅邸給我，我也會保護艾倫菲斯特的。」

「羅潔梅茵，我是想讓妳保證一定會守護艾倫菲斯特，當作是我預先支付的報酬吧。還是說，我的宅邸不足以讓妳當成圖書館？不要的話還給我，其實我也無所謂。」

「才不是呢。可以得到這麼多書，我很高興！」

我連忙把鑰匙緊緊抱在胸前，不讓斐迪南拿走。真想乾脆哭出來，大喊著說：「請不要走！」或是「別管國王的命令了！」如果可以這麼說的話，不知道會有多痛快。

但是，這不是斐迪南期望中領主養女該有的樣子。我強忍下就要奪眶而出的淚水，卻很難壓下在心頭劇烈翻滾的情緒。對於無理命令的憤怒、自己依然不被信任的不甘、斐迪南還記得那些小事的喜悅、他就要離開的寂寞，以及可以擁有專屬於自己的圖書館的快樂——這些情緒全與就要溢出的魔力融合在一起，在體內瘋狂流竄。

……既然不能在人前哭泣，那我就把湧上來的淚水直接變成魔力吧。

「羅潔梅茵大人?!」

「您的眼睛變成虹色了！」
一旁傳來近侍們焦急的叫喊，斐迪南也說著「羅潔梅茵，快壓下來」，並朝我伸出手來。
「我不要。」
接著我緊握住右手變出的思達普，詠唱咒語說：「司提洛。」然後拿著變作筆狀的思達普開始揮舞。溢出的魔力化作粒粒光點，在半空中形成魔法陣。
「羅潔梅茵，妳想做什麼？」
「這是圖書館的回禮。為即將離開艾倫菲斯特的斐迪南大人，獻上我的祝福。」
和幾年前只是為家人傾注所有情感的祝福不同。
現在的我成了神殿長，知道如何正確給予祝福。
就讀貴族院以後，得到了用以操控自己魔力的思達普。
學會了魔法陣的相關知識。
所以我想向將一切留給了我的導師，獻上最高等級的祝福。
「全屬性的魔法陣嗎？這是做什麼用的？」
聽見斐迪南這麼問，我揚起嘴角。
「是畫在聖典最後一頁，只有神殿長才曉得的魔法陣喔。」
不是在貴族院會學到的，那種用來實現自己心願的複雜精密魔法陣，也不是一打開聖典就會浮現出來，指引人如何成王的魔法陣。而是成為神殿長後，想全心全意向諸神獻上祈禱時所用的魔法陣。無法為了自己，僅能為了他人，用來向神獻上自己的祈求。

我照著記憶中的圖案揮筆，繼續描繪魔法陣。

「司掌浩浩青空的最高神祇，暗與光的夫婦神。」

在我唸出禱詞後，魔法陣猛然迸放耀眼的金色光芒，邊緣則湧動著黑夜般的墨色。

四周傳來譁然聲響，但我不予理會，接著詠唱。

「分掌瀚瀚大地的五柱大神，水之女神芙琉朵蕾妮、火神萊登薛夫特、風之女神舒翠莉婭、土之女神蓋朵莉希、生命之神埃維里貝啊。」

每唸出一位神祇，魔力便從思達普向外釋出，象徵每位神祇的符號帶著各自的貴色亮起光芒。

「請聆聽吾的祈求，賜予祢的祝福。吾的力量奉獻予祢，謹獻上祈禱與感謝，懇請賜予祢神聖的守護。予以淨化除穢的水之力，予以誰也無法斬斷的火之力，予以災厄不近的風之力，予以包容一切的土之力，予以絕不言棄的命之力，賜予即將遠行的人們。」

說完魔法陣翩然飄動，朝著斐迪南、艾克哈特與尤修塔斯灑下祝福的光芒。是混合了所有貴色的虹色祝福。

看到接受祝福的斐迪南一臉愕然地仰望魔法陣，我努力挺起胸膛，擠出微笑。

「我也不是毫無進步喔。才不會永遠都和以前一樣呢。」

這樣子能夠稍微回報斐迪南一直以來的無私奉獻嗎？

能讓他稍微認可我也有所成長了嗎？

是否能讓他比較放心地前往亞倫斯伯罕了呢？

我目不轉睛地注視斐迪南。他低頭朝我看來，露出輕笑。

「艾倫菲斯特就交給妳了，妳要代替我好好守護。」

「是。」

隨後我們前往境界門。亞倫斯伯罕前來迎接的隊伍已經抵達，搬完行李後，互道寒暄。斐迪南向齊爾維斯特道別後，便揮開艾倫菲斯特的明亮土黃色披風，啟程踏向境界門的另外一邊。

在斐迪南終於對我說出「艾倫菲斯特就交給妳了」的那一天，氣溫很低，天空有些飄著雪。我竭力擠出笑容目送他離開，一直到進入秘密房間以後才好好表揚自己，讓強忍著的淚水盡情釋放。

終章

「奧伯・艾倫菲斯特，恭候您的大駕。還有斐迪南大人，亞倫斯伯罕的女性領主候補生已經抵達，正在境界門內等候。」

守在境界門的士兵見到艾倫菲斯特一行人抵達，臉上流露安心之色。卡斯泰德與幾名騎士率先步入境界門，齊爾維斯特與芙蘿洛翠亞也帶著各自的近侍跟上。斐迪南同樣帶著自己的護衛騎士艾克哈特，走向境界門。尤修塔斯得負責指揮行李的搬運，因此這時並未同行。斐迪南稍稍往後回頭，便見羅潔梅茵從騎獸裡探出身子。

「尤修塔斯，騎獸要停在哪裡比較方便你們搬運行李呢？」

「請往這邊移動，大小姐。」

……笨蛋，別那麼大聲說話。亞倫斯伯罕的人聽了會覺得妳毫無氣質可言。

眾目睽睽下，他也無法出聲提醒。斐迪南只能暗暗感到鬱悶地嘆一口氣。此刻在羅潔梅茵身上，已經完全感受不到出發前，她給予全屬性祝福時那種聖女般的莊嚴。斐迪南甚至忍不住心想，那幅如夢似幻的美麗光景，或許是因為自己即將離開艾倫菲斯特，反常地在感傷下所產生的錯覺。

……我首次見到那麼美麗的魔法陣，真想研究看看。

明明是全屬性的魔法陣，卻美麗得沒有一絲多餘。斐迪南以指尖在掌心上畫起烙印在眼底的魔法陣，然而畫到一半，他馬上打住自己的思緒，左右搖了搖頭，把腦海裡的魔法陣驅散。接下來要前往的地方，不可能還有時間讓他進行研究。今後他將一邊與奧伯．亞倫斯伯罕以及喬琪娜周旋，一邊還要應付蒂緹琳朵與萊蒂希雅。

「很榮幸能見到各位。」

在亞倫斯伯罕一行人等候著的房間裡，艾倫菲斯特一行人進入後，最先響起的是一道稚嫩的嗓音。

「……萊蒂希雅大人是代理人嗎？」

前來迎接斐迪南的亞倫斯伯罕代表是萊蒂希雅。根據她的說明，奧伯．亞倫斯伯罕目前身體狀況不佳，蒂緹琳朵又忙著接受領主教育，實在抽不出身前來。按原先的安排，本該是由喬琪娜作為代表前來迎接，但她因為突感身體不適，最終便臨時改由萊蒂希雅擔任代表。

「雖然我尚未進入貴族院就讀，但會竭盡所能擔任代理奧伯。」

雖然年幼，萊蒂希雅仍是得體有禮地向齊爾維斯特道了寒暄。斐迪南低頭看著她，輕輕按住太陽穴。他相信奧伯目前的身體狀況確實欠佳，而今後幾年得暫代領主之位的蒂緹琳朵也正忙著接受教育。但他最在意的，是此刻不在這裡的喬琪娜。他很懷疑她是否真的身體不適。

……她到底有何企圖，太可疑了。

斐迪南認為聖典遭竊一事，她一定與每個環節都脫不了關係。說不定，這件事情其實尚未真正結束。

「我們依照奧伯・艾倫菲斯特的要求，已經準備好了馬車。請問艾倫菲斯特的馬車在哪裡呢？開始搬運行李吧。」

「……我們從艾倫菲斯特帶來的行李並未使用馬車，而是騎獸。」

萊蒂希雅聽完一臉難以理解，因此一行人先來到屋外。正好為了方便搬運行李，羅潔梅茵剛就定位，並在騎獸後側打開一道出口。

「請問……奧伯・艾倫菲斯特，那個是騎獸嗎？」

「是啊。妳在亞倫斯伯罕領內，還沒見過乘坐型的騎獸嗎？」

「……我之前就有耳聞，也有幾名低年級的學生在使用乘坐型的騎獸。可是，這麼大的騎獸我還是第一次看到。」

「因為能夠自由變換大小的，目前還只有羅潔梅茵吧。」

齊爾維斯特輕笑起來，開始為萊蒂希雅說明羅潔梅茵的騎獸，她也聽得興致勃勃。看樣子她與蒂緹琳朵不同，願意認真傾聽別人說話。單能明白這一點，奉命要指導她的斐迪南便有些鬆了口氣。

「請各位把斐迪南大人的行李搬上馬車吧。」

萊蒂希雅這麼吩咐後，與她一同前來的騎士以及境界門的騎士們，開始把卸下的行李搬上馬車。艾倫菲斯特的人早已看慣羅潔梅茵的騎獸，但亞倫斯伯罕的騎士們似乎都感到十分新奇，不斷投去驚訝的眼光。由於領內的人早已習以為常，此刻看到亞倫斯伯罕的騎士們一邊搬運行李，一邊警戒著羅潔梅茵那看似是肥胖版窟倫的騎獸，斐迪南不禁覺得有些滑稽。

尤修塔斯與羅潔梅茵正忙著下達指示，但是，現在的天氣已經冷得飄起細雪。羅潔梅茵再不進境界門內待著，只怕會病倒吧。斐迪南以主治醫師的角度如此判斷。

「這裡由我來下指示，你去告訴羅潔梅茵，要她到境界門裡去。」

「是！」

一名騎士立即衝過去，向羅潔梅茵傳話。羅潔梅茵轉過頭來，正巧與他四目相接。她接著慢步走來。

「斐迪南大人，您應該與亞倫斯伯罕的人多做交流吧？不過是指揮行李的搬運而已，我也做得到喔。」

「今天飄著小雪。這種天氣就連身體健康的人都有可能病倒，妳怎麼能待在屋外。快點進去吧。」

「……可是，難得我有可以派上用場的機會呢。」

枉費他在擔心羅潔梅茵的身體，她卻毫不領情地嘟囔抱怨。斐迪南不語地捏起她的臉頰。由於太軟太過好捏，他不由自主加重力道，還來回左右動了動，但他認為這只能怪羅潔梅茵的臉頰太好捏了。

「豪痛喔！」

「妳再不進去，地位與妳等高的韋菲利特也不能離開。萊歐諾蕾、安潔莉卡，快把羅潔梅茵帶進去吧。布倫希爾德、莉瑟蕾塔，她想必需要暖和身子，記得準備熱茶。男性則留下來幫忙。」

羅潔梅茵還噘著嘴、沒好氣地撫著臉頰時，斐迪南便向她的近侍們下令，將她帶了進去。接著，他再看向接連卸下的行李。與羅潔梅茵無意義地拌嘴時，行李仍以肉眼可見的速度不斷減少。這幕光景也清楚明白地昭告著，他能留在艾倫菲斯特的時間正一點一點減少。

「斐迪南。」

齊爾維斯特喊了他一聲，張開嘴巴像是想說什麼，卻又緊咬著牙垂下雙眼。這是齊爾維斯特在壓抑內心情感時常有的習慣動作。對此，斐迪南也微微低下眼簾。

「如同我前幾天說過的，一旦你入贅過去，你就和姊姊大人一樣將被視為是亞倫斯伯罕的人。」

……齊爾維斯特，你眼眶都紅了。身為奧伯，怎能不懂得隱藏情緒？

可以的話，斐迪南本想這麼調侃，不知為何聲音卻發不出來。喉嚨有種火燒般的痛楚，他只能用力吞嚥唾沫。

齊爾維斯特恨恨地瞪著這樣的他，開口說了：

「斐迪南，那一晚我已經把想說的話全說了……雖然不知道你是否還記得……」

聞言，斐迪南想起了與齊爾維斯特以及卡斯泰德最後一次對酌的那一晚。

◆

「最近我一直被逼著陪他喝酒，你這個元兇也該來勸勸他。」

當時卡斯泰德一臉厭煩，這麼說著把他帶到了齊爾維斯特的私人房間。齊爾維斯特顯然已經喝了不少酒，醉醺醺地等著斐迪南到來。

「斐迪南，你來啦。快，喝酒吧！」

齊爾維斯特把斟了酒的杯子用力舉到斐迪南面前，些許酒沫濺到了他身上。對此斐迪南微微蹙眉，瞪著齊爾維斯特說：「為了去亞倫斯伯罕我還得做準備，沒有閒工夫陪你喝酒。」其實真心話是齊爾維斯特一旦喝醉了酒，應付起來會非常麻煩，他只想趕緊逃離現場。

「你明明有時間做那麼費工的護身符給羅潔梅茵，卻沒時間陪我喝酒嗎？」

然而，聽到齊爾維斯特這麼埋怨，斐迪南也只能拿起酒杯。因為他想起了跟羅潔梅茵有關的事情，要拜託齊爾維斯特。

「斐迪南，你太冷血無情了。」

「你現在才知道嗎？都認識我這麼多年了。」

「你就是這點不可愛！虧我想當個值得依靠的兄長。」

這句話像極了羅潔梅茵說過的話。為了在夏綠蒂面前當個可靠的姊姊，羅潔梅茵也曾笨手笨腳地拚命努力。斐迪南不由得輕笑出聲。

「你確實是個可靠的兄長喔。」

「不准敷衍我！」

「……都醉成這樣了，還是聽得出來我在敷衍嗎？不過，這也不完全是假話。」

斐迪南邊說邊從容不迫地將酒杯舉到嘴邊。引人想起陳年酒桶的木頭香氣從杯中飄來，他含了一口酒後，香氣變得更是濃郁。與此同時，渾厚甘醇的滋味也在口中蔓延開來，伴隨著柔和的苦味滑過喉嚨。

斐迪南不禁嘴角微揚，再喝了一口，齊爾維斯特露出得意笑容。

「怎麼樣？這酒好喝吧？」

「嗯，是好酒，而且符合我的喜好。找到這款酒應該費了你不少工夫吧？」

聽到斐迪南肯定的答覆，大概是心情大好，齊爾維斯特「哼哼」笑著，也將酒杯湊到嘴邊。眼看齊爾維斯特稍微冷靜下來，卡斯泰德也面帶苦笑拿起酒杯。斐迪南邊靜靜品嘗美酒，邊看向兩人。

「在我離開以後，能保護羅潔梅茵的就是你們了。我已經盡可能多做點護身符給她，也打算送出我的宅邸當作是圖書館，讓她捨不得離開艾倫菲斯特，才不會糊裡糊塗就跑去其他領地。但就算做了這麼多，只靠韋菲利特我還是不放心。」

斐迪南說完，齊爾維斯特雙眼圓睜。

「……那是父親大人賜給你的宅邸吧？我本來還打算收回來管理，你要轉讓給羅潔梅茵嗎？」

「反正我沒有子嗣，讓給在我庇護下的羅潔梅茵也很合理吧？」

「話是這麼說沒錯，但我真沒想到你會讓給別人。」

齊爾維斯特與卡斯泰德都以吃驚的眼神看來。斐迪南感到有些不自在，吐了口氣試圖掩飾。

「關於是否要讓出父親大人賜予的宅邸，我也煩惱了一段時間。但是，為了讓羅潔梅茵今後能夠抵擋中央的誘惑，需要給她肉眼看得見的好處。只與韋菲利特訂下婚約是不夠的。」

羅潔梅茵斷然說過，貴族當中最擔心自己的人就是斐迪南。這就意味著，至今為了讓羅潔梅茵能融入貴族社會，儘管斐迪南自認為做了不少努力，其實都沒有什麼效果。

「羅潔梅茵因為出身的關係，不能以貴族的常識來推斷她的想法。既然如此，只能由我這個她已認定為家人的人來當枷鎖，把她留在艾倫菲斯特。為此，我才盡可能表現出羅潔梅茵期望中的、家人該有的樣子。」

「……所以你才做了那個髮飾嗎？」

不知為何卡斯泰德一臉愕然地嘆氣。

「近來很流行贈送髮飾給畢業儀式的女伴。萬一羅潔梅茵的年紀剛好能與你匹配，就算被人誤以為是求婚也不奇怪喔。」

「目前我還是她的監護人，況且既然年紀並不匹配，那就不用擔心吧。反正也不是項鍊，不值得大驚小怪。其實本該要由未婚夫韋菲利特製作那個護身符，但現在根本沒有時間教他調合與畫魔法陣，再者他的魔力與持有原料也不夠。」

「你不要強人所難！」

齊爾維斯特反射性地大喊後，斐迪南點一點頭。

「我正是因為覺得強人所難，才沒有要求韋菲利特。你們又忙著準備進行冬天的計畫，我也不可能要求你們製作，所以才自己來。倘若看起來像是求婚魔石，並不恰當的話，那只要韋菲利特快點成長，重做一個護身符給羅潔梅茵即可；加上畢業後兩人一旦成婚，也不必擔心中央把人搶走。屆時再摘下我做的護身符就好了。」

明明自己為了保護羅潔梅茵盡力而為，卻只聽到一堆怨言，感到不耐煩的斐迪南擺了擺手制止兩人。

「……你會無法違抗王命，迫於亞倫斯伯罕的施壓，全都是我的錯。」

怎料，齊爾維斯特再次絮絮叨叨地發起牢騷。他一下子責怪不找自己商量的斐迪南無情無義，一下子懊悔自己的身分有太多限制，最終自暴自棄地說自己這個哥哥就是靠不住，甚至沒出息地失控大喊：「你不在我就完了，不准去！」近半年來斐迪南一直重複聽著同樣的牢騷，只能目瞪口呆。

「……不管是你也好，羅潔梅茵也罷，你們還真是麻煩。」

「斐迪南，他們這種坦率不求回報的好意，你就老老實實收下吧。像你個性這麼孤僻的人都能露出那種笑容了，多少也察覺到了他們對你的關心吧？」

被卡斯泰德這麼一說，斐迪南試著板起臉孔。但是，知道自己竟如此被人需要，他確實感到有些難為情。儘管不太想承認，但自己似乎正如羅潔梅茵所說，很難察覺到他人對自己的關心。

「斐迪南，你的蓋朵莉希是在艾倫菲斯特。我身為你的哥哥，除此之外其他全不承認！你給我記好了！」

如此叫嚷說完，齊爾維斯特便沉沉睡去。

「……我還記得。」

◆

而斐迪南記得的，並不只有那一晚的對話而已。他記得的事情還有很多。包括父親忽然將自己帶回來後，齊爾維斯特卻從一開始就將自己視為弟弟接納；包括他曾一副哥哥的樣子，拉著自己到處亂跑；包括他明明對抗不了盛氣凌人的薇羅妮卡，卻仍然想要袒護自己；包括他聽取了自己的建議，相信艾倫菲斯特確實需要羅潔梅茵，進而將平民的小孩收為養女。也知道領主會議上為了不讓自己入贅至亞倫斯伯罕，他反抗過上位領地的奧伯；即便對象是國王，也打算挺身抗命。

在身為前任領主的父親過世後，如今對斐迪南來說，可稱作家人的就只有齊爾維斯特而已。但一旦自己去了亞倫斯伯罕，齊爾維斯特就必須將他視為是亞倫斯伯罕的人。他們再也不能屏退近侍，悄悄騎著騎獸跑到私人房間喝酒、閒談、討論對策……一切再也無法和從前一樣。

……這不是早就知道的事情了嗎？如今才感到失落又能如何？

斐迪南的嘴角扯開一抹冷笑後，發覺齊爾維斯特正神色認真地凝視自己，立即正色板起臉孔。齊爾維斯特似乎是在擔心他，輕吁了口氣。

「還記得的話，你就不要把所有心思都放在艾倫菲斯特上，到了亞倫斯伯罕以後，優先考慮自己的幸福吧。這是我對你唯一的要求。」

這麼多年來，斐迪南從未思考過何謂自己的幸福，齊爾維斯特與羅潔梅茵卻都異口同聲地要他追求「自己的幸福」。

……真是愚蠢。比起這種東西，我更該優先考慮艾倫菲斯特吧？

換作從前的斐迪南，大可以這麼冷漠地一語帶過，也可以拒絕。然而此時此刻，不知為何他卻說不出口，只是沉默片刻。

「……一定銘記於心，哥哥大人。」

與齊爾維斯特道別後，斐迪南轉身走進境界門，便看見羅潔梅茵正對著萊蒂希雅在說話。尚未就讀貴族院的萊蒂希雅看起來與羅潔梅茵差不多高。

……現在是羅潔梅茵高了一點吧？

記憶中在蘭普雷特的星結儀式上，還是羅潔梅茵稍微矮了一些。如此對照過後，便能清楚看出即便是看似毫無變化的羅潔梅茵，其實也有所成長。

萊蒂希雅的那頭金髮上，搖動著與羅潔梅茵一樣的髮飾。那是羅潔梅茵準備的，還說：「這個要當作是斐迪南大人送她的禮物喔。」

……結果怎麼是由妳送給對方？

羅潔梅茵還是老樣子，教人搞不懂她究竟是細心還是少根筋，斐迪南無法抑制自己的嘆息。他走近後，只見看似同齡的兩人身邊，近侍們全在忍笑。發覺斐迪南的到來，韋菲利特臉色大變地想阻止羅潔梅茵繼續說下去。但斐迪南制止了他，站到羅潔梅茵身後，豎耳傾聽她在說些什麼。

「……所以就是這樣，斐迪南大人的溫柔非常迂迴又難懂。還有，雖然他在指導的時候認真又嚴格，但其實也只是希望萊蒂希雅大人能有進步。要是他真的太過嚴厲，您只要告訴我一聲，我就會拜託他稍做改善，所以請不用跟我客氣唷。」

「羅潔梅茵，妳到底在說什麼？」

「呀嗚?!」

斐迪南一開口叫喚，羅潔梅茵便如字面形容的嚇得彈起，露出僵硬的笑容開始慢慢後退。

「我沒有在說斐迪南大人的壞話喔。只是把自己想到的事情都說出來提醒萊蒂希雅大人，讓她不會對您產生誤會而已。對吧，萊蒂希雅大人？」

「咦？是、是啊。」

萊蒂希雅臉上明顯寫著「請別牽連到我」，羅潔梅茵則是一臉「被發現了！」她在做些沒人叫她做的事情時，都會露出這種表情。

……笨蛋，就算擠出笑容試圖掩飾，還是一眼就能看出來。

妳剛才都說了些什麼，快點從實招來──往常的他這時早就捏起她的臉頰，但此刻在亞倫斯伯罕的人面前，只能打消這個念頭。

「萊蒂希雅大人，請妳別將羅潔梅茵的話語當真……還有，羅潔梅茵，行李似乎已經搬完了。」

斐迪南話聲剛落，羅潔梅茵便伸手揪住他的衣袖。仰頭看來的金色雙眸與齊爾維斯特一樣，盈滿了對他的擔心。

「信我會透過雷蒙特寄給妳……我會遵守約定，妳也千萬小心。」

斐迪南說著，將她抓著自己衣袖的手拿開。羅潔梅茵靜靜點頭，往後退了一步，身邊是長相酷似齊爾維斯特的韋菲利特。他的話，相信會既無奈又好笑地保護羅潔梅茵吧。

「韋菲利特，接下來就交給你了。」

「是，叔父大人。您也多保重。」

道別後，斐迪南頭也不回地穿過境界門，坐上亞倫斯伯罕的馬車。艾克哈特坐在他身旁，對面則是萊蒂希雅與她的護衛。

馬車開始緩緩移動，不久後隔著車窗，可以看見有群騎獸在艾倫菲斯特境內起飛。即便隔著相當遠的距離，羅潔梅茵的騎獸依然醒目。對於自己竟然不在那個隊伍當中，斐迪南感到非常不可思議。

「……請問，斐迪南大人，羅潔梅茵大人是位怎樣的人呢？」

他正望著窗外時，萊蒂希雅怯生生地與他攀談。想來是在腦海中拚命尋找話題後，最終想到了剛才還與自己交談的羅潔梅茵吧。也許她與蒂緹琳朵沒有什麼深交。這樣的想法閃過腦海，斐迪南收回看著窗外的目光，投向萊蒂希雅。

「在妳眼裡，妳覺得羅潔梅茵是怎樣的人？妳首次見到她，是先前在境界門舉行星結儀式那時候，但今天是第一次當面交談吧？」

「我聽說羅潔梅茵大人是非常優秀的領主候補生，在貴族院還連續兩年獲得了最優秀表彰，更被人稱作是艾倫菲斯特的聖女，並且是由斐迪南大人一手栽培。星結儀式那天，她以神殿長的身分舉行儀式時，看起來非常美麗，可是今天交談過後，我發現她比想像中的還要溫柔又容易親近。此外，也看得出來她真的非常擔心斐迪南大人……」

面對幾乎是首次見面的萊蒂希雅，聽說那個笨蛋竟不停說著「斐迪南大人就請多關照了」，一邊滔滔不絕地提醒她要注意哪些事情。

「還有，雖然羅潔梅茵大人說，這是斐迪南大人要送我的禮物，但其實應該是她準備的吧？」

萊蒂希雅抬手輕碰髮飾，高興地瞇起藍色眼眸說。為了讓萊蒂希雅能在冬季的社交界上使用，帶有冬季貴色的紅色花朵在她的金髮上綻放。

……羅潔梅茵真是多嘴，又淨是做些別人沒拜託她的事情。

看見萊蒂希雅一邊輕笑，一邊回想她與羅潔梅茵的對話，斐迪南忽然感到十分不自在且難為情，極想反駁否認。

「我因為是她的監護人，又等同她的家人，羅潔梅茵才會那麼擔心我吧。但最近她實在有些擔心過度，偶爾也讓人感到困擾。」

似乎是想起羅潔梅茵的各種叮嚀，萊蒂希雅輕笑起來。但緊接著她露出落寞微笑，小聲喃喃說：

「等同家人嗎……我有點羨慕呢。」

聽見這句低語，斐迪南才想起這個孩子與家人的關係也十分疏遠。從小她就被外祖父母收養，搬來到亞倫斯伯罕，因此她的親生父母仍在多雷凡赫。如今曾為養母的外祖母過世了，成為養父的外祖父也即將登上遙遠高處。身邊剩下的親族，只有原為外祖父第三夫人的喬琪娜，以及將成為她新養父母的蒂緹琳朵與斐迪南。可想而知，無論是她本人還是身邊的人，內心勢必很難保持平靜。

「萊蒂希雅大人，我知道依妳現在的處境，應該有諸多為難之處。妳不相信我也無妨，但可以相信國王的命令。因為國王與奧伯．亞倫斯伯罕賦予我的義務，就是教導萊蒂希雅大人，讓妳成年後坐上奧伯．亞倫斯伯罕之位。」

斐迪南說完，不只萊蒂希雅，她身邊的護衛騎士也一臉詫異。

「義務嗎？……萬一蒂緹琳朵大人執意不肯讓出奧伯之位，您打算怎麼辦呢？」

「屆時向國王提出控訴即可。膽敢違背王命的奧伯，中央會進行處分吧。」

倘若王命可以輕易違背，斐迪南此刻也不會坐在這裡。即便蒂緹琳朵不願讓出奧伯之位，只要拿出國王的命令，她也無可奈何。

「妳對於我的回答似乎十分訝異。」

「那個，因為蒂緹琳朵大人告訴過我，斐迪南大人是位願意盡可能實現妻子所有心願的人，所以我才有些驚訝。」

……我確實說過這種話，但也說了是「盡可能」，所以不算假話吧。

斐迪南沒有額外多做解釋，僅是面帶社交用的禮貌微笑。

「妻子的心願與國王的命令哪邊更重要，相信很容易便能得出答案吧。」

「……說得也是呢。」

萊蒂希雅應道，轉頭看向窗外。她望著艾倫菲斯特所在的方向，露出有些安心的笑容。

「之前我一直很好奇，與蒂緹琳朵大人成婚後，將成為自己養父的人是什麼樣子。因為就算調查得到貴族院時期的成績，卻從來沒有人提起過他的人品。但是，倘若新的養父是位懂得以王命為優先的貴族，身邊的人還會那般為他擔心、仰慕到捨不得與他分開的話，我想相信羅潔梅茵大人說的那些話。」

……羅潔梅茵說的話可以不用太過相信。

斐迪南把險些脫口而出的話語又嚥回去。好不容易萊蒂希雅表現出來的態度十分友好，沒必要加以破壞。因為若想在亞倫斯伯罕過得輕鬆一些，最好能得到萊蒂希雅與她身邊的人的信任。

那麼該怎麼做，才能讓對方更信任自己呢？斐迪南思考著這個問題時，腦海裡卻不斷浮出羅潔梅茵提供的各種建議。

……不對，慢著。我應該還能再想到其他辦法。

如果就這麼採用羅潔梅茵的提議，斐迪南實在心有不甘，但她提供的一些建議確實有理有據，相當值得參考。而現在就連乘坐馬車的時間也不該浪費，況且到了亞倫斯伯罕的城堡後，也不知何時能再交談。反正之後也得討論不可，斐迪南索性直接在馬車裡將自己今後的教育計畫告訴萊蒂希雅。也決定到了投宿的地方後，找來萊蒂希雅的首席侍從，一邊用餐一邊互相交流意見。

趁著乘坐馬車移動的這段時間，斐迪南一邊慢慢累積萊蒂希雅對自己的信任，一邊一直在想除了羅潔梅茵的建議外，還有沒有其他「能拉攏同伴的方法」。然而，在他截至目前為止的人生當中，他雖曾避免與人敵對，卻從不曾積極地招攬同伴，所以完全想不到好主意。

「不如您就照著大小姐的提議，彈奏飛蘇平琴吧？」

尤修塔斯也沒有另外幫他想想辦法，只是忍著笑這麼說。艾克哈特更一臉莫名滿足地點頭道：「我也很期待聽到斐迪南大人的演奏。」

……再這樣下去，不就只能如羅潔梅茵所說地彈奏飛蘇平琴了嗎？

儘管斐迪南反覆尋思，卻想了好幾天也沒想到其他好方法，就這麼抵達亞倫斯伯罕的貴族區。亞倫斯伯罕比艾倫菲斯特要溫暖得多，明明冬季的社交界就要開始，天氣卻彷彿正值秋季中旬。

「斐迪南大人，歡迎。」

到了城堡，出來迎接他的是未婚妻蒂緹琳朵。她的容貌像極了薇羅妮卡。單憑這一點，斐迪南就對她感到極度抗拒。再加上她的個性還任性妄為，做事毫不考慮後果。從她待在艾倫菲斯特的那段時間，斐迪南便已有深刻體會。今後他必須牽制她，並與喬琪娜周旋，才能守護艾倫菲斯特與齊爾維斯特。

「艾倫菲斯特與齊爾維斯特，就託付給受到時之女神指引的你了。」

忽然間，斐迪南耳邊響起了父親最後說過的話語。在他答應父親的同時，包覆住自己的魔力也消失了。然後是放回自己掌心裡的小小魔石、緊握著自己的削瘦指尖，以及將一切託付給他的金色眼眸……一幕幕斐迪南都還清楚記得。

「我一定竭盡所能守護到底。」

斐迪南對著已故的父親起誓，向他伸出手來的蒂緹琳朵則是嫣然微笑。

「看來你非常明白自己的身分，我很是欣慰呢。」

離別後的冬天生活

難以填補的空虛

領主辦公室內，充斥著筆尖劃過紙面的聲響，與互相徵詢的悄聲交談。

「奧伯・艾倫菲斯特，請簽名。」

我接過文官手上的整疊資料，確認過後簽下名字。眼前的光景雖然一如往常，但自從斐迪南走了，工作量一口氣大幅增加。再加上只要我想稍微休息久一點，近侍們無不橫眉豎目，就彷彿監視自己的人變多了，讓我快要喘不過氣來。

「奧伯，這份資料請您過目。」

文官走進辦公室後遞來一份文件，是來自基貝的陳述書。

「嗯，這個……」

交給斐迪南──話還沒說完，我趕緊把後半句吞回肚裡。人都不在了，我是想交給誰？已經這麼多天過去了，居然還是下意識地想把工作交給斐迪南……我一邊自我解嘲，一邊看起文件。至今來自基貝的陳述書都由斐迪南負責查閱，除非是非常重要的事情，否則他都會幫我處理掉。

……這下該怎麼辦？

基貝呈交的陳述書中，有的案件重要到必須由領主負責處理，有的則瑣碎到只要核對過即可。這次收到的陳述書屬於後者，只要聯絡負責文官、核對過這件事就好，但如果所有陳述書都要由我來處理，實在非常浪費時間。今後，需要有人能幫我分擔這類瑣碎的工作。其實斐迪南甚至幫忙做了領主該做的工作。而那些本來就是我的工作，所以我自行攬下即可，但斐迪南以領主一族之身分負責的工作，又該怎麼辦才好？他入贅過去後，很難有人能填補他的空缺。

「波尼法狄斯在嗎？我想請他幫個忙……」

總之，我先向波尼法狄斯辦公室裡的文官送去奧多南茲。波尼法狄斯是我的伯父，雖然曾以年紀為由一度引退，但現在仍以領主一族的身分幫忙處理公務，聽說往後還會幫忙指導領主候補生。我想，他其實只是想要有更多時間能與孫女羅潔梅茵接觸，但如今艾倫菲斯特領內的成年領主一族太少，有人願意幫忙，我自然非常歡迎。

「目前波尼法狄斯大人在騎士訓練場，不在辦公室。他說要在羅潔梅茵大人去貴族院之前，好好訓練見習騎士們。」

由於見習騎士們的合作能力在去年的迪塔比賽上有所提升，羅潔梅茵為此大力感謝波尼法狄斯：「都是多虧了祖父大人呢。」所以為了在接下來的領地對抗戰也能得到孫女稱讚，波尼法狄斯似乎已經完全不受控制。

「因為今年原本預計由斐迪南大人留守，波尼法狄斯大人去貴族院觀看領地對抗戰，結果斐迪南大人卻得提早出發，打亂了原定計畫吧？因此他說至少要得到羅潔梅茵大人的稱讚，否則實在虧大了……而且聽說騎士團長他們正在開會，沒有人能夠阻止他。奧伯願意阻止他嗎？」

奧多南茲飛回來後，文官以夾帶苦笑的聲音這麼說道。我也知道波尼法狄斯有多麼期待與羅潔梅茵一同觀看領地對抗戰，所以要是他想藉著訓練拿騎士們出氣，我可不想主動送上門。再者文官說了，騎士團長他們正在開會。既是如此，波尼法狄斯肯定正負責引開騎士的注意，不讓他們聽到有關肅清行動的任何消息。

「雖然我很想請他來幫忙處理公務，但顯然會被拒絕，我也不想聽他一直向我抱怨。幫我跟他說，就訓練到他滿意為止吧。」

我小心著不讓語氣帶有不自然的僵硬，送出奧多南茲。畢竟身邊有太多絕不能讓他們知道冬季有肅清行動的人了。小心一點總是不會錯。其實，這次的肅清行動原本也是由斐迪南負責指揮。因為若想隱瞞這起計畫，最與舊薇羅妮卡派保持距離的他是最適合的人選。結果現在負責指揮的人突然撤換，騎士團長卡斯泰德也是一個頭兩個大。到處都有斐迪南離開後留下的空缺，所有人都在努力填補。每當感受到這一點，我就重新體會到自己的異母弟弟有多麼重要。

「若波尼法狄斯大人不在，這些資料該怎麼辦呢？」

「……交給韋菲利特試試看吧。」

我向將成為下任領主的兒子送去奧多南茲。聽到我要交代給他新工作，韋菲利特興沖沖地趕來。

「抱歉在你忙著學習的時候把你叫來。」

「沒關係。反正學科我都已經預習完了，印刷業那邊的業務也能交給夏綠蒂。身為下任領主，只有我能做的工作更加重要。」

一眼就能看出兒子有多麼興奮期待，我強忍下想笑的衝動。韋菲利特和我真是太像了。以前父親要交代新工作給我時，我也會非常開心，覺得自己被當作大人看待。但是我也知道，新的工作雖然充滿新鮮感又有趣，但那只是因為對未知的事物充滿期待，一旦成為熟悉的日常生活，工作就會變得非常無趣。

……無論如何，有幹勁總是好事。

韋菲利特容易失去耐心，因此需要留意的是，得在他感到厭煩前不斷把新工作丟給他，讓他能持續吸收。雖然以年紀來看還有些太早，但也許該試著把領主的工作交代給他，作為教育的一環。

……因為死亡總是毫無預警到來。

父親大人死後，我接下領主之位時，年紀遠比自己預期的還要年輕。頭一次參加領主會議時，也沒有一個領主的年紀比我還小。至於領主該做的工作，更是沒有徹底做好交接，都是由波尼法狄斯在旁邊指導、協助我。

……倘若我在與父親大人同樣的年紀離世，情況會是如何？

以波尼法狄斯現在的年紀，他什麼時候離開人世都不奇怪。原本就算韋菲利特年紀輕輕便接下領主之位，也有斐迪南從旁輔佐。然而，如今斐迪南已經不在了。僅靠芙蘿洛翠亞一個人，有辦法把領主的工作交接給韋菲利特與羅潔梅茵嗎？儘管她肩負著第一夫人的職責，領主的分內工作卻從未接觸過，想必在諸多方面都會遇到困難。考慮到往後的種種可能性，最好還是提早把領主負責的工作都大概教給韋菲利特吧。

「父親大人，那我要做什麼呢？」

「這是基貝呈交的陳述書，你要負責向這裡的文官取得回覆。」

我把陳述書交給韋菲利特。既然文官近侍們也在旁陪同，應該不會在城堡裡迷路、沒能取得應有的回覆吧。韋菲利特帶著自己的近侍們，面帶燦笑離開領主辦公室。

……就算交代了新工作給他，斐迪南也不曾露出那樣的表情。畢竟那小子打從以前開始就沒有可愛之處。

比自己小五歲的異母弟弟，從小便擅長隱藏情緒。我微微閉上雙眼，馬上就能回想起初次見到斐迪南時的光景。

◆

晚餐席間，聽到父親大人帶了一個新弟弟回來時，母親大人顯得極其不悅，但我並沒有多加留意。因為自己一直以來只有姊姊，能有同性的弟弟讓我非常興奮。

我不斷思考著身為兄長，自己應該怎麼表現，還向卡斯泰德與黎希達尋求意見。

「照您現在這副樣子，恐怕無法當個令人尊敬的哥哥唷。」

聽了黎希達也稱得上是恫嚇的回答，我為了當個好哥哥，開始拚命努力。還下定決心要好好疼愛弟弟，不要像喬琪娜姊姊大人那樣，對待弟弟妹妹那麼惡劣。

「齊爾維斯特，他是斐迪南。今後將在北邊別館與你一起生活，也將負責協助你。你們兄弟倆要好好相處。」

父親大人如此介紹的異母弟弟，有著一頭齊肩的水藍色頭髮。由於他的五官非常精緻，看起來簡直像是女孩子。要是穿上女裝，我絕對分辨不出來。斐迪南沒有笑，只是恭謹有禮地說出旁人教他的問候語。現在回想起來，可以知道那其實是他非常警戒的表情。

但是，當時我以為他只是緊張而已，所以本著好意想讓他放鬆下來，便自以為是地拉著斐迪南到處跑。

「我是你哥哥，不要叫我齊爾維斯特大人，應該要叫哥哥大人。」

「你也把頭髮留長吧。就可以和我一樣。」

「身為哥哥，我來指導你吧。你要練飛蘇平琴嗎？」

然而，儘管斐迪南的態度有所軟化，母親大人卻徹底無視他的存在。對於母親大人極力不與他接觸的反應，我十分不解。

……忘了是什麼時候，我們終於發現母親大人會在我與父親大人看不見的地方，極盡所能地欺負斐迪南，只為了將他排除……

甚至黎希達與卡斯泰德前去解救斐迪南的次數，也已經不是一次兩次。儘管我與父親大人都要求母親大人停手，卻使得她的態度更加強硬，對斐迪南的欺凌也變本加厲。

「母親大人，您為何要這麼做?!」

「齊爾維斯特，那孩子只會威脅到你，必須趁早加以排除才行。男性領主候補生有你一個人就夠了。」

由於母親大人根本不聽我們的勸阻，我與父親大人商量過後，決定盡可能不讓她與斐迪南碰到面。

不過，這種生活也只持續到斐迪南升上三年級為止。因為成績優秀的斐迪南，希望冬天以外的季節也能留在貴族院，修習文官以及騎士課程。由於這樣一來，就必須僅為斐迪南一個人打開宿舍，還得安排下人與近侍，因此遭到母親大人回絕。然而，父親大人不顧母親大人的反對，答應了斐迪南的請求，以隔開兩人為優先考量。父親大人做了這個決定以後，斐迪南便只有在接到傳喚的時候才會返回艾倫菲斯特，一年有大半時間都留在貴族院。

……而且偶爾能見到一面的斐迪南看來過得很好，我也就放心了。

我以為只要他待在貴族院，一切就不用擔心。也以為只有斐迪南回到領內的時候需要留意母親大人的動向，卻沒想到就連貴族院的舍監也遭到刁難。最主要是，自己也開始因為婚事的關係常與母親大人起爭執，注意力全轉移到了婆媳問題上。我當時優先考慮的，都是與芙蘿洛翠亞的婚事，以及要怎麼讓母親大人不干涉我們的婚後生活。

而婚後愉快幸福的生活，僅僅持續了數年。本以為父親大人只是生了一場小病，豈料他卻遲遲沒有康復，身體反而越來越虛弱。與此同時，我的工作量也不斷增加。當時的我光是面對這些，就已經分身乏術，所以即使讓偶爾回領的斐迪南幫忙處理公務，也不覺得有任何不妥。畢竟他可是每年都獲得了最優秀表彰，連戴肯弗爾格那樣的大領地都有意納他為婿，還為了研究魔法完全不回領地來。所以我一直以為，斐迪南在貴族院那裡過得非常逍遙自在。

然而，父親大人死後，勉強維持著的安穩生活便瓦解了。在我不知道的時候，斐迪南的入贅一事早已告吹，母親大人更抱著近乎瘋狂的執念想要排除斐迪南。但是，斐迪南的實力可是強到他能在貴族院連年獲選為最優秀者，他如果真心想要反抗，被排除的反倒是母親大人。

……不管是母親大人還是斐迪南，我都不能失去。

於是我勸斐迪南進入神殿。斐迪南當然重要，我也非常重視自己與父親大人的約定，也就是「與斐迪南一起守護艾倫菲斯特」，但我實在無法輕易捨下自己的母親。因為父親大人死後，母親大人依然是我最強大的後盾，也是與自己骨肉相連的親人……

母親大人在孩提時期便失去母親、失去親生哥哥，親生弟弟還被送入神殿；而親生父親因為更寵愛萊瑟岡古出身的夫人，所以她與父親的關係也稱不上好。因此儘管親生弟弟待在貴族皆不屑一顧的神殿裡，她依然對他十分疼愛、保有往來，更對第二夫人與異母兄妹深惡痛絕。對於是她親生兒子的我以及孫子韋菲利特，她可說是關懷備至；但對於與自己沒有血緣關係的斐迪南，她卻憎恨異常。

儘管斐迪南進入神殿、遠離了貴族社會，母親大人對他近乎瘋狂的敵視依舊沒有消失。最終她犯下了難以包庇的罪行，被關入白塔，斐迪南則是重新回到貴族社會。

◆

「齊爾維斯特大人，你的臉色越來越糟了呢。」

上了床鋪，近侍們的氣息一稍微遠離，我總算覺得可以自在呼吸。整個人放鬆下來後，芙蘿洛翠亞溫柔地輕撫我的額頭。

「你再內疚下去，只怕斐迪南大人會生氣喔？因為那位大人可是為了保護你，也為了守護艾倫菲斯特，才前往亞倫斯伯罕。」

擔心地注視著自己的藍色雙眼，與緩緩撫過額頭的指尖，都讓我眼眶一熱。

……為了守護艾倫菲斯特嗎……

仗著與父親大人的約定，我一直以為斐迪南會永遠在自己身邊。也以為藉著不斷提出任性要求，就能讓他感到被人需要。

……結果，我卻沒辦法做得像羅潔梅茵那麼好。

我打從心底慶幸有羅潔梅茵在。就連自己，也覺得當初收她為養女真是再睿智不過的決定。在斐迪南為了逃離母親大人而進入神殿後，我很高興如今他能有個擔心掛懷的對象，他一邊嫌麻煩一邊細心照顧羅潔梅茵的模樣也很有意思。最重要的是，羅潔梅茵還以平民特有的方式走進了斐迪南心裡，接連揭開他一直瞞著我的秘密。此外不管是母親大人的所作所為、韋菲利特需要改正的地方，還是斐迪南其實一直在逞強，若沒有羅潔梅茵明白指出，我根本不會發現。

……這麼說來，聽說羅潔梅茵也憔悴了不少。

我想起黎希達的報告。斐迪南是羅潔梅茵在貴族社會裡最信任的人，也受到他最多庇護。恐怕內心感受到的失落會比我還要強烈。

……羅潔梅茵心裡肯定也覺得空了一個大洞吧。

她一定也和我一樣，覺得自己心裡有個重要的角落變得空蕩蕩的。不光是斐迪南，我也沒能保護好羅潔梅茵。明明我是哥哥，卻保護不了弟弟，反而還是弟弟一直在保護我。這讓我非常懊悔不甘。

「……斐迪南走了以後，感覺所有一切都空了一個大洞。」

我遷怒似地低聲嘟囔，用力摟緊芙蘿洛翠亞。她只是聽著我亂發牢騷，張手環抱我的背，安撫地溫柔抱緊。

「事情還沒有結束唷。請將你的不甘化為魔力，儲存下來吧。你必須變強到有辦法與喬琪娜大人對抗才行。我會一直守在齊爾維斯特大人身邊。」

「……從明天開始，我會照妳說的去做。」

靠在妻子溫暖的懷抱裡，我不省人事地沉沉睡去。

在亞倫斯伯罕的新生活

我們一抵達亞倫斯伯罕，冬季的社交界馬上就開始了。麻煩的是，奧伯・亞倫斯伯罕竟然在我們抵達前亡故。斐迪南大人本來還想與貴族們建立交情，如今卻沒有人能居中牽線，讓我不由得慶幸，幸好在來城堡的一路上，我們與萊蒂希雅大人及她的近侍多少建立起了良好關係。當初向艾倫菲斯特送出緊急信函時，奧伯似乎就已是病危狀態，所以想把斐迪南大人喚來填補奧伯的空缺，這才是真相。

奧伯登上遙遠高處後，身為繼承人的蒂緹琳朵大人也就無法來境界門迎接，於是改由與艾倫菲斯特關係最為深厚的喬琪娜大人當代表，然而聽說丈夫的離世讓她傷心過度，半路上便病倒了。最終是臨時把萊蒂希雅大人找來，她趕緊坐上近侍的騎獸追上馬車，然後以代表的身分前來迎接。

……雖然喬琪娜大人這番話我是完全不相信。

為了讓自己能成為下任領主，喬琪娜大人是位不惜付出努力的人，還會設下各種圈套陷害對手，鞏固自己的地位。就算有人告訴我，她現在仍想得到艾倫菲斯特，我也會毫不懷疑地相信。因為她的執念就是這般深沉且可怖。

從小我就喜歡蒐集情報。因為是自己的興趣，所以對我來說無論哪個情報都一樣重要，只不過看在他人眼裡大概會覺得良莠不齊。從不值一提的，到非常重要的情報都有。

對於我蒐集來的情報，喬琪娜大人評論道：「情報的準確度太低，一點用也沒有。」聞言，我再也沒有想向她分享自己情報的心情，也徹底打消了服侍她的念頭。

偏偏喬琪娜大人與我是同年級生，母親大人與姊姊大人又都是她的侍從，我還在兒童室時她便說：「為了服侍我，你會修習文官課程吧？因為尤修塔斯是男性，你若修習侍從課程可當不了我的侍從喔。」

……這樣啊，既然如此……

於是我決定修習侍從課程。畢竟母親大人與姊姊大人都已經在喬琪娜大人身邊當侍從了，我不認為自己還有必要去服侍她。只不過我無視喬琪娜大人的忠告，選擇了修習侍從課程後，她便說著：「尤修塔斯是叛徒，我無法信任你。」從此對我的態度變得盛氣凌人。

當時的我並不知道，在我選擇要修習哪個課程的那個時期，正好因為齊爾維斯特大人出生，母親大人有可能被調去服侍他。喬琪娜大人似乎以為我會選擇侍從課程，就是為了要去服侍自己的弟弟，而不以文官的身分服侍她。

說句實在話，我根本不在乎她的想法。因為兩邊我都不想跟隨。一個是為了有領主候補生的樣子，表面上裝作是嫻雅端莊的淑女，內心卻潛藏著狂風暴雨般的情感，不擇手段也要擊倒敵人的喬琪娜大人；一個是明明三歲之前體弱多病、常常臥病在床，卻在身體變好後，活蹦亂跳到教人不敢恭維的齊爾維斯特大人。他們兩人都沒有讓我興起想要跟隨的念頭。

「尤修塔斯，幫我泡壺茶吧。」

「遵命，斐迪南大人。」

讓我不惜獻名也想侍奉他的，便是斐迪南大人。他是個好主人，既能妥善活用我提供的情報，也允許我保有適度的自由。縱使前任領主的第一夫人薇羅妮卡大人一直打壓斐迪南大人，試圖將他排除，但他都能巧妙化解危機。諷刺的是，斐迪南大人能夠這般懂得隱忍、小心謹慎、勤勉好學，集諸多優點於一身，好巧不巧可說是薇羅妮卡大人一手造成的。

「賽吉烏斯，能麻煩你帶我去廚房嗎？」

賽吉烏斯是到了亞倫斯伯罕後派給斐迪南大人的侍從。我叫住他，請他教我怎麼去廚房。趁這個時候，我也得把斐迪南大人的飲食喜好告訴他。

「現在因為住在客房，不得不到廚房去，得多花一些時間。但等到斐迪南大人與蒂緹琳朵大人舉行完星結儀式，就能搬進本館奧伯的居住區域，屆時就輕鬆多了。」

目前斐迪南大人入住的是客房。因為尚未正式成婚，斐迪南大人不能進入本館當中奧伯起居室所在的區域；等星結儀式結束，才能夠搬進去。這本是理所當然的事情，所以我們也毫無怨言。

……但是，星結儀式究竟會在何時舉辦呢？

短時間內可以肯定的是，春天的領主會議上將報告奧伯亡故一事，並由下任領主繼任。但是，還不確定是否會同時舉行星結儀式。因為蒂緹琳朵大人還有一件更重要的事情，那就是將基礎魔法徹底染上自己的魔力。

……待在貴族院的時候既無法做這件事，而且怎麼看肯定是斐迪南大人的魔力更強大吧。

現在基礎魔法上，應該仍留有著已故奧伯．亞倫斯伯罕的魔力。兩人既是父女，魔力應該十分相似，操控起來不會有太大的困難吧。但一旦結了婚，夫妻兩人的魔力就會互相影響、融合。在斐迪南大人魔力的影響下，很有可能與奧伯的魔力產生排斥反應，因此為免發生這種情況，有可能將婚事往後延。

「這條通道是給下人使用的，但也是通往廚房的捷徑。」

賽吉烏斯和顏悅色地這樣說道，中途使用了下人們在行走的路線，以最短路徑前往廚房。我邊把路線記下來，邊豎耳傾聽正忙進忙出的下人們的對話。

冬季期間我最主要的工作，就是釐清貴族間的關係與蒐集情報。斐迪南大人也囑咐過我，要盡可能蒐集到有關喬琪娜大人的消息。現在因為奧伯．亞倫斯伯罕離世，必須為了下任領主將領主的居住區域清空，所以聽說喬琪娜大人正忙著搬遷。這段時間下人們會頻繁進出，正是喬裝潛入的大好機會。

不過，準備上還是得花點時間。首先我得學會這裡的口音。會在貴族院以及領主會議等場合上進行交流的貴族們，口音幾乎沒有差異，但如果想混入平民擔任的下人裡頭，就需要學會他們的口音與特有的說話方式。聽起來好像與艾倫菲斯特平民區的居民不太一樣，只能重新學起。不過，手勢之類的動作看來可以沿用。我一邊探路，一邊觀察周遭下人的言行舉止。

……不過，這下可棘手了。竟然連下人也有制服嗎？

看樣子若不設法取得下人的制服，也無法喬裝潛入。抵達城堡的時候，我也向喬琪娜大人道過問候，她還對我說：「沒想到會在這裡遇到你呢，尤修塔斯。古德倫沒有一起過來嗎？看來是無法在這裡見到她了，感覺真是有些寂寞呢。」

言下之意是在警告我，我要是男扮女裝四處走動，她馬上就會發現。由於喬琪娜大人很清楚我在貴族院時過得有多麼率性而為，情況真是有些麻煩。

「對了，斐迪南大人。您不練習飛蘇平琴嗎？」

我遞出茶杯，向斐迪南大人這麼問道。

來這裡的一路上，每到投宿地點，斐迪南大人便會面色凝重地嘀咕說：「到底有沒有什麼好辦法……」但最終他好像還是想不到能有效招攬同伴的方法。他也向我徵詢了幾次意見，但我個人認為大小姐提議的彈琴已是最為有效的法子，所以早就放棄思考這個問題。

如今奧伯驟逝，我們應該盡快拉攏到同伴，偏偏斐迪南大人不善與人接觸，做事又一板一眼。只要是自己該做的事情，他一定做到無懈可擊，卻也因為太過重視效率，並不怎麼顧慮他人感受。然而，這樣的斐迪南大人一彈起飛蘇平琴來，琴聲卻優美動人，歌聲更能打動人心，就連貴族院時期也有不少人盼著聽他彈琴。我想這應該有助於讓亞倫斯伯罕的人卸下心防吧。相信可以打動諸多女性，讓她們留下一些好印象。

……大小姐真是太了解斐迪南大人了。

我輕笑一聲後，斐迪南大人的表情顯得有些不高興。大概是只能採納大小姐的建議，讓他相當懊惱。

「斐迪南大人的琴藝可是出了名的，我也很希望能有機會聆聽。」

賽吉烏斯似乎曾同時與斐迪南大人一起就讀貴族院，還是自願前來擔任侍從。儘管目前還不能完全信任他，但他眼裡確實滿是對斐迪南大人的尊敬與仰慕。

據賽吉烏斯說，亞倫斯伯罕內也有人知道斐迪南大人的能力優秀，因此很歡迎他來幫忙處理公務。高層似乎都覺得，領主的工作對蒂緹琳朵大人來說負擔過重。那麼若能稍微得到這些人的支持，對我們應該很有幫助。

「既然斐迪南大人往後要指導萊蒂希雅大人，我想展現您出眾的能力，也是有效的方法之一。那您要在開場宴上演奏嗎？還是另外找個時間？」

賽吉烏斯也努力勸說。斐迪南大人死心般地嘆了口氣，答應在開場宴上彈奏飛蘇平琴。

「我練一會琴，你們退下吧。」

「遵命。」

斐迪南大人還要對大小姐送給他的新曲進行改編。幫忙準備好所有東西後，我們告退離開。隨侍在側的，只剩下護衛騎士艾克哈特。

隨後我花了點時間整理行李與自己的房間，同時也不斷思考著究竟該怎麼做，才有辦法取得下人的制服。

「賽吉烏斯，我去收拾茶水。」

「一起去吧。因為現在還不能讓你單獨行動。」

看來賽吉烏斯也負責監視我。「那太好了，因為我不擅長認路。」我這樣回道，讓賽吉烏斯拿著茶具，自己則拿著茶壺這類比較有重量的物品。接著經由剛才走過的下人通道，前往廚房。

……雖然我也不太想這麼做……

下人們全都退到牆邊，方便貴族通過時，我將茶壺裡殘留的茶水與手上的蜂蜜灑在其中一人身上。

「抱歉！因為手臂不小心碰到了。」

「沒、沒沒、沒關係，只要洗乾淨就可以了，請您不必介懷。」

「是啊，尤修塔斯。你不用放在心上。」

賽吉烏斯表示，是沒能徹底避開的下人不好。聞言，我嚴厲地板起臉孔反駁。

「不行，在艾倫菲斯特發生這種事情時，即便是貴族也該負起責任。這裡雖是亞倫斯伯罕，但這麼做會讓我良心不安。賽吉烏斯，能麻煩你接著收拾茶水嗎？我得去向他的上司說聲抱歉。」

「我想這倒不必……」

「不然等我們收拾好後，你願意陪我一同前往嗎？」

「……好吧，我陪你一起過去。」

大概是奉命不能讓我單獨行動，賽吉烏斯有些厭煩地嘆了口氣後，答應帶我去找管理下人的負責人。

「雖然得帶著你到處跑，但麻煩你跟我們一起來吧。我得向你的上司致歉，然後請他再發一套新制服給你。否則你現在這樣無法工作吧？」

貴族說的話，下人不可能違抗。我強行做出決定後，先到廚房收拾好了茶具，再與賽吉烏斯以及誠惶誠恐的下人，一同前往管理下人的單位，說明了事情始末並道歉，最後來到分發制服的單位。

「你身為貴族，沒必要為下人做到這種地步。」

「但這樣我會良心不安，斐迪南大人也會為此怪罪我。」

我面帶笑容如此堅持，道完歉付了錢，請對方發了一件新制服給那名下人。

……看來領取新制服時，不會問名字和確認長相。這樣的話只要找貴族同行，再由貴族付錢就沒問題了吧。

了解了新制服的領取流程後，過沒幾天我與斐迪南大人以及艾克哈特打好商量，讓他們指派了工作給賽吉烏斯，自己則趁著沒人監視的時候假扮成下人。我不只變了髮色，也稍微改變自己的容貌，然後讓頭髮與身體都顯得有些髒兮兮的，再把樣式類似下人制服的衣服弄髒。

「艾克哈特，你帶著這個，再去領取一件新制服。」

「是！」

我請斐迪南大人簡單寫了幾行字以示同意，便與艾克哈特一同前往發放制服的單位。艾克哈特付錢說道：「因為我良心過意不去，也不想被斐迪南大人怪罪。」然後拿出有著斐迪南大人字跡的木板，順利領到了新制服。

「你們這些艾倫菲斯特來的客人還真奇怪。一般哪有閒工夫去體恤每個下人。」

「不，因為在艾倫菲斯特，有著就連孤兒也會盡心照顧的聖女在。我們若隨便對待下人，主人會生氣的。」

聽艾克哈特這麼說，管理下人的負責人露出苦笑說：「有這位聖女大人在，那還真是辛苦哪。」然後遞來新制服。

「真的非常感謝您的費心。那我回去工作了。」

取得下人的制服後，我當場向艾克哈特道謝並告退，馬上開始探索下人用的通道，前往喬琪娜大人所在的離宮蒐集新情報。

混在下人間邊工作邊蒐集情報後，我躲進下人專用的置物間，換回侍從制服。接著用洗淨魔法洗去身上髒汙與染在頭髮上的顏色，若無其事地回到斐迪南大人的客房。

「尤修塔斯，你上哪兒去了？」

「噢，賽吉烏斯。你沒問斐迪南大人嗎？」

「他說你去了調合室，但我沒在調合室見到你。」

「啊，那我們剛好錯過了吧。因為我調合完回復藥水，又去了廚房。」

這不全是謊話。到了廚房以後，我還剝了考夫薯皮。待在廚房的下人，大多是很愛閒話家常的女性，所以收穫頗豐。

我避重就輕帶過賽吉烏斯的追問，將茶杯遞給斐迪南大人。

「飛蘇平琴的新曲已經完成了嗎？」

「嗯，明天將首次公開演奏。」

斐迪南大人輕笑說道。看來他對完成的新曲很有自信，這下不用擔心了吧。我正如此心想時，斐迪南大人找了賽吉烏斯看不到的位置，悄悄在茶具後方放下防止竊聽用的魔導具。我假裝放下茶食，火速拿起魔導具握進手心。

「賽吉烏斯，麻煩你去做沐浴準備。我想在用晚餐前沐浴完畢。」

「遵命。」

賽吉烏斯立即轉身離開後，斐迪南大人輕聲道：「快報告。」此刻在這間房裡的，只有斐迪南大人、艾克哈特與我而已。平日裡在我們身邊打轉的耳目比預期要多，想要暗中報告消息並不容易，所以絕對不能浪費任何時間。為了讓賽吉烏斯在回到房裡時也看不出我們正在交談，我一邊整理桌子與床鋪，一邊開始報告。

「這裡的人似乎都對艾倫菲斯特沒有什麼好印象。普遍認為，艾倫菲斯特明明是現在第一夫人喬琪娜大人的出身地，卻一點也不願意提供協助。」

大多數人都十分同情喬琪娜大人，說她自從嫁過來，艾倫菲斯特的領主換了人以後，接收到的援助少之又少。反觀艾倫菲斯特明明得到了人稱聖女、魔力豐富的養女，卻只顧著提升自己領地的排名，完全不對他們施以援手，簡直豈有此理。

「薇羅妮卡大人相當重視與亞倫斯伯罕的交情，應該撥了不少預算才對……究竟是誰在胡亂造謠？」

「多半是因為艾倫菲斯特正好能讓眾人發洩不滿吧。」

「大概吧。此外，喬琪娜大人派系裡的人，似乎有很多原先都是跟隨前第二夫人。因為原先的第一夫人與第二夫人處得並不好，當時還是第三夫人的喬琪娜大人，是與擁有繼承人的第二夫人走得比較近。」

然而後來第二夫人遭到處刑，繼承人們也就此失勢，第一夫人則是藉由收養外孫女，得到了繼承人。聽說第二夫人派的貴族便直接轉為投靠喬琪娜大人。

「除了不喜歡第一夫人，另外也是因為他們認為，從多雷凡赫收養來、預計成為繼承人的養女萊蒂希雅大人太過年幼。最主要的理由還是在於魔力不足吧。在領主候補生變少、難以維持魔力供給的情況下，能為小聖杯提供魔力的神官又被調去中央，領內能運用的魔力大幅減少。後來竟然又奉命管理舊孛克史德克，領地範圍更是擴張。」

甚至還因為國王未持有古得里斯海斯，無法重新劃分領地界線，只是交由他們負責管理。可想而知負擔會無比巨大。

「聽說對於政變後分得的舊孛克史德克領，第一夫人並沒有投注太多心力，而是優先充實根基所在的亞倫斯伯罕。就在這種情況下，喬琪娜大人不知是如何辦到，為孛史克德克的小聖杯籌措到了魔力……於是因為這件事情，第二夫人派的貴族與舊孛克史德克領的居民，都相當敬仰喬琪娜大人。」

「嗯，就是前任神殿長曾帶回神殿，那些不知從何而來的小聖杯吧。」

斐迪南大人環抱手臂，緩緩吐氣說道。我邊以眼角餘光看他，邊檢查床鋪當中是否藏有危險物品。

「人們都說，奧伯・艾倫菲斯特明明將魔力豐富的聖女收為養女，擁有了充沛的魔力，卻不願答應喬琪娜大人的請求，實在可惡至極。儘管我們的魔力也沒有非常充沛，但對於舊孛克史德克領的居民來說，小聖杯的有無會直接影響到他們的死活吧。」

「為亞倫斯伯罕領內的事情來拜託艾倫菲斯特，本就不合常理，但曾經能得到的援助突然被斷絕，會有這些怨言也是無可厚非吧……」

喬琪娜的勢力竟發展到了這種地步。斐迪南大人臉色凝重地這麼說著，陷入沉思。

「喬琪娜大人雖有第二夫人及孛克史德克派的支持，但與擁戴萊蒂希雅大人為繼承人的第一夫人派，勢必很難保有友好關係吧。對於萊蒂希雅大人將在成年後成為奧伯一事，離宮附近的人似乎都對此不太能苟同。我甚至曾聽人說，明明有蒂緹琳朵大人在，根本沒有必要再把萊蒂希雅大人視為繼承人。我總覺得，大部分人好像都不曉得這是已故奧伯的希望以及國王的命令。必須立即向您稟報的，大概就是以上這些了。至於誰與誰走得近、哪裡的蔬菜新鮮好吃，這些細節日後再向您報告。」

在我報告到一半的時候，斐迪南大人站起來。似乎是賽吉烏斯做好沐浴準備了。

「尤修塔斯，這些魔導具就由你管理。」

「遵命。」

冬季社交界的開場宴上，斐迪南大人以感謝眾人的歡迎為由，彈奏了飛蘇平琴。他先彈了幾首在尤根施密特早已耳熟能詳的歌曲，再從由大小姐作曲、他自己加以改編的歌曲中，挑了幾首為眾人演奏。

最新的那首曲子，內容在思念遙遠的故鄉。

結果完全如大小姐所料，女性貴族們全聽得如痴如醉，似乎一下子就接納了斐迪南大人的到來。演奏結束後，斐迪南大人更被女性包圍，紛紛邀請他出席冬季社交界的聚會。今年冬天能拉攏到多少同伴，可說是重要關鍵。我們必須盡可能接受邀請，與人建立交情。

「斐迪南大人的琴藝還是和當年一樣精湛哪。該不會自貴族院畢業後，您比迪塔的能力依然毫無退步吧？」

「……不，還是退步了。去年與海斯赫崔對打，我也僅是險勝而已，但當年可是贏得遊刃有餘。」

「您又與海斯赫崔大人比了迪塔嗎?!他可是戴肯弗爾格的現任騎士，這代表您的能力根本沒有退步嘛。」

亞倫斯伯罕的騎士們無不發出驚嘆。斐迪南大人看著他們，露出無畏笑容。與斐迪南大人年紀相仿的貴族們，皆稱讚他的琴藝出色依舊，順勢說起從前比迪塔時斐迪南大人的表現有多麼優秀，漸漸地眾人的眼神開始有所改變。不再帶有輕視，覺得斐迪南大人不過是「來自艾倫菲斯特這個下位領地的領主候補生，不僅沒有母親，還進過神殿」。

「因為他是我的未婚夫嘛。」

這時，蒂緹琳朵大人「呵呵呵」地笑著，站到斐迪南大人身旁。

……啊啊，斐迪南大人臉上的笑意加深了。

面對不喜歡的對象，斐迪南大人總會露出這種笑容，我馬上檢查自己是否帶了胃藥。

忙碌的冬季生活

「柯尼留斯，你也太殺氣騰騰了。再不稍微掩飾，對方會發現的喔。」

今年的冬季社交界，與還在就讀貴族院時不同，我首次換上了成年騎士的裝扮。眼看開場宴即將開始，大禮堂內人聲鼎沸，萊歐諾蕾帶著甜美的微笑往我靠來，小聲這麼提醒。我緩慢地吐了口氣，從基貝・格拉罕身上別開目光。

坦白說，我真想馬上衝上去一腳踹飛他那張得意洋洋的臉孔，但現在還不是時候。而且這次與以往不同，不再是苦無證據，只能恨得牙癢癢。如今，我們已經有了能夠逮捕他的鐵證。要是被察覺異樣可就麻煩了。我努力擠出微笑，看向萊歐諾蕾。

「知道了，我會小心。但一想到這次一定要捉住他，心情就很難保持平靜。」

「是呀，會不由自主感到緊張呢。」

今年因為有肅清行動，知道計畫的騎士們即使看來平靜如常，眼神卻都十分銳利；舊薇羅妮卡派的貴族們則是熱絡地談論著曾在夏天來訪的喬琪娜一行人，以及前往了亞倫斯伯罕的斐迪南大人。該留意的事情還不少，比如警戒對象是否都出席了、我們的行動有沒有被發現。

「今年土之女神蓋朵莉希再度被生命之神埃維里貝隱藏起了蹤影。眾人一同祈禱春季盡快來臨吧。」

奧伯．艾倫菲斯特如此宣告後，宴會正式開始。然後他告知眾人，斐迪南大人已臨時提早前往亞倫斯伯罕，以及哈特姆特成了新任神官長，會在神殿輔佐羅潔梅茵。

奧伯說完，接著是洗禮儀式與首次亮相。今年在春天舉行了洗禮儀式的麥西歐爾大人，也參加了這天的首次亮相。而且麥西歐爾大人很喜歡羅潔梅茵彈的飛蘇平琴，平常都與她一起練習。

舞臺上，神殿長羅潔梅茵與新任神官長哈特姆特正在準備洗禮儀式。羅潔梅茵在哈特姆特的攙扶下，站上高一階的踏腳臺，朗聲說道：

「歡迎艾倫菲斯特今年的新成員。」

截至目前為止，羅潔梅茵都是交由斐迪南大人負責致辭與講述神話，但從今年開始她決定自己來，並使用擴音魔導具。她用著還十分稚嫩的嗓音，朗讀起神話。而且她刻意不用聖典，沒有打開，目的是想讓知道聖典被調換一事的人感到混淆。

「羅潔梅茵大人的神情也和以前有些不一樣了呢……黎希達曾嘀咕說過，感覺得出羅潔梅茵大人十分緊繃，所以非常擔心她。」

「這就表示與斐迪南大人分開，對她真的造成了很大的影響吧。」

斐迪南大人確定要離開艾倫菲斯特後，兩人曾單獨進入過神官長的秘密房間。自那天起，羅潔梅茵與斐迪南大人的關係就突然變了。羅潔梅茵開始會毫不猶豫地表達對斐迪南大人的關心，說話時兩人的距離也明顯比以前要近。由於擔任護衛時會貼身跟在主人身邊，確保主人安全，所以更能清楚感受到距離的變化。

不僅如此，兩人還互送對方禮物。因結婚等等的理由要離開領地時，送禮給關係親近的人是很常見的事情。這麼做還能順便清理掉手邊的物品。正因如此，聽到羅潔梅茵要在義大利餐廳請斐迪南大人用餐當作餞別禮物時，我實在難以理解。不過，只要想成和慰勞近侍一樣，她也想慰勞辛苦至今的斐迪南大人，這倒也沒什麼問題。

……因為後來又發生了更讓人難以理解的事情啊。

在義大利餐廳裡，羅潔梅茵與斐迪南大人竟然互相送了魔石護身符給對方。他們似乎沒有說好，都想給對方一個驚喜，但一般除非是過度保護的父母，否則根本不會贈送那般費工的護身符。羅潔梅茵找哈特姆特商量時，他居然也沒阻止，完全不是正常人該有的反應。

……如果只是普通的護身符，我也不會這麼心煩……

老實說，就算與蒂緹琳朵大人是奉國王之命的政治聯姻，自己根本不想結這個婚，但斐迪南大人送給羅潔梅茵的護身符，竟然還比送給未婚妻的訂婚魔石要上等且充滿魔力，這實在不應該。有那麼高品質的魔石，應該先送給未婚妻吧——這麼想的人想必不只有我。倘若羅潔梅茵不是小孩子，而是已成年的女性，旁人肯定會誤以為這是求婚。

「真沒想到斐迪南大人會把護身符做成那樣的髮飾，送給羅潔梅茵大人，當時我真是嚇了一跳呢。」

「雖然艾克哈特哥哥大人一直在說，斐迪南大人至今已經送過很多護身符給羅潔梅茵了，沒必要大驚小怪；還說他要送什麼東西、要送給誰，都不是旁人可以干涉的事情。可是以常識來看，這還是太離譜了吧？」

看到簪子上多達五顆的全屬性虹色魔石，還以帶有魔力的鍊子連接，當時在場完全不以為意的人，也就只有艾克哈特哥哥大人、尤修塔斯與哈特姆特而已。羅潔梅茵的其他近侍全都瞠目結舌。收到簪子的羅潔梅茵固然也很吃驚，但又有些不甘心地嘟囔說「竟然五倍奉還」，所以我想她的驚訝可能和我們不太一樣。

「話說回來，羅潔梅茵身上戴著那麼多斐迪南大人提供的魔石，韋菲利特大人難道沒有任何想法嗎？」

一旦結了婚、開始融合彼此的魔力，夫妻兩人的魔力特質會逐漸變得相似。生下來的孩子，也會受父母影響而擁有類似的魔力。正因如此，如果即將成為自己妻子的女性身上，竟環繞著父親以外的男性的魔力，都會感到很不愉快。即便對方的身分是監護人，但光是想像萊歐諾蕾身上佩戴著父親以外的男性給的魔石，我一定會非常不快，甚至想跟她說：「妳能馬上摘下來嗎？」

「他可能覺得就和至今的護身符一樣吧。因為韋菲利特大人多半從一開始便認為，羅潔梅茵大人由斐迪南大人保護是理所當然的事情。況且，以他現在的年紀還無法感知魔力，所以對於未婚夫這個身分，可能沒有什麼真實感吧。等日後兩人的關係有所進展，到了韋菲利特大人會感到不快的年紀，也許他就會自己贈送魔石給羅潔梅茵大人了。」

說完，萊歐諾蕾露出靦腆的微笑，手指輕輕按著胸口。

「而且站在女性的立場，若能將身上父親大人贈予的護身符，慢慢換作未來丈夫贈送的魔石，也會覺得很開心呢。」

萊歐諾蕾胸前，正戴著我送給她的訂婚魔石。突然間，我很想再做些其他護身符送給她。

「再者，現在若沒有斐迪南大人提供的護身符，確實會很麻煩呢。身為羅潔梅茵大人的近侍，還是先慶幸韋菲利特大人目前並不會感到不快吧。因為羅潔梅茵大人竟能給予那樣的祝福，實在教人不敢置信。」

聞言，我想起了羅潔梅茵之前給予的祝福。本人說過，那是因為斐迪南大人把宅邸的鑰匙給了她，讓她能改造成圖書館，她一時高興下就使用了滿溢而出的魔力。

但是那與她至今大喊著：「祈禱獻予諸神！」然後僅是釋出魔力的祝福不同，是使用思達普、畫了魔法陣的全屬性祝福。那個魔法陣就連斐迪南大人也說他不曾見過，只有神殿長才曉得。當時羅潔梅茵每唸出一位神祇的名字，其代表的貴色便綻放光芒，最終化作虹色的祝福光芒灑在三人身上。那幕光景讓人彷彿置身夢境，不由自主發出讚嘆。其實不只是我，在場所有人都發出了驚嘆。

那是我第一次親眼見到全屬性的祝福。我知道有這種祝福存在，但只在書裡看到過成功的案例，一般也沒有人會給予這種祝福；更何況一直以來我都認為，命屬性絕對會造成阻礙，讓祝福無法成功。但是看著那幅畫面，無人能夠否認羅潔梅茵不是聖女。連我也覺得，「簡直就像聖女降臨」。哈特姆特更是亢奮到讓人覺得很煩。不對，他好像到現在也還沒冷靜下來，所以依然很煩。

「……居然能夠給出那樣的祝福，沒有領地會不想得到艾倫菲斯特的聖女吧。雖然奧伯已經下令，要大家絕對不能洩露此事，但羅潔梅茵大人似乎有著情緒一激動，就會想要獻上祈禱、給予祝福的習慣。根本無法預測她會在什麼時候突然獻上祈禱，也不曉得會被誰目睹，結果被人盯上。」
之前在貴族院，羅潔梅茵也有幾次都情緒激動到想要獻上祈禱，但是強忍下來，結果就暈倒了。如今使用過尤列汾藥水，融解掉了凝固的魔力後，雖曾說過她不會再暈倒了，但可沒聽說她不會再釋出祝福。
「經妳這樣一說，不管是斐迪南大人想用圖書館把羅潔梅茵留在艾倫菲斯特，還是給予她虹色魔石製成的護身符，好像也不算是小題大作。想到我不能再跟去貴族院，真讓人擔心得要命。」
不只要擔心我們與舊薇羅妮卡派的孩子們關係會如何演變，也預測不了羅潔梅茵的行動，這點實在很恐怖。與他領的關係固然同樣令人擔心，但我更擔心的是王族。因為他們每年都會主動接近，今年一定還會發生什麼事情。
「我在貴族院會盡可能提高警覺。柯尼留斯，你還得學會艾克哈特大人說的那些事情吧？先把心力放在那邊吧。」
「是啊。我重新體認到了艾克哈特哥哥大人有多麼優秀。」
我輕輕聳肩。這幾年為了指導安潔莉卡學習，我開始用功讀書，也藉著羅潔梅茵的魔力壓縮法提升了魔力，還接受了祖父大人的嚴格訓練、獲選為劍舞舞者，在貴族院也連續得到優秀者的表彰。我自認為身為護衛騎士，已經很努力提升自身的實力，想不到與艾克哈特哥哥大人相比，我還差得非常遠。
「因為關於會出現在主人身邊的毒物，不是護衛騎士，而是侍從的分內工作呢。」

「但聽到他說為了保護主人，護衛騎士也應該知道不可，我也無法反駁。更何況，我不像安潔莉卡反應那麼迅速，也不像達穆爾可以細膩地操控魔力；既做不到優蒂特那樣的遠距離攻擊，更不像妳一樣在魔獸與戰術上擁有豐富的知識。」

乍看下我什麼都會，卻不管哪個方面都輸人一截。我並沒有可以挺胸說出「這點我絕不輸人」的特長。

「你也不用這麼沮喪，每件事都可以達到平均水準，我覺得這也完全算得上是優點喔。因為你一直很努力克服，不讓自己有不擅長的事情，這點很厲害吧？況且只看魔力的話，是柯尼留斯最多呢。」

萊歐諾蕾微笑著這麼安慰我說。有人在旁邊支持自己，肯定自己至今的努力，讓我有些鬆了口氣。

「萊歐諾蕾，等到了春天，要不要一起整理宅邸？像斐迪南大人把宅邸轉讓給了羅潔梅茵，艾克哈特哥哥大人也把他的宅邸讓給了我。」

那是艾克哈特哥哥大人與他已故的妻子海德瑪莉一同居住過的宅邸。由於他要前往亞倫斯伯罕，便轉讓給了我。

「只不過屋裡保留了一個房間，讓哥哥大人能放置重要物品。」

好像是因為在了解亞倫斯伯罕這個地方之前，真正重要的東西最好別帶過去。出發前，哥哥大人將他與海德瑪莉留有回憶的物品都放進了那個房間。當時他還依依不捨地摸了摸門扉，然後把門鎖上。

「啊，對了。蘭普雷特哥哥大人跟我說過，家具最好由較常在家的女性選擇……」

「柯尼留斯，艾薇拉大人不是告訴過你，應該要正式求婚以後，再邀請對方去自己的宅邸嗎？」

我要去告狀唷——萊歐諾蕾有些不滿地噘起嘴唇。然而，她藍色雙眸裡卻有著濃烈的調侃色彩，所以我知道她不會真的向母親大人告狀。

「不然就等妳參加完畢業儀式吧？」

「真期待呢。」

萊歐諾蕾「呵呵」笑著時，麥西歐爾大人開始演奏。他彈的是由羅潔梅茵作曲、斐迪南大人再加以改編的，獻給春之女神的歌曲。羅潔梅茵傾聽時，小臉流露出了懷念。

後來，洗禮儀式與首次亮相皆順利落幕。本來還期待著若看到羅潔梅茵都不打開聖典，會不會有貴族開始喧譁鼓譟，質疑聖典的真偽，不知為何卻沒有發生這種情況。我有種期望落空的感覺。

開場宴結束後，一直到羅潔梅茵前往貴族院的這段時間，我們每天都去兒童室。除了接受剛受洗的年幼孩子們的問候，羅潔梅茵還負責監督兒童室的運作。她不只提供點心當獎品來激發孩子們的鬥志，也會提醒麥西歐爾的近侍們要注意哪些事情，並與莫里茲一起檢視教學計畫，十分忙碌。趁著空檔，她還得複習貴族院的課程。

韋菲利特大人則是帶頭與孩子們玩耍。他很擅長炒熱遊戲氣氛，督促眾人從玩耍切換到學習。而麥西歐爾大人對於自己是領主候補生的意識似乎還很薄弱，單純只是高興於韋菲利特大人願意陪他一起玩。等兄姊都去了貴族院，應該就會自然而然產生領主候補生該有的認知吧。

至於夏綠蒂大人，似乎正與芙蘿洛翠亞大人一同行動，為了將受到連坐處分的孩子們整理住處。她只有一開始接受問候的時候來過兒童室，之後就不見蹤影。聽說她們採納了羅潔梅茵的建議，將參考孤兒院改造住處。房間不再是原先預設的單人房，而是可以好幾個人一起使用的通鋪，讓同樣立場的人們可以說說話、安慰彼此。

……尼可拉斯暫時也得住進去吧。

我站在羅潔梅茵身後，看向不時往這裡瞥來的異母弟弟尼可拉斯。他的母親朵黛麗緹早已向薇羅妮卡大人獻名，現在算是喬琪娜大人陣營的人。

據母親大人說，在談定與父親大人的婚事之前，朵黛麗緹本是薇羅妮卡大人的侍從。她既討厭害得主人傷心難過的斐迪南大人，也不喜歡被人造謠說原是平民的羅潔梅茵，似乎也對把主人關進白塔的領主頗有微詞。

而父親大人既是領主的護衛騎士，我們家還是羅潔梅茵的老家，因此有許多情報可以獲取。由於朵黛麗緹把這些情報洩露給了已向喬琪娜大人獻名的貴族，她將為此受到處分。雖然不會被處刑，但應該會被關起來，奪走其魔力。

「柯尼留斯，你的表情很可怕呢。發生什麼事了嗎？」

「沒事，羅潔梅茵大人。」

倘若尼可拉斯認同母親確實犯了罪，想要活下來，父親大人會把他留在家中，繼續撫養他長大吧。但是，目前根本不曉得朵黛麗緹灌輸了什麼觀念給他、他是否也對羅潔梅茵懷恨在心，所以我個人非常不想讓他靠近羅潔梅茵。

……看來我也十分過度保護嘛。

一轉眼，便到了羅潔梅茵出發去貴族院的日子。韋菲利特大人率先做好了準備，站上轉移陣。奧伯．艾倫菲斯特平靜地注視他。

「韋菲利特，舊薇羅妮卡派的孩子們就拜託你了。」

「是，父親大人。我也希望拯救更多的人。」

為免妨礙到肅清行動，或有人傳遞消息，今年不會讓任何人從貴族院回來。等領主夫婦前往參觀領地對抗戰的時候，才會告訴學生這場肅清行動。

韋菲利特大人出發後，接著輪到羅潔梅茵。首先是把行李搬到轉移陣上，送往貴族院。今年因為預計要推廣以印刷方式呈現的故事書，所以準備了不少書籍。羅潔梅茵看著木箱，一派興高采烈，完全沒有韋菲利特大人那種沉重的樣子。

趁著行李先送去貴族院的時候，羅潔梅茵向前來送行的每個人簡單說幾句話。由於至今都是我先前往貴族院，這幕光景還是首次見到。對於將一個人留在北邊別館，看來十分落寞的麥西歐爾大人，羅潔梅茵拜託他說：「兒童室就交給你監督了唷。」對於夏綠蒂大人則是說：「明天在貴族院見了。」

哈特姆特成天總說：「如今羅潔梅茵大人最為信任的斐迪南大人不在了，真是教人擔心。」但是現在看來，羅潔梅茵明顯也與奧伯的孩子們建立起了手足情誼，這讓我有些鬆了口氣。哈特姆特想太多了。在羅潔梅茵身邊，還有很多支持她的人。

「這邊的事情就交給我們吧。」芙蘿洛翠亞大人微笑說完，有些擔心地端詳起羅潔梅茵的臉色。「羅潔梅茵，妳使用了尤列汾藥水後，今年的身體狀況與魔力應該會與往年不同，自己一定要多加小心。」

「是，養母大人。」

接著羅潔梅茵轉向祖父大人，說：「今年冬天有很多事情要做，請祖父大人別累壞身子喔。」事實上，因為擔心戰鬥人員減少，已經決定討伐完冬之主後再進行肅清。而且由於要接連進行討伐與肅清，將對騎士造成不小的負擔。不僅如此，從今年開始還少了原是主要戰力的斐迪南大人與艾克哈特哥哥大人。為了填補兩人的空缺，今年的討伐與肅清祖父大人都會參加。

「不用擔心，包在我身上。」

聽到羅潔梅茵擔心自己，祖父大人顯得非常高興。但我真想大聲告訴她，真的一點也不用擔心。因為這次擬定肅清計畫時，祖父大人就宣稱：「我要打頭陣！」還說：「只要有回復藥水，冬之主根本不足為懼！先進行肅清吧！」只不過被騎士團駁回。

「羅潔梅茵，妳到了貴族院後可別再亂來。」

「我很期待妳今年也蒐集到許多戀愛故事唷。」

也向父親大人與母親大人道別後，羅潔梅茵轉向我們近侍。

「達穆爾、安潔莉卡、柯尼留斯，除了原本的騎士工作外，你們還得去神殿吧。雖然辛苦，但就麻煩你們了。」

「是！」

對我來說，這是第一次執行冬季任務。雖然十分緊張，但我聽達穆爾說，神殿那裡有著只在冬季才出現的點心，所以其實我暗暗有些期待。

「哈特姆特，奉獻儀式與孤兒院就拜託你了……我真的不用回來嗎？」

「請放心交給我吧。羅潔梅茵大人，請您好好享受在貴族院的生活。孤兒院若有任何狀況，我會寫信通知您。」

「謝謝，那就交給你了。你給克拉麗莎的信我一定幫忙轉交。」

羅潔梅茵一臉認真地仰頭看向哈特姆特。因為哈特姆特必須把自己進入神殿一事，告訴克拉麗莎。雖然感覺克拉麗莎不會介意哈特姆特進了神殿，仍然願意嫁來艾倫菲斯特，但她身邊的人不可能不介意吧。

最後，奧伯．艾倫菲斯特往前站了一步。

「羅潔梅茵，妳今年可能還會遇到錫爾布蘭德王子，所以我希望妳能少去圖書館。唔，至少在進入社交週之前。」

奧伯說完，羅潔梅茵笑吟吟地點頭應道：「我知道了。」我沒想到羅潔梅茵會這麼乾脆就放棄圖書館，因此嚇了一跳。不光是我，開口提醒她的奧伯也一臉驚訝。

「今年除了為休華茲他們供給魔力，其他時間我打算去雷蒙特與赫思爾老師的研究室，為我的圖書館製作魔導具。雷蒙特是斐迪南大人的弟子，我也寄過信了……」

語畢，羅潔梅茵笑著揮了揮手，與黎希達一起踏進轉移陣。她的身影消失後，前來送行的人們便原地解散。我們魚貫走出轉移廳，各自散開。

為了今後的行程，接下來得與其他近侍一同商議。由於哈特姆特堅決主張，不想讓羅潔梅茵聽見這些殘忍的事情，所以我們說好等她前往貴族院以後，再針對細節進行討論。我們借了一間適合召開小型會議的會客室，開始討論今年冬天的預定計畫。該做的事情多不勝數。

「首先，冬季的社交界要蒐集情報，接著是前往神殿舉行奉獻儀式。然後儀式期間，或者是結束之後要討伐冬之主。討伐完後，便一鼓作氣進行肅清。最後則是善後工作以及管理孤兒院……這樣一列出來，整個冬天還真是忙碌。」

達穆爾說完，我點點頭。儘管行程密集緊湊，但為了讓羅潔梅茵可以待在貴族院不必回來，我們也說好真有必要的時候，會幫忙分擔青衣神官的工作。因為不久前哈特姆特才面帶笑容，抓住我的肩膀說：「柯尼留斯，你是羅潔梅茵大人的親哥哥，為了讓她能留在貴族院，奉獻點魔力也是小事一樁吧？」我根本無法拒絕。為了羅潔梅茵，哈特姆特真是不擇手段。

「但話說回來，為什麼基貝・格拉罕他們要為喬琪娜大人這麼賣命？明明自己負責管理的土地位在艾倫菲斯特，就算幫已經嫁去亞倫斯伯罕的喬琪娜大人做事，也沒有任何好處吧？」

都因為這群傢伙的關係，才害得我們今年冬天這麼忙碌——其實我只是抱著這樣的想法，半是遷怒地隨口抱怨。哈特姆特聽了卻輕輕聳肩，一派若無其事地回答：

「怎麼會沒有任何好處。只要把喬琪娜大人替換成羅潔梅茵大人，再把自己想像成是基貝・格拉罕，很快便能明白。就只是想讓自己的主人高興。只不過他們的瘋狂已經超出常理，對羅潔梅茵大人來說太危險了，一定要加以排除。」

……原來你也知道自己的瘋狂超出常理嗎？
這還真是新發現。

抉擇之時

「馬提亞斯，你專心一點。你自己不是常說，狩獵的時候還想事情很危險嗎？」

體型較大的那隻魔獸讓我分了心，沒有注意到從身後逼近的另一隻小魔獸，明顯是我的失誤。我輕吐口氣，撩起劉海回過頭。

「抱歉，勞倫斯。謝了。」

今年升上五年級的我早早就來到貴族院，隔了一天小我一年級的見習騎士勞倫斯也抵達後，我們馬上外出採集原料。艾倫菲斯特的採集場所因為羅潔梅茵大人的祝福，早已恢復原樣，而且魔力含量變得十分豐富，還能採到多屬性的原料。但原料的品質提升後，前來摘取的魔物似乎也比以往要強。本來還以為採集難度仍和去年一樣，所以我只找了勞倫斯一起過來，但下次可能需要多找些人手。

「採得也差不多了，今天先到此為止吧。你到底在煩惱什麼？」

勞倫斯揚手一揮，消除了思達普變成的長劍後，橙色雙眼帶了點無奈地往我看來，一邊把採到的原料收進皮袋裡。我也回收原料，放進皮袋，然後變出騎獸跨坐上去。

「……我在煩惱獻名這件事。勞倫斯，你父母沒有要求你嗎？」

「有啊。但我照你說的，只回答『成年以後一定』，暫時先敷衍過去了……」

勞倫斯一臉厭煩地說著，跨上騎獸。

父親大人也要求了我向喬琪娜大人獻名。只不過，目前我與勞倫斯都正藉著父親大人聲稱是喬琪娜大人教他的魔力壓縮法在提升魔力。若和羅德里希一樣，擁有魔力再怎麼成長也不用擔心的高級原料，那隨時可以獻名；但一般都是等到成年後、魔力停止成長，才能準確知道怎樣的品質適合做成獻名石。因此我以這個為理由回道：「等我成年以後一定獻名。」暫時擋下了要求。但其實羅德里希取得原料時，我和勞倫斯也從鞾拿斯巴法隆身上取得了相當高品質的原料，只是沒有告訴父母。我們都還需要一點時間。

「馬提亞斯，夏天的時候你見到喬琪娜大人了吧？你有什麼感想？」

「……我的感想就是，真不愧是父親大人的主人。」

◆

夏天過了一半之際，喬琪娜大人來到艾倫菲斯特拜訪。聽說當時勞倫斯的父母前往了貴族區，熱情地舉辦各種餐會與茶會，他自己則是奉命留守，所以並未親眼見到喬琪娜大人。

我當時雖然也在格拉罕留守，但由於喬琪娜大人在趕回亞倫斯伯罕的半路上，曾在我們家借住一晚，所以我與她見過一面。明明是臨時接到通知，家裡的人卻做好了迎接喬琪娜大人的萬全準備，父親大人更是在這之前就利用騎獸，從貴族區趕了回來。由此種種來看，我猜他們應該是事先商量好的。

喬琪娜大人來借宿的那一天，向她獻名的貴族們也集結來到我家。人數極少，而且所有人都沒帶侍從，似乎是暗中騎著騎獸前來。沒有獻名的我並未獲准出席集會，父親大人甚至還命令我要待在自己的房間裡。

然而，知道我得到了優秀者表彰的喬琪娜大人，似乎想見見我。侍從在接到父親大人的指示後，急忙幫我整理好服裝儀容，然後我就被帶到了場內全是喬琪娜大人信徒的餐會上。

他們似乎已經用完餐點，轉移陣地到我家的客廳繼續談天。明明時值夏季尾聲，不知為何暖爐卻點著火，不時能聽見木柴發出劈里啪啦的聲響。在眾人圍繞下面帶微笑的喬琪娜大人，一眼便能看出是這場集會的主人。在所有人的注視之下，我緊張地走到她面前，盡可能恭敬地在她腳邊跪下。

「我是馬提亞斯，基貝．格拉罕之子。在這火神萊登薛夫特威光輝耀的吉日，得以在諸神的引導下與您會面，願能為您獻上祝福。」

「准許你。」

道完問候送上祝福後，喬琪娜大人往我伸出手來。冰涼的手指輕柔地拂過我太陽穴一帶。

「我最欣賞懂得努力的優秀孩子了。戈雷札姆，你真是教子有方呢。」

那鮮紅的嘴唇彎著微笑，全身散發出來的香氣更甜膩得教人腦袋一陣暈眩。微微瞇起的深綠色眼眸，看來就像是深不見底的幽潭。被她那雙眼睛注視著，我忽然感到些許寒意，不由得打了冷顫。明明天氣這麼炎熱，我卻覺得背部幾乎就要結冰。

……我看過這種眼神。

父親大人對自己的主人渴求到近乎瘋狂時，就是這種眼神。明明人在眼前說著話，他的雙眼卻注視著我以外的某種事物。彷彿除了那樣事物，其他什麼也看不見。我不曉得喬琪娜大人追求的是什麼，卻陡然心生純粹的恐懼。

「能夠得到您的讚許，是我的榮幸。我也沒想到馬提亞斯能有如此優秀的表現，這樣的失算真教人欣慰。」

至今很少稱讚我的父親大人，得意地炫耀起我的成績。我只是跪在地上，低著頭默默聆聽。父親大人這種以喬琪娜大人為中心的思考方式，我實在無法理解。

……唉，真想快點回房間。

儘管我這麼心想，卻不得不留在原地。因為喬琪娜大人露出嫵媚微笑，說出了令人不敢置信的發言。

「各位，我有值得高興的消息要與你們分享。我好像終於能夠取得艾倫菲斯特的基礎魔法了。」

「什麼?!您已經排除所有阻礙了嗎？」

「不，還沒有。不過，就差最後一步……」

她說自己現在因為是奧伯．亞倫斯伯罕的第一夫人，無法隨心所欲行動，但在奧伯死後，便會回來奪取艾倫菲斯特的基礎魔法。得到基礎魔法的人，就能成為奧伯。喬琪娜大人若奪得基礎魔法、殺死齊爾維斯特大人，便會自動成為新任奧伯。

「我一定會回到艾倫菲斯特。戈雷札姆，可以麻煩你進行準備嗎？」

「我一定不負所托。我們衷心期盼著喬琪娜大人及早歸來。」

父親大人接過喬琪娜大人遞出的信函，感動得彷彿說不出話來。我還是第一次看到父親大人這麼喜不自勝的樣子。

「在艾倫菲斯特，我需要優秀的屬下。」

「馬提亞斯也說了，他想在成年之後向您獻名，相信屆時能為您貢獻一己之力吧。犬子將全心全意侍奉喬琪娜大人。」

「哎呀，成年之後嗎？」

喬琪娜大人發出欣喜的話聲，定睛注視著我。然而，她深綠色的眼眸裡卻沒有半點笑意，只是靜靜觀察我的反應。在她令人感到窒息的凝視下，我重複了一遍之前對父親大人說過的藉口。

「多虧父親大人的傳授，目前我正藉著喬琪娜大人的魔力壓縮法在提升魔力，因此手邊並沒有適合的高品質原料。我想等到成年之後，魔力停止成長，再於貴族院採集適合的原料，向您獻上名字……屆時您願意接受我的獻名嗎？」

「哎呀，意思是你的魔力成長飛快，去年採集的原料已經不適合做成獻名石了吧？不愧是獲選為優秀者的孩子，前途不可限量呢。我當然願意接受你的獻名。你到底能有多少成長，我會拭目以待唷，馬提亞斯。」

在周遭全是喬琪娜大人信徒的情況下，若不竭力保持清醒，感覺自己就要被現場那種詭異的氛圍吞噬進去。我擠出貴族該有的禮貌微笑，緊緊握拳，努力撐過了那段時間。

◆

「期限到成年為止嗎……看來我們注定得向奧伯．艾倫菲斯特獻名，才有辦法活下去。只不過，現階段還不曉得那位奧伯會是齊爾維斯特大人，還是喬琪娜大人。」

勞倫斯邊騎著騎獸飛行，邊夾雜著嘆息說。我也抱持同樣看法。身為舊薇羅妮卡派貴族的孩子，我們只有兩個選擇。一是與家人訣別，向現在的領主一族獻名；二是和家人一樣，向喬琪娜大人效忠並獻名。

「趁著這次來訪，兩位哥哥大人都向喬琪娜大人獻名了。他們會和父親大人一樣，一生都為喬琪娜大人竭誠效力吧。但我還沒有辦法決定。可是，就像薇羅妮卡大人在一夕之間失勢那樣，沒人能保證齊爾維斯特大人絕不會被喬琪娜大人拉下臺吧？如果她有辦法取得基礎魔法的話，那就更不用說了。」

究竟要向現在的領主一族獻名，捨棄家人？還是等著喬琪娜大人歸來，向新任奧伯獻名？兩邊我都還無法選擇。

「……不過，父親大人似乎是真心想助喬琪娜大人成為奧伯．艾倫菲斯特。秋天的時候他也在計畫某些事情。」

「是嗎？」

「大概吧……因為我沒向喬琪娜大人獻名，無法知道細節。」

◆

我會發現真的只是偶然。為了參加冬季的社交界，我正做著準備的時候，父親大人把我喚去，囑咐我為了喬琪娜大人，今年在貴族院也要獲得優秀者的表彰。剛好就在那時候，小型的轉移陣發出亮光，有人送來了某個用布包起的小東西。

當時，格拉罕各地都正往宅邸集中送來要帶去冬季社交界的物品，因此就算有東西以轉移陣送來也不奇怪。但由於包裹所用的那塊布料，與羅潔梅茵大人經常穿在身上的衣服花色十分相似，所以看到這種物品竟送到父親大人房裡的轉移陣來，讓我覺得有些突兀，不由得被吸引了目光。

「我已確實收到，記得立刻銷毀轉移陣。」

父親大人說完送出奧多南茲後，拿起那個可以單手抓取的小布包，露出了欣喜又滿足的笑容。聽到喬琪娜大人將會回來的時候，他臉上也浮現過類似的笑意。

接著，他立刻用另一個轉移陣把包裹送到其他地方去，再度寄出奧多南茲說：「一收到就燒毀轉移陣。」

「基貝．格拉罕，我是貝緹娜。已經確實收到。」

收到奧多南茲的回覆後，父親大人立即把兩個轉移陣都燒了。由於轉移陣的製作需要不少原料，我忍不住嘀咕：「燒掉未免太浪費了……」父親大人於是朝我看來，透著不以為然的目光非常冰冷。

「馬提亞斯，東西用完了就得收拾乾淨，絕不能留下任何痕跡……啊，那個也沒必要了吧。」

說完，父親大人從桌子抽屜裡拿出魔石，施加魔力將其粉碎。那是與從屬戒指成對的魔石。恐怕此刻在某個地方，父親大人的士兵已消失在了這個世上。

◆

「那個小包裹似乎送去給了貝緹娜大人。勞倫斯，你有沒有聽到什麼消息？她的丈夫弗洛登大人是你哥哥吧？」

「結婚之後他們就搬出去了，我怎麼會知道……不過，我曾聽說她在準備過冬的用品送回老家。亞倫斯伯罕領內的魔力好像十分缺乏。」

「這麼說來，那個小包裹可能也被送去了亞倫斯伯罕吧。雖然無法確切知道父親大人在謀劃什麼，但也許已經成功了。因為他這人小心謹慎，每件事都會想好幾個備案。」

而且父親大人想助喬琪娜大人成為奧伯，也不知道他的這個企圖進展到哪一步了。但在我出發來貴族院之前，看他心情極好的樣子，計畫應該進行得很順利。

「馬提亞斯，你打算怎麼辦？要向喬琪娜大人獻名嗎？」

「……我想現在也只能等了。我還沒有足夠的情報能夠判定，自己該向誰獻名，而且也不知道情勢會如何演變。」

父親大人肯定會設法排除齊爾維斯特大人。為了讓喬琪娜大人能馬上回來，必須空出奧伯的位子才行。我因為未向喬琪娜大人獻名，所以無法得知詳細情況，但哥哥大人他們都曾被叫去父親大人的房間，不知道商量了什麼事情。

「這件事不通知羅潔梅茵大人或是奧伯嗎？」

「老實說，我很猶豫。」

如果喬琪娜大人的目的只是暗殺奧伯，使得艾倫菲斯特陷入混亂，那我就算要向領主一族獻名，也一定會竭盡所能反抗她。但是，她似乎已有辦法取得基礎魔法。若是如此，喬琪娜大人將成為新任奧伯，而可說是她得力親信的父親大人與我們一族，將能夠重新變回主流勢力。

假使結果就和上次一樣，成為主流勢力的派系再次替換，只不過這次被拉下來的是齊爾維斯特大人而不是薇羅妮卡大人，那我還向領主一族獻名、捨棄家人成為叛徒，又有什麼意義。

「勞倫斯，在完全不曉得情勢會如何演變的情況下，你有辦法下定決心捨棄家人嗎？不只我的家人，你的家人也會受到波及喔。」

「至少比起他領的第一夫人喬琪娜大人，我更喜歡貴族院現在的氣氛，也喜歡以韋菲利特大人與羅潔梅茵大人為中心，正慢慢團結起來的艾倫菲斯特。」

勞倫斯說完，我腦海中浮現了艾倫菲斯特的領主一族。現在喬琪娜大人的子女除了蒂緹琳朵大人，其他都已經結婚了。她若成了奧伯．艾倫菲斯特，就算有意把孫子收為養子，藉此擁有繼承人，但與她有血緣關係的韋菲利特大人、夏綠蒂大人以及麥西歐爾大人，大概也會淪為棋子，被用來與他領建立交情或擴大勢力範圍吧。至少不用擔心會有生命危險。

……但是，羅潔梅茵大人就……

眼前接著浮現羅潔梅茵大人。她有著夜空色的長髮，一雙總是直視他人眼睛的金色眼眸。儘管年幼，容貌卻十分出眾，也擁有豐富的魔力，更是冰雪聰明，能夠連續兩年獲選為最優秀者。她還推出了許多新流行、致力於栽培下一代、能夠不分敵我公正地評判一個人的能力，在在讓我覺得她真是領主一族的典範。羅德里希雖是舊薇羅妮卡派，也在獻名後被她納為近侍。之前我曾在兒童室裡向羅德里希問起近況，他笑得十分開心，說大家都對他很好。

「父親大人總說，羅潔梅茵大人是平民出身的青衣見習巫女。一旦喬琪娜大人成為奧伯．艾倫菲斯特，她受到的待遇恐怕不會太好吧。我只擔心這件事情。」

「不管是向現在的奧伯獻名、捨棄家人，還是擁戴喬琪娜大人為奧伯，最後的結果都會讓人不太好受吧。」

勞倫斯撩起深綠色頭髮，話聲平靜地這麼說道。我用力點頭。從父母都已向喬琪娜大人獻名這點來看，我與勞倫斯的處境非常相似。不管要向領主一族還是向喬琪娜大人獻名，一旦我們有了動作，勢必會對舊薇羅妮卡派的孩子們造成強烈影響。與此同時，也會大幅左右艾倫菲斯特的整體形勢吧。

「在清楚知道喬琪娜大人與父親大人要採取什麼行動之前，我想要有更多時間可以考慮。」

最終我們得出的結論，就是只能等到一切已成定局。兩人對彼此點頭時，正好也回到宿舍。

這天，領主候補生韋菲利特大人與羅潔梅茵大人將來到貴族院。由於在房間整理好之前，領主候補生們會先待在多功能交誼廳，我們也前往交誼廳迎接。

對於連在老家也得留意派系變化的我們來說，貴族院這裡有幫忙消除派系隔閡的羅潔梅茵大人在，待起來非常舒適。

「韋菲利特大人到。」

聽見這聲通報，我眨眨眼睛。原本按照順序，應該是羅潔梅茵大人先到才對。

……難道她又病倒了嗎？

對此感到納悶的顯然不只有我，大家都面面相覷，好奇著發生了什麼事情。其中一人開口詢問韋菲利特大人。

「韋菲利特大人，羅潔梅茵大人怎麼了嗎？難道是她身體不適？」

「不是，羅潔梅茵等一下就會過來了。因為這次要帶的書放在其他地方，她要最後再檢查一遍，所以由我先出發。至於帶過來的書籍，統一由羅潔梅茵負責管理。雖然文官都準備好了，應該是不用擔心，但現在凡事都要小心為上嘛。」

韋菲利特大人輕吐了口氣這麼回道，然後環顧多功能交誼廳內的眾人。他臉上雖然帶著笑容，眼中卻布滿警戒。這種眼神之前在貴族院從未出現過，就和當初羅潔梅茵大人在尤列汾藥水裡沉睡時，他看著舊薇羅妮卡派孩子們的眼神一樣。

……情況似乎不妙。

我吞了吞口水。父親大人究竟在謀劃什麼，我並不曉得。但是，看來他並非在暗中展開行動，而是領主一族周遭確實發生了什麼事情。而且領主一族也已經察覺到，幕後主使者就是舊薇羅妮卡派孩子們的父母親吧。

……是齊爾維斯特大人發生了什麼事嗎？

父親大人那般小心謹慎，我不認為他會輕易留下證據。但是，韋菲利特大人眼裡的警戒明顯是針對我們而來。

「馬提亞斯，我們好像沒有時間猶豫了。」

坐在我旁邊的勞倫斯幾乎沒有掀開嘴唇，小聲這麼說道。他臉上雖然帶著歡迎領主候補生的笑容，但感覺得出內心和我一樣焦急。我微微點頭回應他。

「羅潔梅茵大人到。」

正如韋菲利特大人所說，羅潔梅茵大人很快就到了。我們不由得心懷期待，等著羅潔梅茵大人走進交誼廳。因為在舊薇羅妮卡派的學生們都感到無處容身時，是羅潔梅茵大人要大家停止派系鬥爭，把心力投注在與他領的競爭上，並讓所有學生團結起來。如果是她，這次也一定會想想辦法吧。

然而，羅潔梅茵大人的近侍們進來後，眼神也和韋菲利特大人一樣充滿警戒。護衛騎士們散發出來的緊繃氣息，就和我在開場宴上感受到的一樣。畢竟父親大人是舊薇羅妮卡派的核心人物，當時我還以為那是因為自己站在父親大人身邊。但是，他們居然連在貴族院也這麼緊繃戒備，實在很反常。最主要是羅潔梅茵大人也與以往不同，並沒有阻止身邊的人表現出警戒，只是一臉擔心地看著我們。

……並不是齊爾維斯特大人，而是羅潔梅茵大人發生過什麼事情嗎？

萬一他們取得了父親大人在暗中謀劃的證據，進行連坐處分的話，不光是我，舊薇羅妮卡派的孩子們也不知道有幾人能得救。原先我一直沒來由地認為，只要有領主一族中最能公正評判我們的羅潔梅茵大人在，她應該會保護免於連坐的孩子們吧。但要是羅潔梅茵大人改變了想法，不願對我們伸出援手，即便存活下來，舊薇羅妮卡派孩子們的未來將是一片黑暗。

……該怎麼做才好？

我在大腿上用力握拳。如果領主一族已經掌握到了某些證據，現在根本沒有時間再靜觀其變。而既然奧伯就這麼任由我們來到貴族院，代表今年在貴族院結束之前，我們都不用擔心吧。但是，往後就不一定了。

……我的決定，關係到舊薇羅妮卡派孩子們的未來。

我下意識轉頭看向勞倫斯，發現他的臉色一樣難看。看來不知不覺間，已經到了非得做出決定不可的時候。

「勞倫斯，為了自己能活下去，我們該放手一搏嗎？」

「我正想這麼說。」

與其對方先起頭，我們再做決定，倒不如主動開口，更能在他們心裡留下好印象吧。雖然不曉得父親大人究竟在謀劃什麼，但我握有「喬琪娜大人似乎知道如何取得基礎魔法」這個情報。我能憑著這個，拯救舊薇羅妮卡派的孩子們嗎？

……不，我一定要極力爭取，直到成功為止。

「韋菲利特大人、羅潔梅茵大人。」

我依舊用力握拳，緩緩站起來。單是起身而已，就能感覺到氣氛緊張得幾乎讓人窒息，但我接著跪地，在胸前交叉手臂。

「我一直等著這樣的機會，能夠不必顧忌父母與派系地和兩位談話。關於為艾倫菲斯特帶來不睦的混沌女神，我有重要的消息稟告兩位。」

韋菲利特大人與羅潔梅茵大人都看著我瞪大眼睛。望向兩人的近侍，我發現他們都沒有為我突如其來的發言感到困惑，反倒像是很有把握，互相使著「別放過任何證言與證據」的眼神。果然父親大人與喬琪娜大人確實對領主一族做了某些事情。

「是否要相信我說的話，全由兩位決定。我只是想把自己知道的事情告訴兩位。雖說父母隸屬舊薇羅妮卡派，但我們仍是艾倫菲斯特的貴族，希望能向奧伯．艾倫菲斯特宣誓效忠。」

羅潔梅茵大人的金色雙眼中有著驚訝與不安。她先是垂下雙眼，接著緩緩抬起眼簾，這時的眼神已經變得平靜沉穩。

「馬提亞斯，你說吧。」

我屏住呼吸，先回頭看向自己身後的舊薇羅妮卡派孩子們。

「在那之前，我想請教一個問題。我雖有意宣誓效忠，但奧伯．艾倫菲斯特仍會將我們視為是艾倫菲斯特的貴族嗎？」

「你這是什麼意思？」

即便是舊薇羅妮卡派貴族的孩子，羅德里希仍成了羅潔梅茵大人的近侍，但我們能得到和他一樣的待遇嗎？我定定望著韋菲利特大人與羅潔梅茵大人，問道：

「……先前兩位說過，只要向領主一族獻名，我們就能不受父母影響，這句話現在還算數嗎？」

「依然有效。只要是獻名的人，就算是舊薇羅妮卡派貴族的孩子，我們也會納為近侍。至少奧伯與我都是這麼打算。」

韋菲利特大人以堅定的語氣說完，羅潔梅茵大人也點點頭。

「倘若你們不想向領主候補生，而是想向領主夫婦獻名的話，只要在領地對抗戰之前準備好獻名石，我想他們便會接受獻名。」

「……那如果我說，我想將名字獻給羅潔梅茵大人也一樣嗎？」

我話一說完，與領主候補生及其近侍們相比，反倒是周遭人們的反應更大。在一片喧譁聲中，羅潔梅茵大人輕起抬手制止近侍們，往前站了一步。

「當然，我也已經做好覺悟，願意接受基貝．格拉罕之子的馬提亞斯獻名。」

羅潔梅茵大人回答時，眼中完全沒有先前聽到羅德里希想要獻名時的困惑無措。那雙金色眼眸綻著強而有力的光芒，筆直往我看來。站在身旁的羅德里希，則帶著以主人為傲的笑容注視著她。看著這幕光景，我確定自己做出的選擇沒有錯。

我一度垂下雙眼，慢慢吐了口氣。

腦海中接連浮現家人的臉龐。為獻名感到自豪的兩位哥哥大人、看著喬琪娜大人感動不已的父親大人，以及露出幸福笑容的母親大人。家人們的幸福，全繫在喬琪娜大人身上。如果能與家人一樣仰慕喬琪娜大人，那或許也是一種幸福吧。但是，我想侍奉的並不是喬琪娜大人，而是羅潔梅茵大人。

……對不起，父親大人。我想走的路與您不同。

我倏地抬頭，環顧交誼廳內的眾人。看見眾多目光都投注在自己身上。

「喬琪娜大人在返回亞倫斯伯罕的半路上，曾在我家停留。」

為了讓舊薇羅妮卡派的孩子們意識到自己的處境有多危險，也為了讓兩名領主候補生留下我一直在等著他們到來的印象，我沒有另外再找時間，也沒有轉換場地，當場說起自己知道的消息。

孤兒院的新成員

「葳瑪，哈特姆特大人找妳。」

「謝謝妳來通知我，莫妮卡。我馬上過去。」

近日新任神官長已經正式交接，羅潔梅茵大人則前往了城堡。接下來在冬季社交界開始前，羅潔梅茵大人的護衛騎士會輪流守在神殿長室，確保沒有貴族人員進出。等到社交界開始，護衛騎士們也會前往城堡。所有貴族將在城堡集結，忙於參加社交活動。

不過，聽說成為新任神官長的哈特姆特大人表示，即便冬季社交界開始了，他也會偶爾過來神殿，向青衣神官下達指示、召集神殿長室的侍從聽取報告。因為對哈特姆特大人來說，這是他第一次舉行奉獻儀式，而且今年舉行儀式時羅潔梅茵大人不會回來。他曾說過想把神殿這邊的消息盡可能寫下來，寄給羅潔梅茵大人。對於哈特姆特大人竟如此細心周到，我內心非常感激。

「哈特姆特大人，我是葳瑪。」

「葳瑪，雖然十分突然，但不久後就會有一群孩子被帶過來。孤兒院那邊的準備工作做得怎麼樣了？」

「房間已經準備妥當。只不過，如同先前向羅潔梅茵大人報告過的，端看人數而定，食材、木柴與棉被等生活用品或許會有不足。至於每樣東西需要補充多少數量、還有沒有剩餘，屆時會由法藍或薩姆負責統計。」

羅潔梅茵大人曾說，只要先準備好房間，所需用品之後會再送來。哈特姆特大人將我報告的內容記錄在木板上。

「我知道了……這些孩子全都突然失去親人，情緒不太穩定，照顧起來想必會很費神，但就麻煩妳們了。」

哈特姆特大人笑容可掬地這麼說道。這位大人雖是羅潔梅茵大人的近侍，還是上級貴族，卻一點也不傲慢自大，對孤兒院裡的每個人都很親切。

哈特姆特大人打從開始出入神殿，便與尤修塔斯大人一同造訪孤兒院。在羅潔梅茵大人沉睡的那段時間，都是由尤修塔斯大人代替神官長，幫忙管理工坊與孤兒院。跟他說話非常輕鬆自在，他也不像一般的貴族那樣趾高氣揚，因此不管在孤兒院還是在工坊都受到眾人仰慕。

不過，現在孩子們恐怕更喜歡哈特姆特大人。因為哈特姆特大人總會與他們分享，羅潔梅茵大人在領主的城堡與在貴族院裡時是什麼樣子。聽到喜歡的段落，孩子們還會不斷央求他再說一遍，讓我很擔心會不會惹他不快，想不到哈特姆特大人卻絲毫沒有厭煩之色，同樣的內容重複說了好幾遍。我覺得他是一位溫柔和藹、非常喜歡孩子的人。

在聽到神官長即將卸任，並由哈特姆特大人接任神官長時，孤兒院裡的人都非常開心。因為一般都是從青衣神官當中挑出人選，本有可能是粗魯對待灰衣神官及巫女的人被選上。因此，不管是任用自己近侍的羅潔梅茵大人，還是毫不介意哈特姆特大人並非青衣神官的領主大人與前任神官長，我們都心懷感激。

「對了，葳瑪。我拜託妳的東西完成了嗎？」

「就快完成了。想到之後會有許多孩子要進入孤兒院，其實最好在那之前完成，但這段時間實在是太忙了。接下來我打算當作是冬天的手工活，努力畫完。」

哈特姆特大人委託我畫了羅潔梅茵大人的畫像。張數一共兩張，一張是青衣巫女時期的羅潔梅茵大人，一張是成為神殿長以後的。青衣巫女時期的羅潔梅茵大人要彈著飛蘇平琴，當神殿長時的她則是手持水之女神芙琉朵蕾妮的法杖。哈特姆特大人對於畫中的姿勢似乎很有自己的堅持，向我下達了詳盡的指示。不過，我也慢慢在完成自己相當滿意的作品。

「……孩子變多以後，確實會更加忙碌吧。我接下來也會忙上一段時間，等到我推估沒那麼忙碌的時候，再過來收取吧。報酬提供新的顏料可以嗎？」

「感激不盡。」

即便給我金錢，待在孤兒院裡也用不到，所以我都是指定自己想要的東西做為報酬。哈特姆特大人委託我畫了兩張羅潔梅茵大人的畫像，艾薇拉大人則是委託了一張前任神官長斐迪南大人彈奏飛蘇平琴的畫像。今年從春天到秋天，每天都過得十分開心的同時，也忙得不可開交。

「今年冬天住進孤兒院的孩子們，都和康拉德一樣原先過著貴族的生活。羅潔梅茵大人似乎有意栽培他們，表現優秀的人再讓他們返回貴族社會。那麼孤兒院在教學工作的準備上有任何問題嗎？」

「不管是文字的讀寫，還是計算與儀態都沒有問題。羅潔梅茵大人對於這些也很有信心。只不過，如果要讓孩子們擁有音樂素養，恐怕就有些困難了。因為首先得有樂器，但孤兒院這裡無法提供。」

羅吉娜在教孤兒院的孩子們彈琴時，我曾在旁邊幫忙，加上自己也學過一些，所以要指導受洗前的孩子應該不成問題吧。只是若沒有樂器，我也無能為力。

「這點不必擔心。屆時也會把那些孩子家裡原有的樂器帶過來。」

哈特姆特大人微笑說完，便讓我退下了。隨後，我與神官長室的侍從羅塔爾一同走回孤兒院。是哈特姆特大人特別命他陪同，好讓青衣神官他們不會接近我。

「葳瑪，妳很信任哈特姆特大人呢。」

「是呀。因為他是羅潔梅茵大人的近侍，個性也和藹可親。孤兒院裡的人都很信任他喔。這麼和善的人能成為新任神官長，真是太好了。」

先前守門的四名灰衣神官竟然全被擄走，對孤兒院裡的人造成了莫大衝擊，幸好羅潔梅茵大人與她的近侍們願意耗費心力，將他們救回來。但是，原本貴族就算見死不救也不奇怪。一思及此，再想到哈特姆特大人這麼遵循羅潔梅茵大人想保護孤兒院人們的心意，派人保護我的人身安全，就讓人十分感動。

「羅塔爾，你覺得哈特姆特大人是怎樣的人呢？」

「哈特姆特大人凡事皆以羅潔梅茵大人為優先，並不是為神殿，更像在為主人效力。現在因為羅潔梅茵大人做事時會想著神殿，所以倒沒有什麼問題。不過，他的想法與行事風格都和斐迪南大人相當不同。」

為了理解新主人的想法，進而採取最恰當的行動，羅塔爾似乎正為此有些勞心傷神。通常開始服侍新主人後，原先的做事方式都得大幅改變，所以神官長室的侍從們現在應該十分辛苦吧。

「……以往斐迪南大人都會負責調整，讓羅潔梅茵大人想到的新方法與舊有做法能完美結合。但是，哈特姆特大人是羅潔梅茵大人想怎麼做，便直接強行推動，所以神殿多半會面臨比以往更加劇烈的轉變吧。」

羅潔梅茵大人成為孤兒院長兼神殿長後，這幾年來神殿整體已有很大的改變。今後如果還會迎來更大的變化，那到底會是怎樣的光景呢？我實在難以想像。

「無論會有怎樣的變化，相信羅潔梅茵大人都只會讓神殿和孤兒院變得更好吧。至少這點我有信心。」

「……葳瑪也很信任羅潔梅茵大人呢。」

「是呀。因為羅潔梅茵大人是艾倫菲斯特的聖女嘛。」

我說完，羅塔爾輕笑出聲，還說哈特姆特大人也說過同樣的話。

「戴莉雅、莉莉，不久後會有一群孩子進入孤兒院。聽說原先都是貴族的孩子。」

現在主要在照顧年幼孩子們的人，就是戴莉雅與莉莉。戴莉雅從戴爾克還在襁褓時期便開始照顧他，莉莉則是孤兒院裡唯一生過孩子的灰衣巫女，因此年幼的孩子們勢必與兩人更常接觸。

「居然會有一群貴族孩童要同時進入孤兒院，到底發生什麼事了呢？」

自從艾格蒙大人領著女性貴族進入神殿、灰衣神官被擄、羅潔梅茵大人也險些遭遇危險後，神殿內的戒備就變得非常森嚴。雖然孤兒院這裡並無變化，但貴族區域的氣氛好像變了不少。法藍曾跟我說，哈特姆特大人在討論冬季行程的時候，似乎十分在意青衣神官的動向。而且，他還不准青衣神官們的侍從靠近孤兒院。

「只要青衣神官下令，灰衣神官及巫女便無法違抗。既然如此，很多事情最好我們從一開始就不知道。面對被帶來的孩子們，如果不曉得他們發生過哪些事情，我們也能不帶偏見地加以照料。」

說到貴族孩童，我們也接納過康拉德。康拉德因為受過虐待，是自己決定要離開原先的家庭，所以很快便適應了在孤兒院的新生活。但是，那些突然失去親人的孩子們能夠順利融入新環境嗎？我有些擔心。

「那麼，在孩子們被帶進來、開始變得忙碌之前，我先去完成哈特姆特大人委託的羅潔梅茵大人畫像吧。請幫我看著，別讓孩子們跑進來。」

「知道了。話說回來，哈特姆特大人真的很喜歡羅潔梅茵大人呢。」

戴莉雅一臉受不了地說。哈特姆特大人來到孤兒院時，不管和誰說話，內容總是半句也離不開羅潔梅茵大人，大家會這麼心想也是正常的吧。

……不過，其實戴莉雅也非常喜歡羅潔梅茵大人呢。

羅潔梅茵大人常常問起戴爾克，擔心他的魔力是否快要超過負荷。而我知道戴莉雅在羅潔梅茵大人離開後，總會反芻她說過的話，然後笑得十分開心。但要是跟她這麼說，她就會氣呼呼地說些違心之論，所以我只是暗暗感到好笑。但是，莉莉就不是這樣了。她掩著嘴角嘻嘻輕笑，露出調侃的眼神看著戴莉雅。

「哎呀，妳還說別人，明明羅潔梅茵大人變出風盾救了戴爾克這件事，妳都不知道告訴哈特姆特大人多少遍了。」

「這、這是因為……討厭啦！有什麼關係！而且是哈特姆特大人問我，羅潔梅茵大人什麼時候看起來最美最神聖，我身為見習灰衣巫女一定要回答才行啊！更何況我現在只能待在孤兒院裡頭，根本不曉得羅潔梅茵大人最近的情況，在我記憶中羅潔梅茵大人最美最神聖的模樣，就是那時候了嘛！」

戴莉雅面耳紅赤地大聲反駁起來。

「呵呵……被人說中以後，戴莉雅整個人一慌，講話就會變得語無倫次呢。對不對，葳瑪？」

「我才沒有語無倫次！」

戴莉雅連眼眶都開始泛淚，我忍不住輕笑起來。她完全控制不了情緒的模樣真是可愛。但我仍是稍微提醒莉莉說：「妳還是適可而止吧。」然後走回自己房間。

我因為是羅潔梅茵大人的侍從，擁有自己個人的房間。房裡光是羅潔梅茵大人的兩張畫像與顏料，便占滿了所有空間。不知不覺間我的私人物品也增加了不少。

我換上不怕弄髒的衣服，圍起圍裙，拿好畫筆。接著先慢慢地深呼吸一口氣，然後靜靜面向畫到一半的畫像。這段集中精神的時間對我來說，是畫畫時最重要的時刻。

我一邊思考著要從哪裡下筆，一邊慎重地抹上色彩，想要如實地描繪出羅潔梅茵大人的美麗。她那夜空色頭髮的光澤該如何呈現、帶著溫柔笑意的金色眼眸又該如何上色……思考這些事情固然開心，卻也是最馬虎不得的細節。尤其青衣見習巫女時期，羅潔梅茵大人眼裡有著非常充沛的情感，與如今已經擅長隱藏情緒的她大不相同。所以能否精準地將這個差異呈現出來，我想是重要關鍵。

……我能夠傳神地畫出差異嗎？

我放下畫筆，將兩幅畫像擺在一起，站在一段距離外檢視。看得出來羅潔梅茵大人青衣巫女時期的天真無邪已經消失，現在的神情與姿態儼然已是貴族淑女。為了保護自己的家人與孤兒，如今是為了守護艾倫菲斯特，羅潔梅茵大人成長了許多。

由於曾經沉睡很長一段時間，羅潔梅茵大人的體型看來幾乎沒變，但在她身旁服侍的莫妮卡說了，羅潔梅茵大人從夏季尾聲開始就長高了一些。還說秋季的成年禮時，感覺儀式服稍微變短了。果然在司掌成長的萊登薛夫特威光輝耀的夏季，小孩子容易有顯著的成長，聽說還考慮明年春天要重新測量尺寸，把儀式服送去修改。

……今後羅潔梅茵大人勢必會繼續長高，真教人期待會出落得多麼美麗動人呢。

到時哈特姆特大人多半會再委託我繪製畫像，所以我也必須仔細觀察羅潔梅茵大人的變化才行。

接著數日後，冬季的社交界才開始不到十天，神官長室的侍從開始帶著孩子們來到孤兒院。聽說是由騎士先把孩子們送來，然後由哈特姆特大人進行登記。

被帶來的孩子們年紀各不相同，有的是走路還搖搖晃晃的幼童，有的則與戴爾克以及康拉德差不多大。每個孩子都身穿做工精良的服裝，但是一臉膽怯。當中有人在哭，也有人流露明顯的警戒，瞪著我們瞧。八成左右的孩子都緊緊抱著精美的魔導具。

「葳瑪，人數總共十七名。」

帶著最後一名辦完登記的孩子，哈特姆特大人來到孤兒院。同行的還有羅塔爾、吉魯、弗利茲與莫妮卡。哈特姆特大人一出現，成群站在一起的孩子們都嚇得一震，害怕得發起抖來。哈特姆特大人看著他們，露出一如既往的和藹微笑。

「從今天開始，這裡就是你們的家。既然來到了孤兒院，你們便不再是貴族。往後的生活也會與以往截然不同。你們要感謝羅潔梅茵大人想拯救所有人的慈悲心腸，好好展開新的生活吧。」

接著，哈特姆特大人介紹了負責管理孤兒院的我們一行人，再喚來戴爾克與康拉德。他稍微彎下腰，讓自己能與兩人對視。像這種願意與孤兒對視的行為，也是哈特姆特大人的美德之一。

「戴爾克、康拉德，這裡的所有孩子都失去了親人，麻煩你們帶領他們融入孤兒院這個新環境。羅潔梅茵大人已經決定要拯救這些孩子，請你們多幫忙了。」

聞言，戴爾克與康拉德重重點頭。

「羅潔梅茵大人也曾救了我們，所以我們也會幫助他們。」

「你們兩個真是好孩子。」

哈特姆特大人摸摸兩人的頭，揚起溫柔微笑。

「他們現在多半非常不安，但你們一定要讓他們清楚知道，羅潔梅茵大人有多麼善良且慈悲大度，自己又是為什麼能得救。」

「是！」

「各位，康拉德原先也是貴族，就這點來看他和你們一樣。他最了解貴族區的生活與這裡有何不同，有不懂的儘管問他。奉獻儀式期間，我會再過來察看情況。」

隨後，哈特姆特大人指示孤兒院的灰衣神官們幫忙搬運行李。聽說孩子們的生活用品會由騎士們送來神殿。吉魯與弗利茲帶著在工坊已經做慣勞力工作的灰衣神官們，往外走了出去。

「這時要是有羅潔梅茵大人的騎獸，一下子就能搬完，也不用這麼麻煩得出動好幾輛馬車。羅潔梅茵大人想出來的每樣東西都太了不起了。」

哈特姆特大人對羅潔梅茵大人的騎獸讚揚了一番後，便與羅塔爾一同離開。

很快地，吉魯他們開始將行李搬進孤兒院。接下來灰衣巫女與孩子們得分工合作，一邊拆開行李，一邊整理房間。有年幼的孩子因為想念家人而啜泣起來，我與莉莉趕緊上前抱住他們，柔聲安慰。

「好了，接下來我們要整理睡覺的地方，沒有時間哭了。你們要自己整理喔。」

戴莉雅接連把工作分配給正掉著眼淚的孩子們，戴爾克則是帶頭做示範。

「我要來搬棉被，有誰能幫我拿著另外一邊？」

「重要的魔導具可以先放在這裡。而且一直抱著也沒辦法用餐喔。」

曾以貴族身分生活過的康拉德，建議孩子們可以把懷裡的魔導具集中放在一處。但是，所有人都只是一臉不安地抱著魔導具，誰也沒有移動。康拉德露出傷腦筋的表情後，慢慢嘆一口氣。

「就如同哈特姆特大人說的，我們已經不是貴族了。既然要在這裡生活，請遵守這裡的規則。」

聽到康拉德這麼直言，孩子們全瞪大眼睛。發現其中有個小女孩滿臉不甘地瞪著康拉德，我站起來將康拉德護在身後，然後蹲下來與孩子們對視。

「我知道貴族都對神殿沒有什麼好印象，要在這裡生活也讓你們感到很不安吧。但既然已經要在孤兒院生活了，只能請你們習慣這裡的做事方式。因為我們能做的只是提供協助而已。」

那名小女孩儘管還年幼，身上卻散發著貴族特有的傲氣。她兇巴巴地瞪著我瞧，彷彿找到了可以宣洩怒氣的出口，表情極度不悅地開口說了：

「什麼提供協助？難道妳的意思是能讓我回到貴族社會嗎?!別胡說八道……」

「是的，那當然。因為這便是我的工作。」

「……咦？」

大概沒想到我會這麼回答，小女孩雙眼圓睜。

「哎呀，哈特姆特大人沒有告訴你們嗎？不管是讀寫、計算、儀態還是飛蘇平琴……羅潔梅茵大人有意讓你們接受與中級貴族相當的教育。我還聽說表現優秀、得到認可的人，會由奧伯擔任監護人，讓他以貴族的身分舉行洗禮儀式喔。」

多半是已經快要受洗，年紀較大的孩子們雙眼猛然發光，彷彿心裡燃起了熊熊希望。與其成天哭哭啼啼，讓他們擁有明確的目標更好吧。即便他們的目標是為了離開孤兒院。我微微一笑。

「努力與否全由你們自己決定。當然，你們在這裡生活時表現出來的態度，我們也會向羅潔梅茵大人與哈特姆特大人報告。」

那名小女孩仍睜大雙眼時，身後有個孩子像是下定決心，抬起頭來，把魔導具輕輕放在康拉德建議的地方。

「……我要在這裡努力學習，回到貴族社會。」

說完，他伸手幫戴爾克一起搬棉被。有人行動以後，其他孩子也跟著開始動作。完全不知道該怎麼辦、只是惶惶不安的，就只有年紀還很小的孩子們而已。

「等放好被子，我們一起玩吧。這裡有很多歌牌、撲克牌和繪本喔。」

戴爾克對著和他一起搬棉被的男孩子朗聲說道，但對方只是以充滿戒心的眼神看他，用力抿著嘴唇。戴爾克沒有因為對方冷漠的態度就退縮，咧嘴一笑。

「我都還沒有輸給康拉德過。要是贏不了我，可沒辦法變回貴族喔。」

「……我以前一直和哥哥大人在練習，才不會輸給你。」

「那來比賽吧。我叫戴爾克，你呢？」

「貝特朗。我一定會表現得比任何人都優秀，馬上回貴族社會。」

年紀較大的孩子們為了能回到貴族社會，都決定乖乖遵守規矩，然後看著戴爾克與康拉德有樣學樣，開始了在孤兒院的新生活。第一次幫忙做事時，他們雖然一派心驚膽顫，但還是努力挑戰，也笨手笨腳地幫忙做手工活，同時不忘認真學習。另外雖然得輪流，但每個人都在練習飛蘇平琴。由於都假定自己能夠受洗，將在首次亮相時上臺演奏，所以每個孩子都拚命練習。

孩子們為了目標努力向上的模樣，似乎也對戴爾克與康拉德帶來了正面影響。他們開始練習之前並不怎麼感興趣的飛蘇平琴，玩歌牌與撲克牌時也因為多了玩伴，時贏時輸地累積了更多經驗。尤其一直以來老是輸給戴爾克的康拉德，終於也留下獲勝的紀錄，看得出來這讓他的鬥志變得十分高昂。

戴莉雅負責照顧年紀較大的孩子們。據她所說，夜裡偶爾會有孩子壓著聲音哭泣。但只要戴莉雅一動，對方就會裝睡，所以她也沒有出聲攀談，只是隔天會特別留意對方的行動。

年紀已經快要受洗、正為了目標奮發向上的孩子們雖然不用擔心，但年幼的孩子們每晚都哭著要找家人。儘管我與莉莉竭力安慰，抱著他們好聲輕哄，卻還是完全應付不來，每天都有些睡眠不足。

正為此感到煩惱的時候，哈特姆特大人帶著原是青衣神官侍從的六名灰衣巫女與五名灰衣神官來到孤兒院。聽說是青衣神官老家的貴族因犯罪被捕，所以有的青衣神官也被逮捕了。

「青衣神官他們雖然沒有實際參與犯罪，但一旦失去老家的援助，也無法再維持作為青衣神官的生活，而且還是得先把他們帶回去問話。當然，若有人想與主人一起被捕，我也會讓他們一同前往城堡，但由於沒有人如此希望，就把他們送回孤兒院了。至於他們的食材，之後會找人去青衣神官的房間裡搬運。」

哈特姆特大人說完，看著我和莉莉露出苦笑。

「再者現在多了這麼多孩子，妳們也需要更多人手來幫忙吧？」

……完全正確。

哈特姆特大人的貼心讓人深受感動。我道謝後，回房取來羅潔梅茵大人的畫像。

「哈特姆特大人，這是您委託的畫像。請過目。」

我將兩幅畫像攤放在食堂的桌面上。哈特姆特大人的橙色眼眸立即亮起光彩，認真地端詳起來，然後發出愉快的讚嘆。看來成品讓他很滿意。一想到哈特姆特大人勢必會用最嚴格的標準檢視畫像，對於自己能夠達到要求，我感到如釋重負。

「太棒了。可以清楚看出與青衣巫女時期相比，現在的氣質更莊嚴神聖。」

「哈特姆特大人，請讓我也看看吧。那是羅潔梅茵大人的畫像吧？因為葳瑪一直是在房裡畫畫，我從來沒看到過。」

康拉德興奮難抑地這麼央求後，哈特姆特大人想了一會兒，說：「好吧。但你絕對不能用手觸摸，要隔著一段距離觀賞。」戴爾克與康拉德看了畫像後，紛紛讚不絕口，似乎因此勾起了其他孩子的興趣。他們也隔著一段距離，探頭觀看畫像。

「你們剛進來，還未親眼見過羅潔梅茵大人吧？正好，我來告訴你們。這位便是擁有水之女神芙琉朵蕾妮的清廉，也蒙受睿智女神梅斯緹歐若拉寵愛的艾倫菲斯特聖女，羅潔梅茵大人。她那夜空色的頭髮宛如黑暗之神的披風，秀麗豐盈的光澤好比璀璨的星光，明亮的金色眼眸更彷彿有光之女神隱身其中……」

聽著突然開始的說明，剛進來不久的孩子們都一臉茫然。而且富涵詩意的抽象形容越來越多，對年幼的孩子們來說可能有些難以理解。

「羅潔梅茵大人的完美，不只在於美麗的容貌。她那善良的心地更是最崇高、最難能可貴的聖女特質。但是，前些天發生了一件事情，讓我不得不改變自己的想法。我認為適合套用在羅潔梅茵大人身上的形容詞，已經不再是聖女，而是女神才對。」

已經聽慣這些話的戴爾克與康拉德只是附和道：「慈悲為懷的女神嗎？」「羅潔梅茵大人還救了灰衣神官他們，確實稱得上是女神呢。」然而，其他孩子顯然完全在狀況外。而哈特姆特大人似乎是情緒激動起來，毫不在意周遭眾人的反應，接著講述。

「那一天，是斐迪南大人啟程前往亞倫斯伯罕的日子。羅潔梅茵大人為即將前往他領的三人獻上了虹色祝福。你們知道，要向所有神祇獻上祈禱，並獲得所有神祇的祝福，是件多麼不同凡響的事情嗎？」

「……不知道。」

「很好，那我來為你們說明吧。」

哈特姆特大人興沖沖地開始講解有關魔法的事情。他的說明相當長，但簡單歸納後，就是埃維里貝與蓋朵莉希以外的神祇都處得不好，所以要同時給予所有神祇的祝福是非常困難的事情。然而，羅潔梅茵大人卻輕而易舉地辦到了。

「忽然間，羅潔梅茵大人的雙眼就彷彿諸神附於其中般發出神秘的虹色光彩，接著她變出思達普，開始在半空中畫起誰也沒有見過的魔法陣。在她揮舞思達普的同時，點點光芒跟著不斷灑下，等到魔法陣完成，她更張開可愛的小嘴詠唱禱詞。每說出一位神祇的名字，其代表的貴色便在魔法陣上發出亮光，彷彿那一刻所有神祇皆降臨於此，看起來既美麗又教人心生敬畏。正當魔法陣在半空中緩緩飄動時，邊緣倏地綻放五顏六色的光彩，接著虹色祝福便灑落在三人身上。在場所有人全瞠目結舌，發不出聲音來。而在那個當下，羅潔梅茵大人僅是靜靜面帶微笑。多麼內斂且謙虛，又是多麼神聖脫俗。當時我真想向羅潔梅茵大人獻上祈禱。」

長達一鐘的時間，哈特姆特大人滔滔不絕地訴說著羅潔梅茵大人的不凡之舉，最後心滿意足地嘆口氣，環顧孤兒院內的眾人。

「那麼，讓我們向司掌浩浩青空的最高神祇，以及分掌瀚瀚大地的五柱大神，水之女神芙琉朵蕾妮、火神萊登薛夫特、風之女神舒翠莉婭、土之女神蓋朵莉希、生命之神埃維里貝，以及艾倫菲斯特的聖女羅潔梅茵大人，獻上祈禱與感謝吧。」

就在所有人迅速抬起雙手與左腳，一同獻上祈禱時，我發現新加入的孩子們都嚇得肩膀一震，無措地來回張望。這麼說來，光顧著指導他們學習與做手工活，忘了讓他們練習祈禱文呢。

……開始上課之前，得教他們祈禱文才行。

為了讓新加入的孩子們能夠適應在神殿的新生活，我也將盡己所能。

某個冬日的決心

「喂，加米爾。動作快！」

「不要催我，明明是爸爸起不來害的吧！」

我抱著要帶的東西衝下樓，生氣地向跑在前面的父親抗議。冬天一到放晴的日子就要去採帕露。但今天早上父親卻一直賴床，是我和母親拚命叫醒他。

「別抱怨了，你快坐到雪橇上來！」

「可是，爸爸……」

「快點！要不然帕露就沒了喔！」

在父親的催促下我只好坐上雪橇，父親立刻拉著雪橇開始狂奔。我沒好氣地鼓起臉頰，緊抓著雪橇以免被甩出去。

……我現在也可以自己用跑的了啊。

不過我也知道，我們已經比平常要晚出門了，而且我也不可能一直保持著和父親同樣的速度跑到森林去。不過，真想在遇見認識的人之前先下雪橇。要是被住在附近的人看到我和工具一起待在雪橇上，被父親拉著跑，大家鐵定會笑我。

……現在這樣我簡直像是什麼也不會的小嬰兒嘛。明明是爸爸自己睡過頭。

「嗨，昆特。這麼忙你還要去採帕露嗎？真辛苦啊。」

「有什麼異常嗎？」

一到南門，父親開始與守門士兵交談。雖然我心想著再不快點，帕露就要沒了，但也只是安靜地仰頭看著兩人。因為父親囑咐過我，他在大門與士兵說話是為了工作，不可以打擾他。

「……今天孤兒院的孩子們也去採帕露了，但裡頭有很多生面孔。有路茲和吉魯在，我還是放他們出城了。昆特，你有聽說什麼消息嗎？」

「可能跟領主大人下達的機密任務有關。到了森林遇見他們，我再問問看吧。」

現在明明是冬天，父親卻非常忙碌。往年冬天因為積雪很深，出入的人變少，只有鏟雪與應付醉漢比較辛苦而已，但今年冬天有領主大人吩咐的重要工作，所以聽說北門士兵的工作多了很多。

……既然孤兒院的人去了，代表戴爾克與康拉德也在森林裡囉？太好了！

去年秋天，第一次和路茲一起去森林時，我認識了戴爾克與康拉德。兩人都是孤兒院裡的孩子，剛好年紀和我差不多。孤兒院裡也有羅潔梅茵工坊製作的各種繪本與玩具，所以不管我說什麼，兩個人都聽得懂。因為路茲雖然帶了羅潔梅茵工坊的玩具來給我，卻要我不能告訴身邊的其他孩子，所以有人可以一起討論自己平常在玩的玩具，讓我非常開心。

我有個已經過世的姊姊，名字叫作梅茵，聽說她的死與神殿以及貴族大人有關。心地善良的神殿長因為對此感到難過，便把工坊製作的玩具送給我。只不過，如果讓人知道自己與貴族大人有關連，不知道會帶來什麼影響。所以不管是梅茵的事情，還是神殿的貴族大人與自己收到的玩具，都不可以告訴任何人。

我已經忘了第一次聽到梅茵的名字是什麼時候。但我非常清楚地記得，有一次母親、多莉和路茲很高興地在討論有關梅茵的事情，然而當我一問「梅茵是誰？」以後，大家就安靜下來，再也不提梅茵。當時的氣氛讓我明白到，真的提也不能提。不過我已經和父親約好了，所以自己也會絕口不提。

第一次和路茲去森林的時候，他還吩咐我說：「你可以和孤兒院的孩子們聊玩具，但絕不能提起有關梅茵的事情。」但其實我對梅茵一無所知，也沒有什麼可以說的。

後來，我與戴爾克及康拉德說好下次在森林見。之後我開始帶歌牌過去，和他們一起玩。面對戴爾克我時贏時輸，但從來沒有輸給康拉德過。然而到了春天，康拉德變強了，我竟然輸給了他。由於太不甘心，為了讓自己變得更厲害，我找了母親一起練習，也和偶爾回家來的多莉一起玩歌牌。

「康拉德、戴爾克！」

到了森林，果然和我在大門聽到的一樣，孤兒院的孩子們也來採集了。除了戴爾克與康拉德，還有很多我從沒見過的孩子。吉魯和路茲也在，正在教一大群孩子怎麼採帕露。看來今天有很多孩子是第一次採帕露。

「嗨，路茲、吉魯！今天要不要一起採帕露？你們會獻給羅潔梅茵大人吧？」

父親說完，路茲想了一下說：「但羅潔梅茵大人今年不會回來……」每年的冬天中旬直到尾聲，羅潔梅茵大人都會回神殿，但今年似乎不會回來。

「不，我們打算把帕露放到冰窖裡保存，再請羅潔梅茵大人享用。因為羅潔梅茵大人每年都很期待啊。」

吉魯咧嘴一笑。羅潔梅茵大人似乎非常喜歡帕露煎餅，每年都很期待吃到。而且聽說神殿裡頭有個地方彷彿一年到頭都是冬天，可以把帕露放在裡面，就算到了春天也不會腐壞。

……帕露居然不會融化，神殿裡竟然有這麼奇怪的地方。

「加米爾，你和孤兒院的孩子們一起去採帕露吧。爸爸跟吉魯說幾句話。」

「知道了。」

又是工作上的事情吧。父親與吉魯一起離開原地，我和路茲則一起走向孤兒院的孩子們。戴爾克與康拉德正在教新來的孩子們怎麼採帕露。

「所以就像這樣，要大家一起輪流採集。」

「為什麼我得做這種事情……」

「真是的！貝特朗，我不是一直跟你們說『不勞動者不得食』嗎！」

新來的孩子們不知道為什麼，都顯得有些目中無人。明明戴爾克正在示範怎麼採帕露，他們卻張著雙腳，站在原地大擺架子。

……這種不聽別人說話的人，別理他們就好了嘛。

「康拉德，戴爾克看來還真辛苦。」

「加米爾，好久不見。最近因為人數突然變多，孤兒院變得很熱鬧喔。戴爾克和戴莉雅三天兩頭就像那樣發脾氣。他們就連生氣的樣子也很像。」

戴爾克與康拉德曾說過，孤兒院裡還沒受洗的孩子很少，所以他們只能兩個人一起玩，但現在看來孩子突然增加太多，好像也很辛苦。而且現場從沒見過的孩子就有十人左右，聽說孤兒院裡還有更小的孩子，現在還不能外出。

……這麼多小孩是從哪裡冒出來的呢？

「現在因為地面上有積雪，沒辦法玩歌牌，真可惜呢。最近我都和大家一起練習，下次可不會輸給加米爾喔。」

康拉德說話難得這麼有自信。明明他以前總是噘起嘴巴，悶悶地說「反正我又不會贏」。平常跟這麼多人練習，康拉德與戴爾克一定都變得很厲害吧。我內心稍微產生了危機意識。

「但我也變厲害了喔。而且還贏了睿娜特。」

「睿娜特是誰？」

「是奇爾博塔商會的小姐。」

「康拉德、加米爾！你們能為大家示範一下嗎？」

聽見戴爾克與路茲的呼喚，為了教新來的孩子們怎麼摘帕露，我爬上帕露樹。

◆

我認識睿娜特，是在冬天快要來臨的時候。那天多莉帶了我去奇爾博塔商會。我穿著多莉縫製的，看起來就像正裝的漂亮衣服，第一次去城北。跟我們居住的區域相比，那裡的街道特別五彩繽紛。

「這一帶很乾淨吧？因為之前領主大人一鼓作氣把城市變乾淨的時候，很多顏料也跟著髒汙被洗掉了，所以是後來重新塗上的。狄多叔叔還很生氣，說工作一下子來得太多了！加米爾還記得嗎？」

多莉發出輕笑聲，為我講解城北這邊的街道。

聽說之前領主大人曾施展魔法，將城市裡的街道與石造建築都洗得乾淨潔白，連木造牆壁也變得非常乾淨。但是，有錢人居住的房子因為在外側塗了顏料，好像很多地方都被沖掉了，害得他們十分頭疼。

「我是聽說過為了在他領的商人來訪前整頓好街道，大家都忙翻了。印象中爸爸好像也一直在巡邏……」

在我記憶中，幾乎從沒見過城市髒兮兮的樣子，但大家異口同聲地說，那一次帶來的改變非常巨大。我記得父親還說：「原本領主大人還想把平民區的居民全趕出去，重新改建城市，是羅潔梅茵大人阻止了他。所以我們必須非常小心，不能把城市弄髒。」然後與士兵們出去巡邏。

「這裡就是奇爾博塔商會，是我工作的地方喔……接下來講話要有禮貌。」

多莉說完，從店門旁邊的樓梯走上二樓，喊道：「我是多莉，我回來了。」下人幫忙開門後，多莉走了進去。這時多莉的動作跟語氣，和她在家裡的時候完全不一樣。我也照著路茲與多莉教過的，努力把背挺直。

「你就是加米爾嗎？歡迎。」

奇爾博塔商會的老闆出來迎接，向我介紹他們一家人。有多莉十分尊敬的、還是羅潔梅茵大人專屬裁縫師的珂琳娜夫人，以及兩人的孩子睿娜特與克努特。此外，還有今天剛好來指導睿娜特的普朗坦商會老闆跟馬克先生。

他們要我與睿娜特以及克努特一起玩歌牌和撲克牌，就連普朗坦商會的老闆與馬克先生也加入了。以克努特的年紀還不是我的對手，但跟睿娜特的輸贏比例是一半一半。

「睿娜特，我說了吧？並不是因為我是成年人，而是妳自己實力還不夠。」

普朗坦商會的老闆咧嘴笑道。睿娜特不甘心地鼓起臉頰，看向我說：

「加米爾，你加入奇爾博塔商會吧。我要跟你比到可以壓倒性獲勝為止，怎麼樣？」

「……咦？」

突如其來的問題讓我不知道該怎麼回答。我眨著眼睛時，奇爾博塔商會的老闆歐托先生也笑咪咪地邀請我。

「噢，不愧是睿娜特，這真是好主意。加米爾，你要不要進入我們商會當都盧亞？」

聽到商會老闆直接開口邀請，我嚇了一跳看向多莉。多莉現在隸屬奇爾博塔商會，擔任羅潔梅茵大人的專屬髮飾工藝師。最近就連服裝的設計與布料的挑選也會交給她。這種地步完全可以說是出人頭地，在我們居住的那個區域，幾乎沒有人能在成年前就做到這麼厲害的事情。多莉對我來說，是身邊人們都投以崇拜眼光的厲害姊姊。

……如果進入奇爾博塔商會，我也可以變得和多莉一樣厲害嗎？

我不禁有些心動。雖然父親曾問我：「要不要和爸爸一起當守護城市的士兵？」但我覺得比起士兵，跟多莉一起工作好像更有趣。

但在下個瞬間，普朗坦商會的老闆忽然抬起手來。

「不行。加米爾更適合成為普朗坦商會的都盧亞。而且比起奇爾博塔商會在販售的髮飾、布料和絲髮精，你對普朗坦商會的書本和玩具更有興趣吧？」

聽到商會老闆直接對我這麼說，我內心的天秤又傾向了普朗坦商會。我身邊的人當中，和多莉一樣出人頭地的就是路茲了。他家裡的人都是建築工匠或木匠，路茲卻成了大店的都帕里，和多莉一樣了不起。

我非常喜歡路茲帶來的各種繪本與玩具，比起髮飾和布料也更讓我感到熟悉。畢竟真要說的話，布料與髮飾比較算是女生的領域。

「路茲跟我說過，你想和他一樣行遍各地，也想試著在孤兒院的工坊工作吧？」

會想去孤兒院的工坊，是因為我覺得這樣也許可以見到戴爾克與康拉德，但其實我也很好奇繪本與玩具是怎麼做出來的。想到這裡，我忽然覺得普朗坦商會比奇爾博塔商會更有魅力。而且路茲還說過，可以最先看到剛做好的書籍，這點也非常吸引人。

「喂喂喂！班諾，你饒了我吧！你為什麼每次都要搶走我看中的人才?!有路茲不就夠了嗎?!」

「照你這麼說，你有多莉不也夠了嗎！人才就應該讓他待在合適的地方！」

正當我感到苦惱的時候，兩位老爺吵了起來。再加上睿娜特還在旁邊催促：「加米爾，你快點決定。」聽說是我如果不做出決定，這兩個人就會一直吵下去。

煩惱不已的我，仰頭看向多莉求救。察覺到我的視線，多莉走了過來，輕笑著摸摸我的頭。

「加米爾，你不用這麼為難，距離你的洗禮儀式還有時間，慢慢考慮就好了。要做怎樣的工作，關係到你往後的人生，所以必須好好考慮，自己做出決定才行。雖然可以參考別人的意見，但也不能因為誰這麼說了，就拿來當作藉口喔。因為自己以後一定會後悔，感到痛苦的時候也只會怪別人，自己卻不好好努力。」

多莉說完就此打住，然後轉向兩位老爺微微一笑。

「所以兩位，請不要急著催促，靜待加米爾的回覆吧。」

◆

「啊哈哈哈，那情景太可怕了！因為兩位老爺一定誰也不肯退讓。」

我挨著火堆，溫暖因為採帕露而凍僵的雙手時，把這件事告訴了路茲。路茲聽完哈哈大笑，對我說聲辛苦了。看著會輕拍我的頭，總像這樣鼓勵我的路茲，我突然很想要有他這樣的哥哥。

「……路茲，你會和多莉結婚嗎？再過不久多莉也要成年了吧？雖然好像都是身邊的人在瞎起鬨……」

大多數的女孩子快要成年時便會開始尋找對象，為結婚做準備。最常和多莉一起行動的人就是路茲，而且就算兩人都在大店出人頭地，原先也是貧民區的居民。結婚時兩個家庭間的關係非常重要，所以從這點來看，兩家的人都認為多莉與路茲是正好適合彼此的對象。大概因為對象如果是大店出身的人，兩家都高攀不起吧。

「嗯，我知道身邊的人都在瞎起鬨，也知道這麼做最沒有問題。不過，我也不曉得。短時間內都不太可能吧。因為多莉剛失戀。」

「咦咦?!」

「……啊，這可是秘密。」

「路茲，你不要吊我胃口！明明多莉的裁縫手藝那麼好，工作那麼認真……」

怎麼可能會有男人拒絕多莉，或是意識不到她的存在。雖然我像在偏袒自家人，但我認真這麼覺得。不過，難道就和父母他們說過的一樣，是因為論及婚嫁時會非常看重老家與出身嗎？

但不管我怎麼追問，路茲都只回答「秘密」，什麼也不肯說。

「別說多莉了，我比較想知道剛才那件事的後續。你已經決定了吧？從表情就看得出來。」

路茲說完，勾起嘴角微笑。我也仰頭看他，咧嘴一笑。

「我想去普朗坦商會。比起守護城市、販賣髮飾和布料，我更喜歡書本和玩具。」

「……還真的如她所願，長大後成了愛書的弟弟嗎？真不愧是梅茵。」

路茲忽然小聲嘀咕。由於聽不清楚，我反問後，他卻搖搖頭說：「沒什麼。」路茲不肯告訴我的事情其實還不少。

「如果你真的想進入普朗坦商會，正好最近暴風雪快停了，只要你取得昆特叔叔他們的同意，我可以先在普朗坦商會指導你。」

「指導嗎？」

「當初我身為木匠的孩子，為了成為商人吃了不少苦頭；你身為士兵的孩子，想當商人大概也不容易吧。你可以來普朗坦商會待十天，我把當商人所需的知識教給你。」

由於有繪本和玩具，閱讀文字與計算我都沒有什麼問題，但路茲說商人該有的思維與常識，很多還是要實際接觸以後才有辦法明白。畢竟路茲是已經進入商會的前輩，他的建言最好記在心上。

「我也會問問馬克先生與老爺，但對象是加米爾的話，我想應該沒問題。」

「真的嗎?!」

路茲笑著點點頭。

「到了春天店裡會很忙，而且也已經確定接下來要去克倫伯格，所以根本沒時間教你，但冬天的話我還算有空。因為我尚未成年，不能去城堡。」

路茲說到了冬季尾聲，為了城堡的書籍販售會，老爺與其他都帕里會非常忙碌。而他負責的工作，就只是在羅潔梅茵工坊準備好要帶去城堡的書本和教材而已。

「而且，你也需要從遣詞用字、儀態和姿勢開始練習。」

路茲明確指出我該學習哪些事情後，自己將來要走的道路彷彿在眼前延伸開來，讓我感到非常開心。

「你要跟叔叔和阿姨好好商量，取得他們的同意，之後我才能教你。」

因為若沒有父母的支持，會過得非常辛苦——路茲瞇起眼睛，像是想起了什麼事情。不過，沒問題的。只要告訴父親母親我的想法，他們一定能理解。

「路茲，我會加油！」

「嗯，加油啊。」

路茲說完，帕露「咚」地落在雪地上的聲音剛好傳來。其實戴爾克與康拉德也是，但就連孤兒院裡新來的孩子們，摘下帕露的速度都比我們快上許多。

「為什麼他們可以那麼快就摘下來？」

「不知道。加米爾，你看。昆特叔叔在招手了。換你了喔。」

「嗯！」

為了接手，我爬上帕露樹。「加米爾，差不多了。剩下的麻煩你了。」父親說完便下去了。我脫下手套，握住樹枝根部。同樣在附近的樹枝上暖和帕露果實的戴爾克往我轉過來。

「加米爾，你看起來心情很好喔。手不冷嗎？」

「當然冷啊……戴爾克，等到了春天，我說不定有機會去孤兒院的羅潔梅茵工坊參觀喔。因為路茲說了，如果我真的想加入普朗坦商會，他可以幫忙向羅潔梅茵大人申請參觀許可。」

「真的嗎？嗚哇，太好了！」

戴爾克露出了歡迎的開心笑容。將來也許能和戴爾克以及康拉德一起工作。想到這裡，我覺得這真是太棒了。

陽光從上方照進森林裡後，代表採集必須結束了。帕露樹的葉子開始像寶石一樣，閃閃發亮地反射陽光，樹木也彷彿擁有意志般地搖動起來，發出沙沙沙的摩擦聲響。我立刻往下跳，注視著帕露樹慢慢消失。第一次看到這幕景象的孤兒院孩子們都吃驚地睜大雙眼，仰頭看著不可思議的帕露樹。

帕露樹漸漸越長越高，接著甩動樹枝拋出果實，最終「咻」地縮小消失不見。來採集的人們紛紛朝著大門開始移動。

我們也把採到的帕露果實收進籃子裡，放上雪橇，準備回家。走回大門時，我與父親是和孤兒院的孩子們一塊走。父親說他到了大門會幫忙說明，讓孩子們可以順利進城。因為守門士兵在進城時會比出城時更嚴格檢查，而且早上與中午的輪值士兵不同人，沒見過的孩子們很可能被攔下來。

「現在這時期情況有些複雜，所以如果只有吉魯和路茲的話，可能還是不夠。下回開始你們先跟我說一聲吧。多少比較好通融。」

「昆特叔叔，謝謝你。」

父親向守門士兵說明完後，孤兒院的孩子們全都順利地回到城裡。穿過大門，孤兒們朝著孤兒院繼續邁步。

在往住家的方向轉彎之前，父親拿了一顆帕露果實遞給吉魯。

「吉魯，這給羅潔梅茵大人。」

「嗯。我一定會放在冰窖裡保存，請她享用。」

「麻煩你了。」

……唉，我的帕露又減少了。

明明光採一顆帕露就得耗費不少時間，但父親為了羅潔梅茵大人，總是毫不在意地就託給孤兒院的人轉交。不只是戴爾克與康拉德，我覺得受到羅潔梅茵大人青睞的家人們，全都太過喜歡她了。

當天晚上吃完飯，我對父母說：「我有話想告訴你們。」瞬間，兩人表情僵硬地對看一眼。接著父親一臉嚴肅地重新坐好，母親則是神色不安地泡茶。裝了茶水的杯子「咚、咚」地放在桌上，父親拿起杯子喝了一口，滋潤喉嚨後，才轉頭看我。

「加米爾，你想說什麼？」

感覺父親的聲音比平常要低沉許多。他們可能會反對的不安突然在心裡擴散，我緊緊握著拳頭，筆直注視兩人。

「爸爸、媽媽，我想和路茲一起做書！我想加入普朗坦商會，製作並推廣新的書籍！」

說出自己的希望後，不知為何父親和母親的表情都顯得想哭。本來還以為他們可能會反對，或是質問我：「為什麼不想當士兵？」沒想到兩人卻是一副想哭的樣子。

「……你們果然反對嗎？」我歪過頭問。

「不是的。」母親說著，輕擦了擦眼角，然後站起來走到我身邊，露出五味雜陳的笑容緩緩摸我的頭。

「既然你已經決定了，媽媽怎麼會反對呢。我們會支持你，要好好加油喔。」

父親也點了點頭，同意我去普朗坦商會學習。

……我也要做書，變得像路茲一樣！

兒子的出發準備

「母親大人，我是尤修塔斯。事態緊急，請您今天回宅邸來。」

我正在城堡的一個房間裡，與芙蘿洛翠亞大人以及艾薇拉大人一同整理著結婚賀禮時，忽然收到奧多南茲。瞬間我也感到相當驚訝，但在旁聽見了的芙蘿洛翠亞大人與艾薇拉大人顯得更是驚慌。

「哎呀，事態緊急嗎……究竟發生什麼事了？」

「黎希達，反正羅潔梅茵還沒從神殿回來，妳馬上回去吧。明天休息也沒關係……」

兩人憂心忡忡地這麼說道。尤修塔斯在我工作的時候捎來奧多南茲說這種話，確實非常少見，我也感到擔心。但是，斐迪南大人親口指定我幫他挑選要帶去亞倫斯伯罕的賀禮，我不能隨意撇下工作。

「那我便恭敬不如從命，今日先行返家。不過，明天我還是會來工作。既然是尤修塔斯，肯定不是什麼重要的事。」

「黎希達，妳這樣可不行。身為妳的主人羅潔梅茵的母親，我命令妳，要好好珍惜與尤修塔斯大人相處的時光。因為今後已經沒有多少機會能以母子的身分相聚，也沒有多少時間能以母親的身分為孩子付出了。」

艾薇拉大人眼神認真，看著我說道。那雙漆黑眼眸難得流露出了明顯的情緒波動，令我心頭一緊。不僅是我，艾薇拉大人也將送自己的一個孩子前往亞倫斯伯罕。由於計畫臨時改變，如今只剩大約一週的時間，斐迪南大人與我們的孩子便要啟程出發。

「黎希達，這是以領地名義送給他領的賀禮，其實本該由領主一族的我與夏綠蒂來幫斐迪南大人準備。只可惜，斐迪南大人並沒有拜託我……妳別擔心這裡的事情，回去幫幫尤修塔斯吧。」

但即便芙蘿洛翠亞大人這麼說，要撇下工作還是令我猶豫再三。因為滅私奉公，是我一直以來的原則。見我遲遲不答，芙蘿洛翠亞大人微微一笑又說：

「而且尤修塔斯的急事不先解決，要是影響到斐迪南大人的行程，那就不好了吧？黎希德、艾薇拉，妳們兩人明天都休息吧。可以回去幫忙打包，或是整理房間。在孩子出發之前，多以家人的身分陪伴他們吧。這是我的命令，沒問題嗎？」

芙蘿洛翠亞大人面帶溫柔淺笑，藍色雙眼中卻有著不容拒絕的堅決。領主一族既已下令，便不能違抗。我們在芙蘿洛翠亞大人面前跪下來。

「感激不盡。」

我們母子倆通常都是與主人一起行動，即便偶爾會以近侍的身分碰到面，卻不曾以家人的身分共處。還能以母子身分相聚的，今天恐怕是最後一次了吧。

「母親大人，真是抱歉。我回來晚了。」

尤修塔斯嘿嘿笑著回到宅邸時，一點也看不出哪裡事態緊急。我慢慢呼出一口氣後，接著橫眉倒豎。多半是因為艾薇拉大人與芙蘿洛翠亞大人都太過擔心，不知道究竟發生何事的我，也忐忑難安地回到宅邸等候，怎知尤修塔斯回到家時竟是這樣的態度。

「尤修塔斯！就算我們是母子，但彼此都有工作在身，怎麼能突然要求我返回宅邸呢。況且回到宅邸就代表得請侍從準備餐點，但過了第四鐘才聯絡的話就太晚了。我不是時常告訴你，再怎麼事出突然，最晚也要在第三鐘前完成聯絡嗎？」

「反正現在大小姐正在神殿處理交接工作，今年也不像去年要繡魔法陣，母親大人在城堡應該無事可做吧？」

「我受斐迪南大人所託，正在挑選結婚賀禮。再說了，我有沒有工作要做，跟你不懂規矩是兩回事。不能臨時對宅邸裡的侍從與廚師造成困擾。」

因為我們通常是在主人那邊用晚餐，若是臨時更改行程，會對在宅邸裡工作的人們造成負擔。讓底下的人做起事來能夠輕鬆愉快，也是主人的責任，這點身為侍從的尤修塔斯不可能不明白。但是，為什麼他就是做不到呢……

聽著我的訓話，尤修塔斯忽然一臉詫異地偏過臉龐。

「哎啊，話說回來，母親大人竟然可以一口氣說這麼多話。」

……這個蠢兒子！

我既覺得再說下去也是白費唇舌，又覺得應該再好好訓訓他，兩種思緒的拉扯下讓我頭痛得要命。尤修塔斯似乎從小到大一點長進也沒有，是我的錯覺嗎？

然而，尤修塔斯絲毫不顧母親如此頭痛，只是朝我遞來防止竊聽的魔導具，說：

「侍從們都退下吧。接下來我們要說的話很多都是機密。」然後朝著房間開始邁步。

「母親大人，城堡的情況如何？因為突然要提前出發，應該亂成一團了吧？」

「是呀，整整少了一個季節以上的交接時間。不光齊爾維斯特大人，騎士團的高層也手忙腳亂。」

由於斐迪南大人突然要提前動身，原先訂在冬季執行的各種計畫該如何調整，高層們都傷透腦筋。

「大小姐在神殿還好嗎？奧黛麗跟我說，哈特姆特最近也非常忙碌……」

「對於監護人即將離開，大小姐雖然感到不安，但表現得十分堅強喔。她正忙著準備要讓斐迪南大人帶去亞倫斯伯罕的餐點、購買要送給領主候補生的髮飾……感覺是藉著忙碌來排解內心的寂寞。斐迪南大人出發以後，真擔心屆時的大小姐呢。」

我們一邊交流情報，一邊走進尤修塔斯的房間，緊緊關上房門。接著，我轉身面向尤修塔斯。

「那在忙得要命的這時候，你到底是為了什麼急事把我找回來？」

「母親大人身為侍從如此優秀，當然是把您請回來幫我的忙啊。請幫可愛的兒子打包行李吧。因為有太多東西不能被宅邸裡的侍從們看到。」

好意思厚著臉皮說自己是「可愛的兒子」，這點就非常不可愛，但我也明白尤修塔斯需要幫忙。聽他剛才報告的近況，他得清點大小姐幫忙準備的餐點與點心、整理神官長室、身為斐迪南大人的侍從還得去貴族區的宅邸協助拉塞法姆、處理城堡的交接工作等等，出發前該做的事情多不勝數。他很難再分出時間，為自己準備行李與整理房間吧。

「而且，等整理好神官長室，幫斐迪南大人把行李運送到貴族區的宅邸後，羅潔梅茵大人便會直接返回城堡，為冬天做準備。一旦主人回了城堡，母親大人身為首席侍從，根本回不了家吧？」

所以我才緊急喚您回來——尤修塔斯說。看來他們的行程比我想的還要緊湊。

「大小姐可是領主一族，怎麼能請她幫忙運送行李呢。總之，情況我明白了。但從現在開始直到就寢時間為止，感覺實在不可能全部打包完……幸好芙蘿洛翠亞大人命我明天休息一天。」

「那真是太好了。我本來還在想就算要使些強硬的手段，明天也要讓您休息。」

「尤修塔斯！你應該知道臨時改變行程，會給旁人造成多大的困擾……」

「確實會給人造成困擾吧。但我現在根本不曉得城堡的情況，無法判斷可以讓誰知道多少消息。」

聽了他的反駁，我不再作聲。我因為是羅潔梅茵大人的近侍，知道僅有高層才曉得的消息。但是，這些事情就連家裡的侍從也不能知道。

「我幫你準備行李吧。不過，你那些莫名其妙的東西可得自己收拾。」

「我知道。因為若是交給母親大人，會全部被丟光嘛。對我來說，那些全都是寶物呢……」

從小，尤修塔斯便不斷把看來毫無用處的奇怪東西帶回家。而且他還說什麼都不肯丟掉，害得我與負責打掃他房間的侍從傷透腦筋。後來我們互相讓步，我要求他把那些東西收進秘密房間，否則的話若丟在房間地板上，就算被侍從丟掉也不准抱怨；而只要放在秘密房間裡，我也不干涉尤修塔斯把東西帶回來。就這樣，終於使得房間呈現出符合貴族身分的整齊樣貌。

「接下來幾天的時間，得打包好冬季衣物與日常生活用品，可以麻煩母親大人嗎？我打算清除秘密房間的登記，裡面的東西會全部裝箱，暫時放在房間角落。」

消除秘密房間的登記，也是一種下定決心的證明，代表不會再回到這個家。女兒因為嫁人而離開這個家的時候，也曾消除秘密房間。當時身為母親，我同樣產生了落寞不捨的心情。

「該不會秘密房間裡的所有東西，你都打算帶去亞倫斯伯罕吧？」

「那當然。雖然得先等那邊的情況穩定下來……在那之前麻煩母親大人保管了。」

聽得出來，意思是他們目前還不曉得到了那邊以後，情況會如何演變。我喉嚨忽然一緊，心情十分沉重。看著尤修塔斯抱起空木箱走進秘密房間後，我也把衣服與桌邊的物品裝進箱子裡。

這次尤修塔斯該帶的都是基本生活用品，只要能在亞倫斯伯罕過冬即可，就和大小姐為前往貴族院時所做的準備差不多。因為春天過後會用到的東西，預計雪融之後再送過去。

「但和貴族院不一樣的是，因為得參加冬季社交界，衣物會占很多空間呢……」

留下幾天份的日常便服與出發當天要穿的服裝後，我把剩下的冬衣全部裝箱。每天會用到的文具則先放在一旁，以便最後再放進去，然後開始打包較少用到的物品。看得出來尤修塔斯是不想讓宅邸裡的侍從碰到包括木板在內的文件，所以才拜託我幫忙。

……尤其這陣子必須格外小心，不能走漏一絲風聲。

聽說前些天有貴族偷偷闖進神殿，竊取聖典。犯人是達道夫子爵夫人，而艾倫菲斯特的高層們一致認為，背後肯定有喬琪娜大人的指使。也認為她為了盡早趕走阻撓自己計畫的斐迪南大人，做了某些事情，使得亞倫斯伯罕不得不寄來緊急信函。

……究竟為什麼會變成這樣呢？

在我還在侍奉的時候，年幼的喬琪娜大人總與古德倫以及尤修塔斯玩在一起。一想起她，心頭便揪起來。她知道母親因為接連生了兩個女兒，為此感到無地自容，所以拚了命地想要成為下任領主。當時的少女有多麼拚盡全力，我都還能清楚回想起來。

然而，好不容易生下了男孩，也就是齊爾維斯特大人後，薇羅妮卡大人便把所有的關愛都投注在他身上。她無比擔心容易生病的稚子，決定指派能夠信任的人守在領主居住區域的兒童房裡。

薇羅妮卡大人因為早早便失去了母親與親哥哥，總是懷疑萊瑟岡古的貴族會派人來暗殺，非常害怕失去自己好不容易生下的兒子。因此，曾服侍過薇羅妮卡大人，也意外擔任過卡斯泰德大人的指導員、還正擔任喬琪娜大人首席侍從的我，便因有過服侍下任領主候補人選的經驗，被派去照顧齊爾維斯特大人。

……首席侍從突然被奪走，不知當時喬琪娜大人心裡作何感想呢？

包括前前任領主、前任領主與現任領主，我共服侍過三任奧伯・艾倫菲斯特。作為領主一族的旁系，我並沒有特定的主人，專奉領主之命服侍很難找到合適侍從的領主一族。只要領主下令，我便得侍奉新的主人。但是，當時我是不是該試著稍做反抗呢？

「母親大人，您怎麼了？」

抱著木箱從秘密房間裡出來的尤修塔斯出聲喚道，我緩緩搖頭。

「……我只是在想那個時候，我也許不該離開喬琪娜大人身邊。」

「您還在後悔這件事嗎？您的身分只能聽從奧伯之命服侍不同的主人，不必為此感到內疚吧。要怪就怪指定了母親大人的薇羅妮卡大人，以及答應她要求的前任領主。」

看著斷然如此表示的尤修塔斯，我不由得露出苦笑。

「就因為你凡事看得開，我始終覺得你更適合服侍奧伯．艾倫菲斯特呢……你這孩子就是無法如我所願。」

當時不得不離開喬琪娜大人身邊的我，便希望孩子們去服侍她。古德倫雖然成了喬琪娜大人的侍從，尤修塔斯卻選擇了修習侍從課程，拒絕成為喬琪娜大人的近侍。

此外，在尤修塔斯決定遵從前任領主的命令去服侍斐迪南大人時，我本以為他會和沒有特定主人的我一樣，往後也成為奧伯．艾倫菲斯特的侍從，暗暗為此感到高興。想不到，後來尤修塔斯竟向斐迪南大人獻名。

「如果我能和你一樣下定決心，繼續服侍喬琪娜大人的話，或許很多事情都會不太一樣。說不定喬琪娜大人與齊爾維斯特大人還能同心協力，共同治理艾倫菲斯特。」

「啊？萬一真變成那樣的話，斐迪南大人的處境會比現在更悲慘吧。薇羅妮卡大人與喬琪娜大人都一樣，面對不是自己陣營的人會非常苛刻。要是和這兩人都成為敵人的話，那麼恐怖的畫面我可不敢想。」

明明我只是想像了比現在好一些的情景，尤修塔斯卻斬釘截鐵反駁，認為「現在比較好」。我沒好氣地睨他一眼。

「居然沉浸在不該有的感傷裡，不肯面對現實，真不像是平常的母親大人呢。更何況喬琪娜大人的心情根本不重要。」

「尤修塔斯，你應該稍微……」

「唉，得視當下情況服侍不同主人的母親大人還真辛苦。您明明不能只為一人展開行動，卻比每個以前服侍過的主人都要操心。」

尤修塔斯邊說邊從秘密房間裡搬出木箱，堆放在房間角落。

「而且喬琪娜大人可是有很多同伴，現在仍足以威脅到奧伯．艾倫菲斯特。為了陷害齊爾維斯特大人，她肯定還和以前一樣，正雙眼亮著精光地在謀劃各種事情吧。」

聞言，我不得不意識到自己眼中所見的光景與尤修塔斯截然不同。對兒子來說，喬琪娜大人甚至已不再是兒時的玩伴，更不會去緬懷過往那些早已逝去、再也回不來的時光吧。

「對母親大人來說，她也許是從前侍奉過的主人；但在我眼裡，她不過是需要將其擊倒的敵人。母親大人想沉浸在感傷裡是您的自由，但眼下是什麼事情更重要？」

嘴上說著沉浸在感傷裡是我的自由，卻又逼著我面對現實，這讓我不禁苦笑。他根本一點也沒想讓我沉浸在感傷裡嘛。

「我效忠的是奧伯．艾倫菲斯特，還有羅潔梅茵大人。這點我絕不會忘。」

「是啊。斐迪南大人是為了艾倫菲斯特，才要前往亞倫斯伯罕。所以，羅潔梅茵大人就拜託留在這裡的母親大人多照顧了。」

尤修塔斯竟然會擔心斐迪南大人以外的人。對此我感到有些吃驚，但也露出微笑，想讓即將出發的他們放心。

「與要前往亞倫斯伯罕的你們不同，大小姐身邊還有擔心她的近侍、老家的家人，以及今後會成為她依靠的未婚夫。就算覺得寂寞，也不會持續太久吧。」

「……真是這樣就好了。」

尤修塔斯以懷疑的口吻這麼說，我也輕嘆一聲。重視自己的主人到願意為其獻名的兒子，對於受到薇羅妮卡大人溺愛的齊爾維斯特大人與韋菲利特大人，態度始終不是很友善。有時就連不是齊爾維斯特大人他們該承擔責任的事情，他也會把怒火發洩在他們身上。儘管情感上能明白這也無可厚非，但我仍是有些難受。

……因為對尤修塔斯來說，斐迪南大人是他的唯一吧。

向斐迪南大人獻名時，尤修塔斯捨棄了主人以外的所有一切。不管是妻子還是孩子……從他吊兒郎當的外表與舉止，難以想像他竟有這般偏激且冷酷的一面，更明白表示他不需要任何會妨礙到自己的東西。從這方面來看，也許他與發誓要將一切奉獻給領地的我最為相像。

隔天，我妥善利用了芙蘿洛翠亞大人給予的假日，整理好了尤修塔斯的房間。行李堆放成了好幾座小山，有的是尤修塔斯出發時要帶走的，有的是等季節變換後再送去的衣服等雜物；有的則和秘密房間裡的那些東西一樣，等斐迪南大人舉行完星結儀式，不再是客人的身分後就會送過去。

「哎啊~真是幫了我大忙。不愧是母親大人。」

「這麼誇我也不會給你更多好處唷。」

真是的……用詼諧的語氣說完，我抬頭看向尤修塔斯。兩人之間一時流竄著沉默。

從今往後，我們或許還會以羅潔梅茵大人的近侍與斐迪南大人的近侍這樣的身分見到面，卻不會再以母子的身分對彼此說話了吧。

……得說點什麼才行……

儘管如此心想，我卻想不到可以送給尤修塔斯的臨別祝福。該說什麼才好呢？就算說了「萬事小心」，但這個兒子為達目的，老是面帶笑容一頭跳進危險當中。從小到大，我從沒見他小心過。

……我再怎麼擔心，那些叮嚀說了也沒用吧。

秉著滅私奉公的原則，侍奉奧伯．艾倫菲斯特至今的我，以及將與主人一同前往亞倫斯伯罕的尤修塔斯，一般母子會有的對話實在不適合我們。

躊躇了片刻後，我挺直腰桿，慢慢吸一口氣。大概是看見我挺起胸膛，尤修塔斯也收起臉上那不正經的笑容，端正站好。

「切記不可違背自己的誓言。既已為其獻名，要竭盡所能完成主人的命令。」

「謹遵吩咐。我們的性命僅為主人而在。」

「……是啊，僅為主人而在。」

尤修塔斯露出了無比自豪的笑容。

他將隨心而為，盡己所能為主人奉獻一切吧。我不得不真切地感受到，尤修塔斯果真是自己一手養大的孩子。

回憶與別離

「能夠服侍神官長，是我的榮幸。」

我親眼看著神官長再也不是神官長，騎著騎獸飛往貴族區。目送神官長與羅潔梅茵大人他們離開後，我與薩姆走向神官長室。即使主人不在了，我們仍有許多工作要做。

「法藍，孤兒院那邊在做準備了嗎？」

到了神官長室後，首先要報告進度。好比神官長室的首席侍從羅塔爾問起的，今年冬天因為將有受洗前的孩童進入孤兒院，我們正在進行準備。

「由葳瑪與莫妮卡負責指揮，準備工作正在慢慢進行，只不過目前還是優先為孤兒院準備過冬。因為不曉得究竟會收留多少人，這點似乎有些麻煩。」

餐具與床鋪要準備幾人份？此外雖說都是受洗前的孩子，但不知道身高與年紀的話，也無法確定準備的衣服是否足夠。然而這些問題，就連羅潔梅茵大人與哈特姆特大人也答不上來。儘管兩位都說，孩子們被送來孤兒院的時候，過冬需要的被褥及糧食等物品也會一併送來，但我們還是得準備基本生活所需的家具和日常用品。

「這點確實有些棘手呢。羅潔梅茵大人雖然說了不夠的話會再送來，但他們因為是貴族區的孩子，不可能把他們的床鋪和餐具從外頭搬進來。」

羅塔爾瞇起藍紫色眼眸，抬手撥起自己的淡褐色髮絲。看見他沉思時的習慣動作，神官長室的侍從中年紀最小的伊米爾納悶地眨了眨水藍色雙眼。伊米爾是我離開孤兒院長室去侍奉羅潔梅茵大人後，加入神官長室的侍從。

「為什麼？請他們各自帶過來比較好吧？」

「那樣一來，孤兒院裡的房間可能會比青衣神官的寢室還要豪華。」

「啊，如果坎菲爾大人的待遇變得比進入孤兒院的孤兒還糟，那我也不想看到。」

說完，伊米爾微微垮下肩膀。在羅潔梅茵大人就任為神殿長後，大概是因為好幾年來都一起準備奉獻儀式，伊米爾對坎菲爾大人似乎有著很強的革命情感。

青衣神官當中，坎菲爾大人的個性認真嚴謹，做事也非常細心，還與侍從們相處愉快。只不過，他的老家好像不算富裕，扣除掉勉強能維持青衣神官體面的費用外，賺來的錢全被老家拿回去。

「神官長……不對，是斐迪南大人好像還會不時告誡坎菲爾大人老家的人，但哈特姆特大人只為羅潔梅茵大人做事。坎菲爾大人以後沒問題嗎？」

伊米爾語帶擔憂地說完，我再度驚覺現在已經不能稱呼神官長為神官長了。我因為是在斐迪南大人就任為神官長後被納為侍從，一直以來都只稱呼他為「神官長」。想到今後必須改口稱作「斐迪南大人」，總覺得非常奇妙，也十分悲傷。

「若是老家的行為太過分，只要委婉地提醒哈特姆特大人，希望他能請羅潔梅茵大人幫忙規勸幾句即可。哈特姆特大人肯定會心想這點小事不值得勞煩羅潔梅茵大人，狠狠訓老家的人一頓吧。」

「哦……法藍，你很清楚怎麼樣能讓哈特姆特大人展開行動呢。」

「哈特姆特大人他們開始出入神殿的時候，斐迪南大人便告訴了我許多與貴族近侍的相處之法。」

「下次也請告訴我們。」

其實並不是值得羅塔爾感佩的事情。想起那陣子每天都得繃緊神經，生怕惹怒身為貴族的近侍們，我不由得面帶苦笑。

「那些方法都得透過羅潔梅茵大人，所以隸屬神官長室的各位恐怕無法參考。就好比我們想讓羅潔梅茵大人採取行動的時候，都會找斐迪南大人商量，請你們也私下先找我或者薩姆商量吧。」

「但如果做得太過明顯，可能會引起哈特姆特大人的警戒。畢竟那位大人對於羅潔梅茵大人被人利用的這類行為非常敏感。」

聽完薩姆補充的這句話，大家心領神會地「啊」了一聲。每個人腦海裡，肯定都浮現出了哈特姆特大人跨坐在青衣神官身上的模樣吧。

主人們不在的神官長室內，氣氛遠比平常要輕鬆悠閒。尤其此刻莫妮卡去了孤兒院，包含我與薩姆在內，在場全部原是斐迪南大人身邊的侍從。

「伊米爾，哈特姆特大人吩咐的藍色儀式服準備好了嗎？」

神殿長室那裡，比較重視各個地方的過冬準備進度，以及與平民區的合作情況，但神官長室一向是優先準備奉獻儀式。如今哈特姆特大人已經就任為神官長，絕不能第一次舉行奉獻儀式就出差錯。

但是，如今曾為青衣神官的艾格蒙大人與斐迪南大人都離開了神殿，神殿長羅潔梅茵大人也不會回來，所以能夠舉行儀式的青衣神官變少了。為了補足魔力，哈特姆特大人已經請了羅潔梅茵大人的親兄長柯尼留斯大人幫忙，也向達穆爾大人與安潔莉卡大人請求協助。聽說伊米爾負責為他們準備藍色儀式服。

「還沒有。那個，因為我不太了解青衣巫女的儀式服……」

「那得趕快為達穆爾大人、柯尼留斯大人以及安潔莉卡大人準備好儀式服才行……法藍、伊米爾，我們一起去保管室吧。其他人請留在這裡繼續工作。」

「我也要去嗎？」

本就負責準備的伊米爾自然該去，但我側過臉龐，不明白自己為何也要一起去。羅塔爾輕笑起來。

「因為你的體型與達穆爾大人十分相似，我則與柯尼留斯大人相似，伊米爾則是與安潔莉卡大人相似……你不覺得剛剛好嗎？」

「原來如此。」我表示同意後，伊米爾連連搖頭表示反對。

「我是男人，體型跟安潔莉卡大人一點也不像。」

「伊米爾，你的身型偏瘦，也只比安潔莉卡大人高了一點，況且只是比對儀式服而已，應該沒關係吧。」

「請不要換個說法再說一遍！我會受傷的！」

我們催促著內心似乎受到打擊的伊米爾，離開神官長室，前往放置青衣神官制服的保管室。

保管室裡，青衣神官與青衣巫女的日常便服以及儀式時使用的飾品，都收起來疊放在櫃子裡；儀式服則是吊掛起來，以免留下摺痕。掛在最前方的，正好是斐迪南大人的儀式服。看見後，我不得不體認到斐迪南大人真的已經離開了。

但與我不同，羅塔爾十分公事公辦地看起儀式服。

「斐迪南大人的儀式服對柯尼留斯大人來說太大了。現在既沒有時間修改下襬，也不可能為了修改儀式服請他過來一趟。麻煩你們尋找可以直接穿上的尺寸吧。法藍，你穿得下斐迪南大人的儀式服嗎？」

聽他這麼說，我伸長手正想拿起斐迪南大人的儀式服放在身上比對時，中途卻停了下來。因為感覺就像要觸碰斐迪南大人褪下的空殼般，讓我心生猶豫。

「斐迪南大人體型修長，他的儀式服對我來說也太大了。還有，斐迪南大人是領主一族，達穆爾大人是下級貴族，他們的身分地位不一樣。」

「啊，還要考慮到身分地位才行吧。法藍，你知道所有人的階級嗎？」

其實不過是臨時套件儀式服，我想柯尼留斯大人他們多半不會介意，但對方既是貴族，還是需要考慮這些細節。

「柯尼留斯大人是上級貴族，安潔莉卡大人是中級貴族，達穆爾大人是下級貴族。」

「那先為上級貴族挑選儀式服吧。接著再往地位低的找起，應該會比較好找吧。」

聽羅塔爾這番話，他在尋找儀式服借給哈特姆特大人的時候，似乎並沒有考慮過身分地位，這讓我感到困惑。記得之前哈特姆特大人看到孤兒院長室裡的家具，還曾抱怨過屋內家具的等級不合羅潔梅茵大人的身分。

「你們當初是怎麼挑選要借給哈特姆特大人的儀式服呢？對於服裝是否符合身分，他沒有任何表示嗎？」

「因為只穿那麼一次，可能哈特姆特大人並不介意吧？其實他很少表達不滿喔。而且基本上他每天都是從貴族區過來，日常生活的照料十分輕鬆。」

伊米爾語氣輕快地說完，羅塔爾盤起手臂。

「往後可不一定喔。也許不久之後，等羅潔梅茵大人回來，哈特姆特大人就會在神殿過夜了。因為斐迪南大人一開始也是每天從貴族區來神殿。」

「是這樣嗎？」

我聽了眨眨眼睛。伊米爾也說：「這我還是第一次聽說。」

「這麼說來，知道斐迪南大人剛進神殿時是什麼樣子的侍從，只有我一個人呢。」

羅塔爾撥起淡褐色髮絲說，語氣有些感慨萬千。我是在青衣見習神官與青衣見習巫女紛紛離開神殿的那個時期，進入神官長室。如今回想起來，當時每天都忙著處理越來越多的工作，從來不曾聊起過往的情況。

「那你們可能都不知道吧。其實斐迪南大人剛進神殿，還是青衣神官的時候，他幾乎什麼事也不做。」

「咦?!」

伊米爾發出訝叫聲後，羅塔爾笑了起來。先前透過羅潔梅茵大人，我也曾聽說斐迪南大人在當上神官長前，還有時間能專心看書與調合，但類似的事情從同為侍從的人口中說出來，還是讓我感到相當新鮮。

「起初斐迪南大人只納了兩名侍從。為了能往下分送食物，雖然他還雇了專屬廚師，但自己卻連午餐時間也返回貴族區的宅邸。」

「連午餐也回貴族區嗎？」

這我倒是不曉得。第四鐘響後，還要騎著騎獸回貴族區應該十分辛苦。是城堡那邊的貴族業務太繁忙了嗎？我們正這麼猜測時，羅塔爾稍稍壓低音量。

「這是因為斐迪南大人非常警戒，擔心當時的神殿長下毒。」

「我知道兩位感情不好，但還到了下毒的地步嗎？」

我開始服侍的時候，斐迪南大人與前任神殿長頂多是合不來，不至於日常生活中得擔心對方下毒。與工作以及奉獻金無關的私下生活方面，彼此都是互不干涉。

「是啊。首次聽到的時候我也嚇了一跳，但這對貴族來說似乎稀鬆平常。斐迪南大人還提醒我們，說神殿侍從如果不讓身體習慣毒素，往後可就糟了。聽他這麼一說，我們當然也會更加留意。因為神殿廚房做的食物，並不會進斐迪南大人的肚子裡，而是由我們與負責烹煮的廚師，還有孤兒院裡的人吃掉。」

某天，羅塔爾發現有個灰衣巫女偷溜進神官長室的廚房，想往盤裡的食物添加某些東西，他便把她抓起來。

「我向斐迪南大人報告此事後，他說要盤問那名灰衣巫女。接著他命我去用午餐，所以我並未待在現場，並不清楚後續。不過，我曾看見那名灰衣巫女的雙眼空洞無神，當天夜裡神殿長室便因為餐點被人下了毒，鬧得沸沸揚揚。」

「是斐迪南大人的報復吧。結果神殿長怎麼樣了？」

伊米爾問道，緊抿著唇拚命忍笑。羅塔爾揚起一抹大大的微笑。

「神殿長室裡的所有人整整三天都肚子痛到動彈不得。」

很輕易便能想見，當時斐迪南大人肯定一派若無其事，前任神殿長卻是氣得跳腳。在場都是曾對前任神殿長感到氣憤的人，因此就算聽到他有這樣的下場，也只覺得痛快，認為他是自作自受。

我拿起一套儀式服，試圖掩飾快要笑出來的表情。這件儀式服的原主人似乎地位相當高，布料的紋路及手感皆屬上乘。

「羅塔爾，這件如何？我想應該符合上級貴族的身分……」

「不錯。而且長度與腰帶也都可以調整。」

柯尼留斯大人的儀式服就這麼決定了。接著要找安潔莉卡大人的儀式服。

「那再後來呢？那位前任神殿長不可能善罷甘休吧？」

伊米爾拿了好幾件青衣巫女的儀式服放在身上比對，興奮地接著問道。

「前任神殿長一恢復活力，當然就跑來大吵大鬧了。我們全都嚇得心驚膽跳，斐迪南大人卻故意做出吃驚的表情上前迎接。」

對於自己本來要下的毒，居然被人下在自己的餐點裡，前任神殿長氣得怒聲咆哮。聽說當時斐迪南大人一臉訝異地回道：

「我可是把您的灰衣巫女本要下在盤子裡的毒，特別放進了水壺裡，所以毒性理應已經稀釋不少，您在說什麼呢？身為第一夫人的弟弟，真沒想到您的身體竟然適應不了這點程度的毒。既然神殿長成天聲稱自己也可算是領主一族，不如由我來提供協助，讓您能更深刻地體會領主一族的日常生活吧。」

斐迪南大人只有語氣非常恭敬，意思卻是：「以後我繼續在你的餐點裡下毒吧。」

據說前任神殿長馬上落荒而逃。

「聽到斐迪南大人一本正經地說出這種話，真的恐怖到能讓人哭出來。」

「是啊。伊米爾，就和你的感想一樣，所以從前任神殿長口中得知此事的青衣神官們，都害怕遭到報復，不敢再讓侍從靠近他人的廚房。甚至各自還嚴密地看守起自己的廚房，所以從那之後，神殿沒再發生過下毒事件。」

當時，我所服侍的瑪格麗特大人是孤兒院長。身為她侍從的我，因為住在不在貴族區域內的孤兒院長室，所以從不曉得還發生過這些事情。

正回想起這件事時，瑪格麗特大人的儀式服忽然攤展在我面前。儀式服上還有著鮮豔且華麗的花卉圖案。剎那間，與瑪格麗特大人有關的回憶接連閃過腦海，我發現自己正在不知不覺間用力吸氣。

……明明都有辦法進入孤兒院長室的秘密房間了，為何現在還……

我感到難以呼吸，痛苦得心臟像被人緊緊抓住，用力握起拳頭。還以為自己已經忘了，但看來仍然牢牢地銘刻在記憶裡，無法抹除。

驀然想起的往事讓我腦袋陷入一片混亂時，羅塔爾舉起那件儀式服，放在伊米爾身上比對。

「伊米爾，這件儀式服繡著花朵圖案，極有女性氣息，你看很可愛吧？」

「羅塔爾，你是故意這麼說的吧？」

伊米爾忿忿地瞪著羅塔爾。我假裝要調停，急忙擠到兩人之間，同時刻意不讓儀式服出現在自己的視野裡。其實這件儀式服的長度放在伊米爾身上十分剛好，瑪格麗特大人也是中級貴族，所以身分剛好符合，但要是真的選了這一件借給安潔莉卡大人，我個人非常困擾。

「你們兩個都冷靜一點。伊米爾，安潔莉卡大人並不喜歡過於女孩子氣的花紋。請依身分與長度再選一件吧。羅塔爾，你的玩笑有些過火了。把那件儀式服收起來吧。」

「抱歉。」

羅塔爾立即道歉，然後收起瑪格麗特大人的儀式服。我頓時鬆了口氣，拿起比較樸素的另外一件，放在伊米爾的背上比對。

「這一件如何呢？」

「但安潔莉卡大人的容貌出眾，我覺得剛才那件華麗點的儀式服也不錯呢……」

羅塔爾依然無法死心地盯著瑪格麗特大人的儀式服，伊米爾也開始思索。再這樣下去，也許安潔莉卡大人真的會穿上瑪格麗特大人的儀式服。無論如何我都想阻止這件事情，便拚了命地動腦思考，將記憶中的瑪格麗特大人與安潔莉卡大人放在一起比對。

「羅塔爾、伊米爾，請你們仔細看，這件儀式服的胸圍並不適合安潔莉卡大人吧。所以還是這件比較適合。」

「原來如此，我倒沒注意過這件事。那就這件吧。」

「法藍、伊米爾！」

羅塔爾厲聲斥道，但幸好我成功地阻止了借用瑪格麗特大人的儀式服。我如釋重負地吐出大氣時，總覺得羅塔爾在看我。讓他感到可疑了嗎？為了轉移他的注意力，我決定重新問起有關斐迪南大人的事情。

「對了，斐迪南大人是從何時開始住在神殿生活的呢？那次差點被人下毒是主要的契機嗎？」

「是啊。可能是為了監視前任神殿長與觀察神殿的情況吧。斐迪南大人時常以不耐的語氣說，他若待在貴族區的宅邸會有麻煩的傢伙跑來，後來便開始住在神殿。」

羅塔爾配合了我改變話題。可以想見斐迪南大人應該是找了正當理由，讓自己可以掌握神殿的情況。

「當時我還心想，那多半是不想讓我們擔心的善意謊言……但是現在看來，其實是為了逃離齊爾維斯特大人吧？」

「這才是正確解答吧。」

那時總有位貴族會不說一聲就造訪神殿，聽到奧多南茲說：「齊爾維斯特，你人在哪裡？」我才曉得這是他的名字。又過了一段時間，我們也才知道送來奧多南茲的是卡斯泰德大人，而齊爾維斯特大人其實是領主大人。這些事已久遠到記憶十分模糊。

「達穆爾大人的話，這件應該可以吧？」

「他的體型其實相當健壯，這件也許更適合。」

達穆爾大人在貴族當中算是平均身高，所以尺寸適合他的儀式服是最多的。挑選了品質比柯尼留斯大人與安潔莉卡大人粗糙一些的儀式服後，接著要挑選飾品。腰帶與裝飾細繩等等都要各配一套。

「為什麼女性的腰帶光是寬度與飾品就有這麼多種呢？我根本不曉得該怎麼選。」

「為了方便莫妮卡與妮可拉幫忙著裝，就挑和羅潔梅茵大人一樣的款式吧。建議你可以從這邊挑選。」

我指著幾條腰帶提供選擇後，伊米爾露出明顯鬆了口氣的表情。

「因為我只服侍過神官長，要我準備青衣巫女的儀式服實在太困難了。」

「這下子該準備的東西都齊全了吧？」

腰帶與細繩等配件都備好三人份後，我有種終於完成一項重要工作的感覺，不禁長呼口氣。但與心情變得輕鬆的我不同，伊米爾的表情有些陰沉。他那雙水藍色眼睛定定望著藍色儀式服，一臉欲言又止。

「伊米爾，怎麼了嗎？」

「哈特姆特大人他……是認真的嗎？就是讓幾位護衛騎士也來協助奉獻儀式……」

「他當然是認真的，才會指示我們準備儀式服吧。」

我之前在神殿長室，也親眼見到哈特姆特大人要求柯尼留斯大人他們提供協助。聽了這件事情，伊米爾不滿蹙眉。

「但與就任為神官長的哈特姆特大人不同，幾位護衛騎士並沒有舉行宣誓儀式，就只是要參加奉獻儀式吧？」

「大概吧。我從未聽說有護衛騎士兼任青衣神官。」

「……那現在這樣真的沒問題嗎？至今護衛騎士還禁止進入儀式廳，並不是只要換上藍色儀式服就好了吧？我還是認為，應該至少要舉行過宣誓儀式，讓護衛騎士同時擔任青衣神官……」

其實不只伊米爾，對於並非青衣神官或青衣巫女的貴族將要參加奉獻儀式，這種情況我也不知該如何應對。為了讓羅潔梅茵大人不用回來，哈特姆特大人確實想了許多辦法，但今年有太多令人感到不安的事情，我個人甚至希望羅潔梅茵大人能回來。

我與伊米爾正感到苦惱時，羅塔爾「啪」地拍了下雙手。

「伊米爾，我明白你的心情，但現在該優先考慮的，還是為奉獻儀式做好萬全準備，讓小聖杯能盈滿魔力。領內的收成若減少，收穫祭能得到的捐獻也會減少。既然貴族大人願意提供協助，就別想那麼多了。」

羅塔爾說的沒錯。奉獻儀式時倘若魔力不足，包含我們在內的所有人都會非常困擾。為了讓小聖杯能盈滿魔力，既然神殿長與神官長都已做出決定，我們也無法反對。

「況且，對於新任神官長哈特姆特大人提出的這個做法，前任神官長斐迪南大人也同意了。」

「斐迪南大人他竟然……」

斐迪南大人一向嚴格遵守規矩，絕不接受模稜兩可的做法，現在居然為了讓羅潔梅茵大人不必回來，決定利用護衛騎士——意識到這一點後，我感到有些想笑。

「斐迪南大人現在相當懂得變通了呢。」

我低聲喃喃說完，羅塔爾笑著點頭。

「是受了羅潔梅茵大人的影響吧。最一開始，看到斐迪南大人竟會那麼認真傾聽一個年幼孩子的想法，還會事事為她著想時，我真是嚇了一跳。」

「是啊……而且羅潔梅茵大人面對他冰冷的目光也完全不害怕，即便被罵也會立刻再想其他方法，為達目的鍥而不捨。我覺得她真是了不起。」

伊米爾的語氣讓我輕笑出聲。

「是羅潔梅茵大人改變了斐迪南大人吧。我們這些侍從因為害怕被送回孤兒院，只是拚了命地揣測斐迪南大人的想法。但是，羅潔梅茵大人卻是努力想讓斐迪南大人理解自己的主張。也許差別就在於此吧？」

聽到羅塔爾感慨萬千地這麼說，我想起了羅潔梅茵大人也曾因為不懂斐迪南大人在想什麼，為此生氣、怨歎過。

「這或許是原因之一，但也是因為羅潔梅茵大人的言行無法以貴族或神殿這邊的常識去做預測，根本不曉得她會說什麼、做什麼吧？所以斐迪南大人才會開始留意羅潔梅茵大人的一舉一動。」

一得知羅潔梅茵大人無法理解貴族特有的拐彎抹角後，斐迪南大人對她說起話來也漸漸變得直截了當。我想起羅潔梅茵大人還是青衣巫女時，曾對路茲抱怨說過：「那裡根本不是秘密房間，是說教用房間。」

……而總是一臉不耐地發牢騷說「真麻煩」的斐迪南大人，又是從什麼時候開始語氣變溫和的呢？

我已經不記得了。應該是在不知不覺間慢慢改變的吧。

「最近處理交接工作時，還能感受到依依不捨的氛圍呢。兩位相處時的感覺突然變得與以往截然不同，令我十分驚訝。」

「我驚訝的是，斐迪南大人也沒有訓斥羅潔梅茵大人，反倒一派理所當然地接受。

他既沒有嫌礙事地把她趕走，也沒有覺得心煩而將她趕出房間。」

伊米爾說完，想起羅潔梅茵大人從前受到的過分對待，我們都笑了出來。

「兩位竟能站在對等的立場上關心對方，這讓我覺得十分難得。我還時常看見斐迪南大人陷入沉思。」

「先前羅潔梅茵大人一副來勢洶洶，彷彿在說『一定要讓神官長知道有人在擔心他』的模樣，更讓我印象深刻呢。」

伊米爾說完，羅塔爾捂著嘴角忍笑。看過那幕景象的我也掩住嘴角。

……似乎就連旁人也看出來了喔，羅潔梅茵大人。

但是在我看來，羅潔梅茵大人與其說是努力想讓斐迪南大人理解，更像是冀求他能明白。而且，那種彷彿很確定對方不會拒絕的相處方式、直截了當的語氣以及處處關心設想的模樣，感覺就和羅潔梅茵大人對平民家人的態度一樣。

倘若斐迪南大人這樣的變化能早些發生，那麼後來甚至不能在秘密房間裡與平民接觸的羅潔梅茵大人，也不用一個人獨自哭泣了吧。

倘若這樣溫暖而美好的關係能一直持續下去，斐迪南大人也不用壓抑內心所有的情感，能夠坦率地表達出自己的情緒吧。

……時之女神德蕾梵庫亞啊，請讓時光倒流，回到斐迪南大人確定要離開之前……

然而再怎麼祈求，我的心願也不可能實現。

更何況，我也曉得這樣的變化是在確定斐迪南大人要離開後才發生。若將時光倒回到那之前，兩人的相處方式也會變得和過往一樣吧。明知如此，看到兩人現在的關係越緊密，我越是感到惋惜。

「儀式需要的配件也都挑好了，我們出去吧。」

羅塔爾說道，我便抱起為達穆爾大人準備的整套儀式服，離開保管室。離開前回過頭，斐迪南大人的儀式服正在距離出口最近的地方輕晃著。

「法藍，怎麼了嗎？」

「看到斐迪南大人的儀式服竟然掛在這裡，我現在還是不敢置信。」

我注視著儀式服，內心感到十分寂寞。羅塔爾與伊米爾聽了，也看向一直以來最為熟悉的斐迪南大人的儀式服。大概同樣感到落寞，兩人好一半晌沉默不語。

「羅潔梅茵大人待在神殿的時間也只剩幾年了吧。」

冷不防地羅塔爾輕聲說道。羅潔梅茵大人已經確定成年後，便會離開神殿。屆時又要再一次經歷相同的感受嗎？

只是想像多年後才要到來的別離，我心裡便像空了大洞，彷彿有失落感在啃蝕自己，已經開始感到難過。

「……我又會再一次被拋下吧。」

身為灰衣神官，我只能待在神殿。不管是斐迪南大人，還是羅潔梅茵大人，都將離我遠去。發覺自己為此感到非常不甘，我吃了一驚。原來自己也會有這種情緒啊。

當初瑪格麗特大人的離開，我一點也不感到寂寞，反倒如釋重負。然而，現在竟然光是想到主人將要離開便心情沉重，看來自己也變了不少。

「就算斐迪南大人說要帶我一起走，我也不想離開神殿去其他地方。因為常識不同的地方太可怕了。」

伊米爾說完，邁步移動。「是啊。」羅塔爾也表示同意，起腳跟上。

……但如果斐迪南大人或羅潔梅茵大人需要我的話，我願意隨著他們一同前往新的世界。

我在心裡如此低喃。離開之前，跪下來向著斐迪南大人的儀式服行禮。

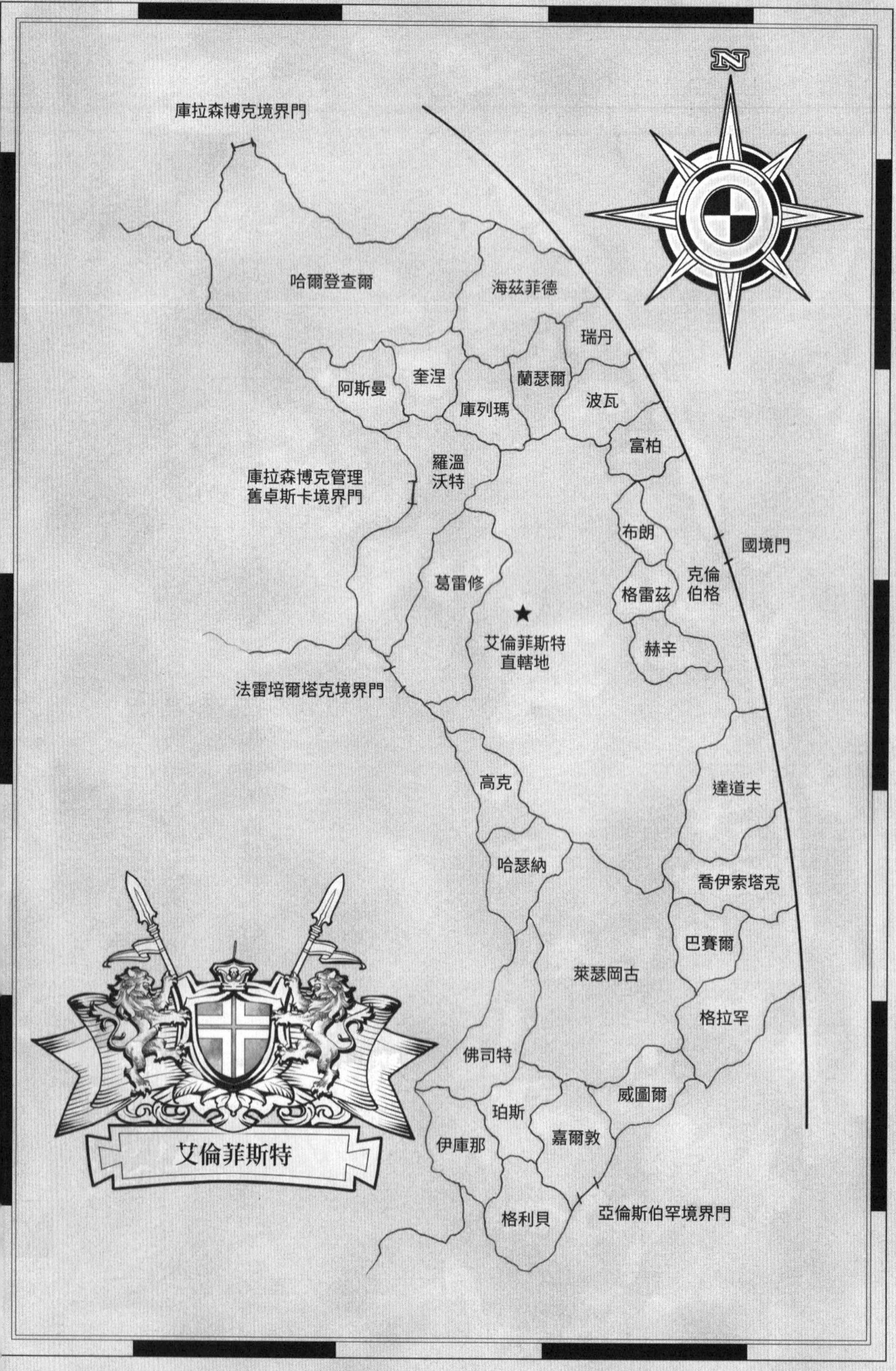
N
庫拉森博克境界門
哈爾登查爾
海茲菲德
瑞丹
阿斯曼
奎涅
蘭瑟爾
庫列瑪
波瓦
富柏
羅溫
沃特
庫拉森博克管理
舊卓斯卡境界門
布朗
國境門
克倫
伯格
葛雷修
格雷茲
艾倫菲斯特
直轄地
赫辛
法雷培爾塔克境界門
高克
達道夫
哈瑟納
喬伊索塔克
巴賽爾
萊瑟岡古
格拉罕
佛司特
威圖爾
珀斯
嘉爾敦
伊庫那
格利貝
亞倫斯伯罕境界門
艾倫菲斯特

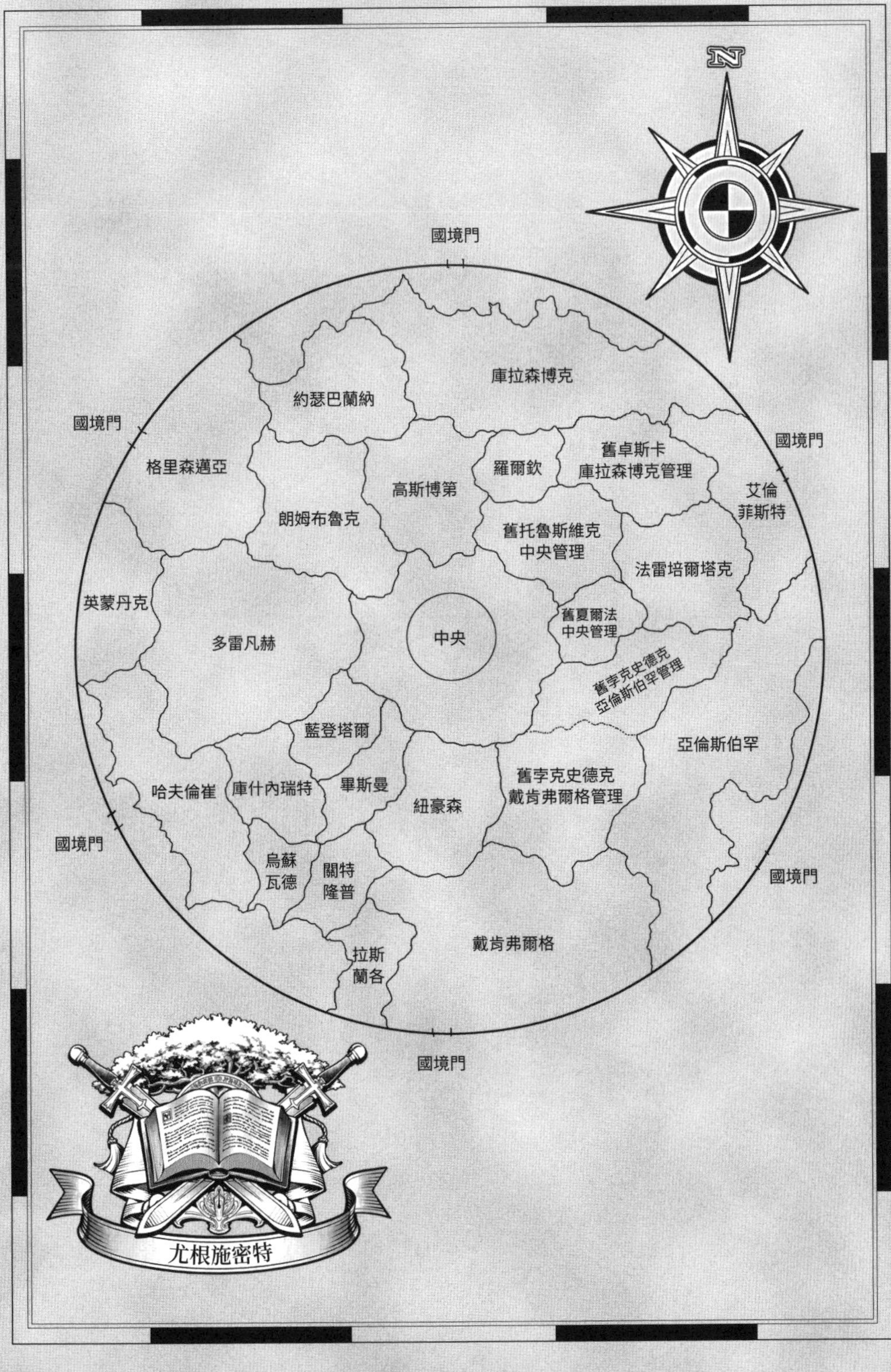
國境門
庫拉森博克
約瑟巴蘭納
國境門
格里森邁亞
國境門
舊卓斯卡
庫拉森博克管理
羅爾欽
高斯博第
艾倫
菲斯特
朗姆布魯克
舊托魯斯維克
中央管理
法雷培爾塔克
英蒙丹克
舊夏爾法
中央管理
中央
多雷凡赫
舊孛克史德克
亞倫斯伯罕管理
藍登塔爾
亞倫斯伯罕
舊孛克史德克
戴肯弗爾格管理
哈夫倫崔
庫什內瑞特
畢斯曼
紐豪森
國境門
烏蘇
瓦德
關特
隆普
國境門
拉斯
蘭各
戴肯弗爾格
國境門
尤根施密特

後記

大家好久不見了，我是香月美夜。

非常感謝各位購買本作，《小書痴的下剋上：為了成為圖書管理員不擇手段！【第四部】貴族院的自稱圖書委員（Ⅸ）》。

終於來到了第四部最後一集。

序章是芙蘿洛翠亞視角，從喬琪娜一行人離開艾倫菲斯特開始。她同樣對喬琪娜感到不安。儘管想與孩子們密切聯繫，卻因為他們住在北邊別館，又與各自的近侍行動，無法掌握所有情況。再加上每個孩子報告的內容皆有差異，來自羅潔梅茵的消息也都是透過齊爾維斯特，很少有機會直接與她交談，所以為此傷透腦筋。

全然不知第一夫人內心的煩惱，羅潔梅茵則是忙著在神殿處理交接工作、預習貴族院的課程。不過忙歸忙，為了一直以來照顧自己的斐迪南，她也幫忙準備行李，想著要怎麼餞別……

近侍們一同出席的愉快餐會上，羅潔梅茵與斐迪南不約而同送了護身符給對方。處理魚時從雷根辛身上取得的虹色魔石一再出場。

但是，收到美好的禮物後，開心也只是一時的。竟然有人趁著他們不在的時候闖入神殿，還擄走灰衣神官，盜走神殿長的聖典。幸好有平民區的人們幫忙蒐集情報，近侍們也大展身手，最終一切順利解決。然而，斐迪南卻要提早前往亞倫斯伯罕。羅潔梅茵強忍淚水，送出全屬性的祝福；斐迪南也正式離開艾倫菲斯特。

後半部是以其他人為主角的短篇集「離別後的冬天生活」。這些都是在網路上連載時，為了紀念第四部完結，請讀者們推薦了想看的角色後所寫成的短篇。主要描寫斐迪南他們啟程之後，大家各自過著怎樣的生活。

至於全新短篇，則由黎希達與法藍擔任主角。

黎希達視角的短篇中，除了幫忙尤修塔斯打包行李外，也穿插了一些對過往的回憶。黎希達與尤修塔斯出現在本傳裡時，通常都是以侍從的身分行動，很少能感覺到他們其實是對母子。這次兩人在宅邸裡的互動，是否多少有些母子的感覺了呢？

法藍視角的短篇中，描寫到了奉獻儀式的準備。斐迪南離開後，其他貴族也為了準備冬季社交界而不在神官長室。由於護衛騎士們可能要參加奉獻儀式，侍從們幫忙準備了儀式服。可以好好描寫神官長室的侍從們讓我非常開心。羅塔爾雖然已在本傳裡出現過了，但代替法藍進入神官長室的伊米爾是第一次呢。

本集請椎名老師設計的新角色是萊蒂希雅。她是亞倫斯伯罕的領主候補生，今後將接受斐迪南的指導。所處的家庭環境十分令人同情。

這次因為頁數的關係，與以往相比有更多全新書寫的短篇，比如還有〈哈特姆特的努力與獎勵〉以及〈難以填補的空虛〉。應該能為看過網路版的讀者們帶來不少新鮮感吧。

然後有消息要通知大家。

廣播劇第四輯已經同步開始販售。第四部結尾能由這麼豪華的聲優陣容進行演繹，請各位一定要聽聽看。目前廣播劇CD僅在TO BOOKS的官網上販售。

此外動畫現正播映中。動畫第二季預計從四月開始播放。關於播放頻道以及網路平臺，請上動畫官網查詢。http://booklove-anime.jp/

還有，動畫的藍光特典版將在十二月十七日發售。除了收錄聲優們邊觀賞動畫邊聊天的評論音軌，還有一本解說書，內容包括動畫美術設定與相關人員訪談等等。TO BOOKS官網另外附贈的特典，還有片尾曲的插畫明信片組以及《小書痴的下剋上》特製小冊子。有興趣的讀者歡迎上網查看。

下一集第五部Ⅰ也有附外傳OVA的版本可購買。外傳內容分別是〈尤修塔斯的潛入平民區大作戰〉與〈拜訪珂琳娜夫人〉，故事時間線與動畫第十五章是一樣的。

這集封面的主題是別離。斐迪南與羅潔梅茵的表情，都透著即將分開的苦悶。另外標題底下，其實還藏有尤修塔斯與艾克哈特。彩色拉頁內側有無標題版的封面彩稿，請記得翻開確認。

彩色拉頁的另一面，我要求畫了〈別離〉中交付鑰匙的場景。腦海中總有四周還圍繞著一大群人的想像畫面，但因為椎名老師說：「不畫的話畫面會更乾淨純粹。」所以就變成兩人世界了（笑）。

椎名優老師，非常感謝您。

最後，要向購買本書的各位讀者獻上最高等級的謝意。

第五部第一集預計三月發行。期待屆時再相會。

二〇一九年十月　香月美夜

每回都出場的
卷末漫畫
輕鬆悠閒的家族日常
作畫 椎名優
羅潔梅茵大人，歡迎歸來！
嗚哇——完全看不出誰才是反派。
羅潔梅茵對今後的神殿生活感到一絲不安。
說話技巧
神官長送給了自己非常厲害的護身符。
五倍奉還
至少今年妳就好好享受在貴族院的生活吧。
神官長
感動一
這樣應該能稍微減輕妳近侍們的負擔。
……
神官長!!這種時候就算說謊，也應該要說『這是為了無論何時何地都能保妳平安』才對吧!!
我為何要說謊？
神官長真是不懂女人心！
羅潔梅茵大人，那樣就變求婚了。

大腦擔當

那我來告訴你們常見的毒物，
與其應對之法吧。
嚇！
舉起
安潔莉卡，沒問題嗎？
點頭點頭
今天也是正常發揮。

才不是狗狗

聖典遭竊時
我們可以去達道夫子爵的宅邸了嗎？
「稍等」聽令中
咕嚕嚕嚕
呼～
呼～
找回聖典時
不管是外觀、氣味還是重量，
這的確是我的聖典沒錯！
搖
搖
緊抱
也許當初管教時該再嚴格一點。
啊！神官長在想很失禮的事情對吧?!
汪
汪

●中文版書封製作中

「小書痴的下剋上」系列最終章——
第五部揭開序幕！

小書痴的下剋上

第五部　女神的化身 I

香月美夜 原作　　**椎名優** 繪

斐迪南離開艾倫菲斯特後，這年冬天的氣氛十分沉重。升上三年級的羅潔梅茵為了擺脫失落感，讓自己忙得暈頭轉向。在宿舍裡，她忙著說服舊薇羅妮卡派的學生；在貴族院內，她即將上領主候補生課程的第一堂課。在一切逐漸恢復「正常」之際，羅潔梅茵甚至取得了大量神祇的加護，讓她的失控更是一發不可收拾……

【2022年1月出版】

國家圖書館出版品預行編目資料

小書痴的下剋上：為了成為圖書管理員不擇手段!. 第四部，貴族院的自稱圖書委員. IX/ 香月美夜著；許金玉譯. -- 初版. -- 臺北市：皇冠文化出版有限公司, 2021.08
面； 公分. --（皇冠叢書；第 4963 種)(mild；39)
譯自：本好きの下剋上 司書になるためには手段を選んでいられません. 第四部，貴族院の自称図書委員. IX
ISBN 978-957-33-3765-2（平裝）
861.57 110011775

皇冠叢書第 4963 種
mild 39

小書痴的下剋上
爲了成爲圖書管理員不擇手段！
第四部 貴族院的自稱圖書委員IX

本好きの下剋上
司書になるためには
手段を選んでいられません
第四部 貴族院の自称図書委員IX

作　　者—香月美夜
譯　　者—許金玉
發 行 人—平雲
出版發行—皇冠文化出版有限公司
台北市敦化北路 120 巷 50 號
電話◎ 02-27168888
郵撥帳號◎ 15261516 號
皇冠出版社（香港）有限公司
香港銅鑼灣道 180 號百樂商業中心
19 字樓 1903 室
電話◎ 2529-1778　傳真◎ 2527-0904
總 編 輯—許婷婷
責任編輯—陳怡蓁
美術設計—嚴昱琳
著作完成日期— 2019 年
初版一刷日期— 2021 年 8 月

法律顧問—王惠光律師

讀者服務傳真專線◎ 02-27150507
電腦編號◎ 562039
ISBN ◎ 978-957-33-3765-2
Printed in Taiwan
本書特價◎新台幣 299 元 / 港幣 100 元